Editora Charme

ALINE SANT'ANA

MARCADOS

1ª Edição 2024.

Produção Editorial: Editora Charme
Capa e diagramação: Veronica Goes
Imagem miolo: Adobe Stock
Preparação de texto: Fernanda Marão
Revisão: Equipe Charme

CIP-BRASIL. CATALOGAÇÃO NA PUBLICAÇÃO
SINDICATO NACIONAL DOS EDITORES DE LIVROS, RJ

S223m

Sant'ana, Aline
Marcados / Aline Sant'ana. - 1. ed. - Campinas [SP] : Charme, 2024.
360 p. ; 22 cm.

ISBN 978-65-5933-188-8

1. Romance brasileiro. I. Título.

24-95290 CDD: 869.3
CDU: 82-93(81)

Gabriela Faray Ferreira Lopes - Bibliotecária - CRB-7/6643

Editora Charme

loja.editoracharme.com.br
www.editoracharme.com.br

Editora Charme

ALINE SANT'ANA

MARCADOS

DEDICATÓRIA

Para todos que esperam o amor chegar.

Já que esperamos por ele, que seja um dos grandes.
O maior de todos. O amor de nossa vida.
Então, para isso, vamos ser pacientes.

É que o destino sabe ser caprichoso quando o coração é obra de arte. E se é difícil combinar o sofá com o quadro da sala, imagine unir duas almas em uma?

Não apresse a vida.

O que é seu já está marcado.

PARTE 1

"Somos desfeitos pela verdade. A vida é um sonho.
É o despertar que nos mata."

— Virgínia Wolf

CAPÍTULO 1

Caribe, México

Nicole

— Aceita uma taça de champanhe, senhora?

Assim que escutei a voz feminina arriscar o inglês com um forte sotaque espanhol, congelei e me virei devagar.

Merda. Merda. Merda!

Não era para eu ter sido pega.

Se eu estava tentando ser discreta, aquele arbusto não me escondia o suficiente. O que era uma pena. Porque se eu pudesse ter um superpoder, seria o da invisibilidade.

— Uma taça, não. — Abri um sorriso largo, fingindo costume, a raiva dançando sob a minha pele. Não por causa da menina, coitada. — Mas, se puder me trazer uma garrafa, seria perfeito.

E uma moita maior.

A garota deu um sorriso, feliz por ter esbarrado em uma convidada perdida. Mas acontece que ela desceu a atenção para o meu corpo, e viu minhas roupas. Era meio óbvio que uma mulher usando um moletom surrado não fazia parte da festa. Nem daquela nem dos outros casamentos que estavam acontecendo no resort.

Ela piscou, sem saber o que fazer, e franziu a testa.

— Duas garrafas — corrigi. — Duas seria maravilhoso.

— Eu… — Seus lábios ficaram em uma linha fina. — A senhora está participando da festa?

— *Participar* é muito definitivo, não acha? Apreciar à distância não seria melhor?

Isso a fez abrir um meio-sorriso, como se tivesse entendido tudo.

Ah, você não sabe da missa a metade.

— Vou ver o que posso fazer. Acho que ninguém vai reparar se sumir uma garrafa. — Ela fez uma pausa. — Ou duas.

Na verdade, cada garrafa custava em média 250 libras, então duas garrafas dariam um belo prejuízo.

Claro que não falei isso em voz alta.

Ficamos alguns segundos em silêncio, mas foi o suficiente para eu notar mil questionamentos se formando em seu rosto delicado. Ali entendi que, se eu fosse explicar tudo, teria que explodir o mundo. E eu não estava pronta.

Não ainda.

Então, abri outro sorriso forçado.

— Estarei a duas moitas de distância — avisei, apontando para a direita.

— Ah. — Ela olhou ao redor, buscando a moita, mas não pareceu entender onde eu estaria exatamente. — Tudo bem.

— Obrigada.

Quando a vi se afastar, decidi que era hora de mudar para uma nova moita estratégica, mas achei algo ainda melhor: um arbusto. Enquanto me escondia, fiquei pensando que a garota jamais voltaria. No entanto, depois de alguns minutos, ela apareceu e eu precisei cutucá-la, porque ela não me achou tão fácil assim. Em suas mãos estavam as duas garrafas caríssimas e as duas taças de champanhe gravadas com as iniciais entrelaçadas dos nomes dos noivos.

Ela ainda pressupôs que eu não estava sozinha, que boazinha.

— Obrigada. — Sorri e ela piscou para mim, como se agora tivéssemos um segredo, e foi embora.

Suspirando, sentei no chão e tentei abrir a primeira garrafa sem drama, mas a rolha quase bateu na minha testa. Meio resignada, optei por dispensar as taças e bebi direto do gargalo. Continuei escondida atrás do arbusto, minha bunda sendo vítima da grama que atravessava o algodão e pinicava a minha pele.

Que noite maravilhosa.

Perfeita para acabar com tudo.

Me diz, você já apertou aquele botão que é capaz de explodir tudo ao seu redor? Se nunca fez, vou te dizer que não é tão especial assim. Você não sente o impacto de imediato, você só sabe que... *acabou*.

E era isso. O fim.

Se fosse uma noite comum, eu ia amar aquele céu cheio de estrelas e os vagalumes. Eu ia adorar me imaginar apertando aquelas bundinhas iluminadas. A harpa, ao fundo, tornava tudo muito romântico. E fiquei um bom tempo tentando amar alguma coisa daquilo tudo, quando lá pela metade da segunda garrafa, eu tive coragem de buscá-lo com os olhos.

Jordan Beaufort.

Lindo, bem-vestido e sorridente. Ele parecia tão feliz naquela maldita festa. O cabelo preto e cacheado, somado àqueles olhos amorosos e castanhos, davam a Jordan a aparência de um anjo.

Ele sempre chamava atenção por onde passava.

Se você estivesse perdido, era para alguém como Jordan que você pediria informação na rua. Jordan *parecia* confiável. Ele era aquele tipo de homem que você sabe, de forma intuitiva, que jamais faria mal para outro ser humano. Tipo o melhor amigo de todo mundo, incapaz de mentir, como o Pinóquio.

Incapaz de quebrar um coração.

E foi por isso mesmo que entreguei o meu para ele. Porque era o certo a se fazer. Para quem *mais* eu entregaria? Ele era um cara bom, sempre foi. Como um labrador que você nunca poderia imaginar ser capaz de arrancar o nariz de alguém.

A verdade é que a decisão já tinha sido tomada, eu sabia disso, mas uma parte minha parecia querer duvidar ou barganhar. Senti uma vontade louca de questionar a minha própria capacidade de tomar uma decisão. Porque... não era possível.

Como alguém desconfiaria dele? Como Jordan pôde fazer o que fez?

Um ótimo filho, ótimo amigo. Mas se ele fosse realmente *bom*, como poderia estar ali, naquela cerimônia de casamento, sorrindo, feliz e fingindo que nada, absolutamente *nada*, tinha acontecido?

Apertei a garrafa com mais força, fechei os olhos e virei o resto do champanhe. Eu poderia me levantar e fazer uma cena. Eu poderia virar as costas, ir embora e deixar a festa acontecer. Eu poderia *voltar* para Londres.

Eu poderia conversar com os céus e pedir um milagre.

Decidi que ainda não era a hora de enfrentar minha própria guerra.

Ainda não estava pronta.

Então, fui bebendo até que as estrelas dançassem com os vagalumes bundudos. Fiquei um tempão olhando para o céu e pensando no meu próprio apocalipse, batendo um papo com Deus, que fazia uns meses que não me escutava, quando algo aconteceu.

Alguém *trombou* em mim.

Não foi uma trombada leve, foi uma *senhora* trombada. Tentei recuperar o ar enquanto sentia uma dor leve na altura dos meus pulmões. Junto a isso, o som do impacto mais um gemido masculino e, em seguida, a inevitável queda do homem.

— Mas que por... — Ele soltou o que deveria ser a metade de um xingamento, mas se conteve.

Pisquei várias vezes e vi o cara usando o que parecia ser uma longa saia. Ele ficou de quatro por alguns segundos, com o que deveria ser a sua bunda na minha cara. Assim que percebeu a posição vergonhosa, ele se virou, caindo sentado na minha frente, com o olhar ultrajado e talvez um pouco furioso.

— Acho que o senhor me atropelou. — Pisquei devagar, tentando me concentrar no rosto dele, sem sucesso. — O que é interessante, porque eu escolhi *este* lugar para ninguém me encontrar. Viu? Bem escurinho, ninguém passa por aqui. Tem até um arbusto para eu entrar e fingir que é a minha capa da invisibilidade. Quer ver?

Contive a vontade de mostrar para ele que eu podia, *de verdade*, me enfiar dentro do arbusto e me fazer invisível. E continuei sorrindo. A vida parecia tão leve. Acho que eu estava prestes a sair flutuando, como as bundas dos vagalumes.

— Será que Saturno, por ser um planeta gasoso, nunca vai se dissipar no meio da imensidão do universo? — perguntei. — Será que a Terra vai acabar pelas explosões solares, pelos extraterrestres ou porque a raça humana é idiota mesmo? Ou será que pelos robôs? Sabe, faz pouco tempo que comprei um aspirador robô. Ele é tão bonitinho. Se me matar enquanto durmo, eu nem vou ficar chateada.

Ele franziu a testa, perdido, e eu gargalhei.

— Eu poderia culpar o champanhe, mas acho que estou nervosa. Eu falo besteira quando estou nervosa, me desculpa. — Tampei a boca com uma das mãos, tentando não rir, mas isso só me fez rir mais.

Como era possível rir em uma noite como aquela?

Acompanhei a atenção dele ir para as duas garrafas vazias, o moletom velho e, então, o meu cabelo.

Consegui focar melhor em seu rosto.

Ah. Ele tinha o cabelo castanho, comprido o suficiente para estar preso em um coque, e a barba era bem rente ao rosto. Havia algumas marcas de expressão na lateral dos olhos azuis. Seus olhos eram tão claros que, mesmo à meia-luz, consegui identificar a cor.

— Você se machucou quando caiu do céu? — brinquei.

A expressão dele se manteve inalterável. Como se nada nesse mundo o chocasse. Nem as minhas piadas, nem a minha bebida, nem o fato de eu estar no chão enquanto casamentos aconteciam ao nosso redor.

— Por que está no chão? — a voz profunda, masculina, tão rouca que era quase incompreensível, me perguntou.

Claro, isso ele queria saber.

Ignorei, mesmo que fosse indelicado, porque responder àquilo me faria enfrentar justo o que eu estava evitando.

Ele tinha um sotaque. *Talvez australiano?*

— Por que *você* está aqui? — rebati.

— Casamento.

Óbvio.

Concordei com a cabeça, sentindo o meu mundo girar mais devagar. Ele estava todo de preto. O que me fez lembrar *daquela* saia. Eu vi errado? Desci o olhar e... não, eu não estava errada. Era uma saia longa, de tecido grosso. Com uma barra perfeita.

Voltei a encará-lo. E abri um largo sorriso.

— Gostei da sua saia.

Nem um traço de divertimento cruzou seu rosto. Nem um leve sorriso. Nada. Nem gentileza. Se fosse o Jordan, ele estaria sorrindo e pedindo desculpas por não ter me visto.

Mas aquele homem não era ele.

Carregava uma frieza ártica na expressão, um gelo tão penetrante que senti o álcool pouco a pouco saindo do meu corpo, como se meu cérebro me alertasse de que eu precisava voltar aos meus sentidos.

Larga de ser louca, as sirenes imaginárias soaram.

Meus olhos focaram melhor no rosto dele e na roupa que vestia.

E toda a situação fez a manivela mental começar a girar.

Porque um quadrado branco no meio de seu pescoço me fez piscar. E denunciar qual seria sua resposta antes que ele pudesse dizê-la.

— Não é uma saia, e sim uma batina — respondeu o homem.

Óbvio, porque aquela noite não tinha como ficar mais ridícula.

Quer saber? Eu poderia ficar chocada, escandalizada ou assustada. Mas não estava conversando com Deus até aquele momento? E *pedindo* respostas? Um padre tropeçou em mim! Haveria sinal mais claro que esse?

Talvez eu tenha aberto um dos meus melhores sorrisos ou talvez o mais assustador deles, tipo do Coringa. Mas, olhando para o padre, senti todo o coração se encher de alívio.

— Então talvez o senhor seja o milagre que eu pedi — soltei.

CAPÍTULO 2

King

Eu jamais deveria ter vindo.

A viagem começou errada desde a compra da passagem. A classe executiva ou primeira classe não tinham a opção de voo sem escala. O único voo direto de Londres para Cancún era pela classe econômica. Se quisesse viajar com conforto, teria que pousar em Dallas e ainda enfrentaria mais quinze horas de viagem. Com a passagem mais barata, chegaria em Cancún em onze horas.

E eu não ia perder quatro horas da minha vida só para conseguir espaço para as minhas pernas.

Foi o que eu pensei. E estava errado.

No dia da viagem, pisei no Aeroporto Gatwick sob uma tempestade terrível em Londres. Obviamente, o voo 3119, o *meu voo*, atrasou. Quando enfim embarquei, vivi uma das viagens mais incômodas da minha vida; sem espaço, tive dor nos joelhos, as turbulências fizeram parecer que o avião ia cair e a companhia aérea sumiu com a minha mala.

Até aquele momento, eu tive paciência.

Estava *determinado* a ter.

Por livre e espontânea vontade, ignorei cada pequena e grande coisa que passei para chegar ao meu destino.

Mas... você já foi para Cancún?

É como se a lua valesse por três sóis.

O taxista mal conseguiu entender meu espanhol arrastado, e eu não poderia culpá-lo. Consegui chegar ao Moon Palace por um milagre, fui na recepção pedir informações e também para deixar os meus pertences, mas me informaram que eu teria que fazer uma boa caminhada até chegar à cerimônia.

Em uma *subida.*

Acho que nunca suei tanto em toda a minha vida. Nunca me senti tão cansado. Minha mente estava prestes a explodir. O calor era insuportável e, meu Deus, quem escolheria se casar em Cancún no *auge* do verão?

Para coroar, no caminho, dei de cara com recém-casados transando ao ar livre, encostados em um portão. Eles me pediram a benção e a chave das algemas, já que o homem havia prendido os pulsos da esposa nas grades e, infelizmente, a chave caíra para o meu lado do resort.

Eu os ajudei, mas toda a paciência que tentei internalizar estava prestes a ir embora.

Só que... espera. Não é o que dizem? Nada é tão ruim que não possa piorar?

O último dos testes foi quando caí em cima de uma mulher aparentemente alcoolizada e que, por algum motivo, achou certo se esconder atrás de um arbusto.

Eu não tinha tempo para aquilo.

Aquela viagem inteira estava sendo caótica, e eu esperava que se tornasse uma história engraçada para contar dali a uns dez anos, mas naquele momento não era. Estava molhado de suor, com as palmas das mãos raladas depois de cair com a bunda para cima, sentindo as bochechas e as orelhas queimarem de frustração.

Ouvi toda a baboseira da desconhecida sobre Saturno, o fim do mundo e sobre a minha... *saia.* Então, quando ela insinuou que eu deveria ajudá-la, ou que eu era o milagre que ela estava esperando, me levantei.

— Se não está machucada, eu vou embora. — As palavras soaram cortantes até para mim.

— Por favor. — Ela agarrou a batina com força, quase me puxando para baixo. — Senta aqui. Por cinco minutos. Eu preciso me confessar, é urgente.

— Não posso ajudar.

— Claro que pode, padre. Não há urgências no mundo espiritual? Essa é uma *urgência* espiritual. É um momento cataclísmico da minha vida. E eu *preciso* de você.

Olhei para a mão dela, e não vi uma aliança. Sendo assim, não poderia chamá-la de senhora. Não apenas isso, como também não encontrei sinal algum de que ela era uma convidada. O moletom que estava usando parecia ter sido atropelado pela máquina de lavar. Os pés estavam calçados com pantufas de flamingos. Estavam sujas de terra e grama, e ela não parecia se importar. Diferente de todo o resto, seu cabelo estava impecável. E ela estava usando maquiagem.

Nada naquela mulher fazia sentido. E eu não estava curioso.

— Me escuta, eu pedi por um sinal divino. E aqui está você. Só preciso conversar com alguém que não me conheça por cinco minutos. — Ela nem tomou fôlego antes de voltar a falar. — Está vendo aquele homem ali? — Apontou para um cara jovem, talvez na faixa dos vinte ou começo dos trinta.

Vestido como um noivo estaria, ele parecia ansioso. Havia certo burburinho e pessoas andando de um lado para o outro, procurando algo ou *alguém*. O resort estava sediando vários casamentos ao mesmo tempo, e com certeza eu tinha errado o rumo da cerimônia para a qual deveria ir.

Só que, de repente, meu erro não pareceu tão importante, porque, devagar, olhei para o homem com cara de moleque, e depois voltei minha atenção para a doida das pantufas de flamingo, e somei dois mais dois.

Seu cabelo estava preso no alto da cabeça e havia uma pequena flor dourada segurando o penteado. Era um penteado muito elaborado e uma maquiagem pesada demais para uma convidada.

Os olhos mel-esverdeados pareceram angustiados.

— Eu estava prestes a me casar com ele.

Levou um tempo, talvez longo demais, para eu responder.

— Você é *a* noiva? — perguntei.

— Sou. Quer dizer... *era*. — Ela fez uma pausa. — Mas tudo mudou num piscar de olhos. Por favor, não sei se é uma confissão, não faço isso há um bom tempo. Só preciso contar para alguém o que houve. Pode me ouvir só por alguns minutinhos?

Ela me remetia, de alguma forma, à aparência dos nativos norte-americanos, desde o formato dos olhos e traços do rosto ao tom de pele. Mas o sotaque não era originário dos Estados Unidos, era cem por cento britânico. A voz era bem delicada, apesar do desespero evidente.

Olhei para o relógio no meu pulso, mas antes que eu pudesse responder, ela abriu um fraco sorriso, segurou nos meus antebraços cobertos pela batina, e se sentou mais ereta. Não esperou eu dizer se estava ou não disposto a ouvi-la, ela simplesmente começou a falar.

— Você é a primeira pessoa que eu conto isso. — Sua voz saiu trêmula. — Mas... o que você faria se suspeitasse que seu noivo roubou seu dinheiro?

— Você suspeita que seu noivo te roubou?

Ela assentiu e eu olhei para ela mais uma vez. Olhei de verdade. O desespero na sua expressão não era por causa do achismo. Achismo você conserta com um confrontamento, com uma conversa. A dor em seus olhos era o peso da certeza e o fato de que não havia nada mais a ser feito.

Um silêncio pairou entre nós, seus dedos enroscados na minha batina. Ela tomou fôlego da mesma maneira como crianças fazem antes de mergulhar, segurando o ar nas bochechas e soltando-o com força ao emergir à superfície. Seu lábio inferior tremeu e ela desviou a atenção para a cerimônia.

— Tinham acabado de finalizar minha maquiagem quando pedi um tempo sozinha, só alguns minutos, para conseguir responder a um cliente — ela narrou bem devagar. — Esse cliente já estava na última etapa da assinatura de um contrato, um contrato que foi tão difícil que, ainda que hoje fosse o dia do meu casamento e eu estivesse puta por causa disso, *precisava* ter certeza de que ele tinha assinado.

Ela se abraçou como se, de repente, estivesse com frio.

— Só que eu não encontrei o contrato no meu e-mail principal, então acessei o secundário, pensando que, como ele era um cliente antigo, talvez tivesse se equivocado... e então foi lá que encontrei o caos.

Ela fez uma pausa e me encarou.

— Achei vários e-mails do banco avisando que eu perderia meu apartamento por falta de pagamento. Achei estranho, pois o meu apartamento, que paguei com o meu dinheiro, está quitado. Descobri, então, que o problema era a *casa* que Jordan tinha comprado para morarmos depois de casados. As parcelas não foram pagas, e meu apartamento, colocado como garantia colateral em um contrato de cláusulas extraordinárias, seria tomado pelo banco. As cláusulas tornariam a pior das hipóteses *literalmente* a pior das hipóteses, porque o banco poderia escolher o imóvel da garantia colateral ao invés do financiado. E parece que é isso que o banco está fazendo. Acho que Jordan me roubou, pois o dinheiro que paguei nunca foi para as parcelas.

— Você nunca recebeu uma ligação do banco?

Um soluço escapou da garganta dela, mas, por alguma razão, não derramou nem uma lágrima.

— Não... Será que isso quer dizer... que ainda pode ser um erro, certo? — *Esperança*. Esperança surgiu em seus olhos. — Talvez uma série de e-mails falsos? — ela perguntou, virando-se para mim. — Um golpe? Isso acontece o tempo todo, certo? E-mails de mentira?

Eu tinha um casamento para ir. Coisas a fazer. Não podia gastar um segundo a mais naquela situação, mas me ouvi dizer antes que pudesse controlar.

— Deixa eu ver se entendi. Você e...

— Jordan.

— Você e *Jordan* — continuei. — Financiaram uma casa e você descobriu que não está sendo paga.

— Sim.

— Recebeu o e-mail dizendo que, pela falta de pagamento, você vai perder seu apartamento já quitado?

— Isso.

Eu não deveria me meter. Eu não deveria...

— Se importa se eu olhar um dos e-mails? — pedi.

— Claro que não. — Ela pareceu um pouco perdida, mas acessou o celular. Procurou algo ali e quando o estendeu para mim, vi que seus dedos estavam trêmulos. — Não sei bem como funciona essa coisa de confessar, mas você está fazendo tanto por mim. Que tipo de padre você é?

— Do tipo que acode em uma emergência espiritual, pelo visto.

Desviei o olhar para a tela do seu celular. A primeira coisa que percebi foi o fato de sermos correntistas do mesmo banco. Então, não só o sotaque era britânico, mas havia grande chance de ela morar em Londres. A segunda coisa é que o e-mail era do mesmo estilo dos que eu recebia, do tipo que os bancos enviam de forma bem íntima para te fazer investir, como no meu caso, ou *cobrar dívidas,* como no caso dela.

— Você mora em Londres? — Quis confirmar.

— Moro. E você?

— Sim. — Fiz uma pausa. — Onde é a sua agência?

— Na Canada Square.

Ela pareceu confusa por um segundo.

— Posso ligar para um conhecido? — indaguei.

— Por que você faria isso?

— Porque ele trabalha nesse banco e porque ele pode saber, talvez, pelos seus dados, se há procedência nos e-mails. É claro que a essa hora ele não poderá ir pessoalmente e acessar o sistema, mas sei que tem uma parte do acesso quando está em casa e, se dermos sorte, ele poderá olhar para você.

— Eu... eu consigo saber *agora* se isso é real?

Pressionei os lábios um no outro.

— Acho que já sabe.

Sem olhar a reação dela, puxei o celular do bolso e disquei para o número dele. Não levou muito tempo para me atender.

— King? Acho que você nunca me ligou, ainda mais a essa hora. — Ele ficou em silêncio por um instante. — Espera, achei que estivesse em Cancún.

— E estou — falei. *Infelizmente.* — Consegue fazer um favor para mim?

— Nossa, depende. O que houve?

Não éramos íntimos, nem conhecidos. Ele teve algumas reuniões profissionais com o Tim, o meu único amigo. E isso era tudo. Além de, claro, gerenciar a minha conta no banco.

— Você consegue acessar uma informação sobre uma cliente? Ela está aqui na minha frente e precisa saber se os e-mails que recebeu são verdadeiros. É sobre um financiamento imobiliário.

— Olha, King...

— Ela acha que o noivo a roubou, está prestes a tomar a decisão mais importante da vida dela. É o dia do casamento dessa mulher. Será que pode, por favor, fazer isso?

Ele ficou em silêncio por um momento.

— Você teve a sorte de eu já estar logado no sistema, checando alguns dados. — Exalou fundo. — Pode passar o telefone para ela?

Com o celular na orelha, ela engatinhou no chão. A cena teria me feito rir, se a situação toda não fosse tão absurda. Ela continuou engatinhando até ir para uma área longe o suficiente. Se levantou quando achou que estava segura, em uma área com zero movimento, para conversar com o gerente em particular. Ficou parada como uma estátua. A única coisa que vi se mexendo foram os lábios e pela leitura que fiz deles, ela disse algo sobre sua conta particular e como poderia quitar a dívida. Ela combinou alguma coisa com o gerente e passou mais longos minutos conversando, entre ocasionais suspiros de decepção e raiva.

Em algum momento, quando a ligação terminou, ela voltou a engatinhar em minha direção. E chegou perto o bastante, sentando no chão, completamente derrotada.

— Obrigada. — Ela abaixou o celular e me devolveu.

Pareceu exigir cada grama de sua força de vontade para conseguir falar de novo.

— É verdade — sussurrou. — É tudo verdade.

Fiquei quieto, ponderando se deveria dar a ela um pouco de privacidade, mas ela agarrou minha batina de novo.

— Eles estão tentando contato comigo por todos os meus meios antigos de comunicação, inclusive no meu endereço antigo, porque aparentemente *eu* dei os dados errados. É óbvio que não fui eu. É coisa do Jordan. Mas a situação fica bem pior do que a omissão e o roubo referente ao financiamento. Jordan não mexeu apenas no dinheiro do financiamento, mas no dinheiro do nosso futuro. Tínhamos uma poupança porque queríamos um começo seguro, um começo confortável. Foi o que combinamos. Mas eu nunca acessei a conta porque, olha só que coisa, eu *confiei* nele. — Ela me encarou. — Fui tão burra! Porra, como fui tão burra? O gerente disse que todo o dinheiro que depositei foi retirado no mesmo dia. Jordan nunca depositou uma libra sequer, só eu. E todo o depósito que eu fiz, *ele tirou de mim!*

Senti um gelo na espinha.

Aquela situação era um desastre. Não havia alternativa além de buscar um advogado para que ela soubesse quais eram os seus direitos, as opções legais e uma possível forma de se defender. Estava prestes a dizer isso, quando ela voltou a falar:

— É claro que vou *me foder* para resolver essa bagunça. — Ela prendeu a respiração. — Desculpa pelos palavrões, padre. Espero, de verdade, que Deus me perdoe.

Ela desviou o olhar.

— O seu amigo gerente foi muito útil em me ajudar. Ele me aconselhou a procurar um advogado, o que vou fazer, mas já falei para ele quantas parcelas consigo pagar e o que não consigo. Só que não é tão fácil assim. Vou ter que correr para vender minha sala comercial, tomar todas as providências necessárias para quitar a dívida e então refinanciar. Vou ter que ir ao banco e ter uma longa conversa com o gerente da minha conta e o setor responsável por financiamentos. Ele disse que o banco vai precisar fazer uma análise de crédito novamente. Mas agora... só quero odiá-lo. Só quero odiá-lo com tudo o que eu tenho.

— Compreensível.

— Como eu vim parar aqui? Saí do quarto, tirei o roupão, coloquei um moletom, e agora estou escondida atrás de um arbusto, assistindo ao que seria meu casamento à distância. — Ela exalou fundo. — Padre, eu não quero ter que enfrentar a justiça, processar meu ex-noivo, acabar com o nosso casamento dessa forma. Eu o amava. Mas o odeio tanto agora que mal posso respirar.

— O que você quer fazer? — perguntei.

— Não sei, o que eu *devo* fazer?

— Consegue confiar a ele o seu coração quando não é mais possível confiar a ele o dinheiro para construírem uma vida juntos? Acho que sabe o que quer desde o momento em que tirou o roupão e, em vez de colocar o vestido de noiva, escolheu essa roupa.

— Não tem volta a partir daqui.

— Não sou bom em aconselhar, mas...

— O senhor é padre. — Ela desviou o olhar para Jordan. E, então, voltou sua atenção para mim. — Não posso me casar com quem me prejudicou dessa forma. Como ele *pode* estar sorrindo? — A desconhecida parou e voltou a me encarar. — O senhor me leva até lá?

— Onde?

— Até o altar.

— Não acho que seja adequado.

— Por favor. Não posso subir naquele altar segurando o braço do meu pai porque ele não me entregará a ninguém. — Seus olhos ficaram marejados de novo. — Só preciso de uma força extra para encerrar esse pesadelo.

Se o meu melhor amigo me visse naquela situação, não acreditaria.

Eu não trocava mais de duas frases com uma pessoa, definitivamente não era do tipo falante. Não era opinativo e nem muito gentil. As pessoas me olhavam e temiam a minha figura austera. Mas quando aquela mulher implorou com os olhos por um braço para segurar antes de terminar com o próprio casamento, soube que não poderia dizer não. Porque eu também estive em situações em que precisei de ajuda, e ela nunca me foi negada.

Então me levantei, prendi melhor o cabelo e tirei a grama da batina. Ela fez o mesmo e ficou ao meu lado. Fiz um arco com meu braço e ela apoiou a mão delicadamente na parte interna do meu cotovelo. A moça, cujo nome eu não sabia, chutou as pantufas de flamingo para longe e respirou fundo.

— Está pronta?

— Não. Mas acho que tenho uma bomba para detonar.

CAPÍTULO 3

King

A caminhada não foi fácil. Ela não parecia bem; então também fui um suporte, sustentando seu corpo passo após passo, sem evitar, nem por um segundo, o olhar incrédulo do noivo.

Ali estava a noiva, descalça, ao lado de um padre e vestida com um moletom surrado. Levou pouco tempo para os convidados entenderem o que estava acontecendo, e ouvi as pessoas murmurando seu nome por todo o caminho; como um canto. Na verdade, como um escândalo.

É a Nicole? Meu Deus, é mesmo a Nicole!

Mesmo que eu só estivesse preocupado em atravessar aquele tapete branco com a garota que possivelmente se chamava Nicole, não pude deixar de reparar nas pessoas do lado do noivo. A vestimenta nem combinava com a cerimônia. Era como se todo o lado dele vivesse de aparência, e o lado de Nicole fosse formado por pessoas mais humanas.

Mais ou menos na metade do caminho, ela parou.

Segurou meu braço com força, sem derramar uma lágrima. Seu maxilar estava firme e a coluna ereta. E como se a harpista não soubesse o que fazer, uma música instrumental, que eu conhecia, começou a tocar. *In Her Honor*, de Sleeping At Last. Talvez a música de entrada da noiva.

— Chegou a hora de destruir tudo — ela disse para mim, mas soou mais como para si mesma. — Obrigada por me ouvir. Obrigada por me acolher.

Dei um passo para trás e olhei para o relógio. Bem mais atrasado do que poderia. Meu celular começou a vibrar, e eu tinha certeza de quem estava me ligando.

— Preciso ir — murmurei. — Sinto muito.

— Não sei o seu nome. — Ela franziu a testa.

— Não acho que isso importa.

— Eu sou a Nicole — se apresentou, sem esperar nada em troca.

Por alguma razão, ela conseguiu abrir um sorriso genuíno. E foi surpreendente. Nicole estava vivendo talvez um dos piores momentos de sua vida, e ainda assim tinha conseguido abrir um sorriso para um estranho que a ajudara. Não que eu tivesse feito muito, mas pareceu ter sido o que ela precisava.

— Filha, o que houve? — Uma mulher se aproximou de repente, me interrompendo, e parecendo angustiada. — Seu pai está te procurando por todo o resort neste exato momento!

— Mãe, eu sinto tanto...

Não era mais da minha conta. Concluí que havia feito mais do que o suficiente por uma estranha, talvez a minha boa ação do ano, e que eu precisava ir embora. Sem me despedir, senti os olhos dela nas minhas costas e comecei a andar para longe, não sem antes ouvir o grito de Nicole, me atingindo como uma sequência repentina de trovões.

— Como você *pôde*, Jordan?

Como eu disse, não era da minha conta.

Na segunda chamada de Tim, já mais distante da cerimônia, apertei o botão e atendi. Estava andando tão depressa que a dor nos joelhos por causa da viagem espremido naquela lata de sardinha que chamam de classe econômica me fisgou.

— Onde você está? — perguntou.

— Chegando.

— Caramba, King. O casamento está prestes a começar. Em quanto tempo?

Alívio preencheu meu peito quando o avistei à distância, porque parecia que nunca ia acontecer. Parecia que eu ia passar o resto da minha vida procurando o casamento.

— Estou te vendo — avisei. — Finalmente.

— Ah, que ótimo. Porque não enxergo dessa distância.

— Em um minuto eu chego. — Desliguei.

Alguns metros depois, cheguei ao casamento certo. Me concentrei na decoração simples e nos convidados, tentando andar devagar, embora ainda sentisse o suor por todo o meu corpo. Me deparei com várias pessoas, mais do que eu esperava. Havia gente de todas as faixas etárias, mas, principalmente, a maioria dos convidados eram idosos.

Eu queria bebida, banho e cama.

— Graças a Deus! — Meu melhor amigo, o meu único amigo, me abraçou assim que fiquei ao seu lado no altar.

— Não faz ideia do que eu passei para chegar até aqui.

— Se tivesse me escutado e vindo antes, não seria tão corrido e... — Tim me afastou, mas, assim que viu, começou a gargalhar. — Não tinha comprado uma fantasia de rei para o meu casamento temático? Rei, por causa do seu sobrenome? Por que está vestido como um padre?

E só naquele instante percebi que em nenhum momento falei para Nicole que eu, na verdade, não era um padre. De qualquer forma, não importava. Nunca mais nos veríamos.

— Quer saber qual dos nove círculos do inferno eu enfrentei? Além do voo ter atrasado e quase cair depois de uma turbulência, minha mala foi trocada pela de *um padre*! E a companhia aérea só vai enviar o serviço de courier para eu devolver a mala do padre e pegar a minha amanhã de manhã. E como você inventou de se casar com uma festa à fantasia, tive que vestir a batina. Considere sorte ou azar eu poder fingir que a batina é uma fantasia. Era isso ou vir pelado.

— Meu Deus, isso é *quase* uma piada? — Tim voltou a rir. — Não posso falar o nome de Deus em vão agora. Aliás, é pecado roubar a roupa de um padre? Deve ser. Não roubarás é um dos mandamentos, se me lembro bem.

— Eu não *roubei*. — Semicerrei os olhos. — Ainda precisei dar uma falsa benção a um casal que estava transando ao ar livre e aconselhar uma noiva que agora já nem mais noiva é.

Tim pareceu surpreso e prestes a gargalhar de novo.

— Você? Dando benção? Aconselhando? Estou em uma espécie de universo alternativo? Eu teria dado toda a herança que vou deixar para os meus filhos em troca de assistir a isso tudo.

Revirei os olhos.

— Não é engraçado. *Não foi* engraçado.

— É sim, para quem te conhece.

— Tim...

— Sou vinte e quatro anos mais velho que você, tenho idade para ser seu pai — argumentou. — Não me mande calar a boca.

— Eu não disse isso.

— Mas pensou.

Tim estava com sessenta e oito anos, e com mais energia que eu. Olhei para os convidados, que não tinham a mesma sorte de Tim: todos fantasiados e metade dormindo em seus assentos.

Balancei a cabeça.

— Fez toda a terceira idade da Inglaterra se fantasiar e viajar até Cancún? — Ergui uma sobrancelha.

— Quando éramos jovens, Vera e eu prometemos que nos casaríamos em Cancún, sob o luar, e faríamos todos os convidados se fantasiarem. Eu já te contei essa história. É uma promessa da nossa adolescência, e não tinha como não cumprirmos. Estamos no fim da vida, rapaz. E ficamos cinquenta anos separados. Quem pode nos culpar?

— Não estou te culpando por se casar com o seu primeiro amor, o problema é fazer isso na noite mais quente do ano, com idosos que só querem dormir.

— É você quem só quer dormir.

Pensei um pouco.

— É.

Tim riu.

— Tim, por que há dois padres no seu casamento? — uma das

convidadas perguntou, ajeitando os óculos. — Ou estou vendo errado?

Ouvi Tim gargalhar ao meu lado, mas mantive a expressão neutra.

— Não sou um padre de verdade — respondi. Na verdade, eu gritei, porque pela maneira que ela estava fazendo uma concha com a mão atrás da orelha, pressupus que mal podia me ouvir. — Sou o padrinho.

A senhora abanou com a mão.

— Todos nós somos filhos de Deus — falou, como se não fosse nada.

Tim ainda estava rindo quando a música da entrada da noiva começou a tocar. Vera surgiu com um lindo vestido azul, caminhando até o altar com a felicidade adolescente de uma garota de quinze anos que prometeu amar um rapaz de dezoito para sempre, não importava quanto tempo passasse.

A história deles era inspiradora, porque os dois tinham passado a vida inteira separados, tendo fé de que um dia seus destinos voltariam a se cruzar.

Vera foi o primeiro amor de Tim. Eles se conheceram quando a brasileira morou na Inglaterra, mas seus caminhos acabaram seguindo direções opostas, e eles se casaram e tiveram filhos com outras pessoas. Anos depois, se reencontraram, e decidiram que nada mais os afastaria.

Pareceu que, de repente, Vera sentiu o peso do tempo, pois, em vez de andar, ela correu em direção ao altar e parou diante de Tim, com os olhos cheios de lágrimas.

— Esperei cinco décadas para ser sua esposa e não quero esperar nem mais um segundo — confessou, emocionada.

Tim segurou as bochechas de Vera e a beijou na testa. Foi quando a cerimônia foi iniciada pelo padre de verdade. Enquanto ele falava sobre o amor, reparei nas idosas vestidas de sereia e princesa; havia até uma Marilyn Monroe. Também observei as fantasias dos homens: piratas, vampiros, além de um Elvis e um Michael Jackson. Era a festa de casamento que Tim e Vera tinham imaginado havia cinquenta anos, e que só estava se concretizando naquele momento.

Pelo menos, eles estavam felizes.

E eu nunca mais vou pisar nessa merda de Cancún.

CAPÍTULO 4

Nicole

— Vou ter que comer aquele bolo pelo resto da minha vida — murmurei, derrotada.

— Nicole…

— Para pagar as contas, não vou poder comprar um maldito nugget, Jordan. Essa merda desse bolo é tudo o que eu vou ter, até pagar as dívidas que *você* fez. Aliás, peça para os seus convidados nem tocarem na comida, porque vou levar tudo para casa e viver de salgados de camarão até ter uma intoxicação alimentar e *morrer*. As garrafas de champanhe? Eu quero todas. Porque eu não vou pagar, *você* vai. E os cravos? Você imaginou que isso seria um casamento ou um velório? Que porra você estava pensando quando trocou as flores que *eu* tinha escolhido?

— Sinto muito, amor, por favor… foi a minha família que trocou as flores e…

— Você *sente* muito? — gritei. — Fodam-se os cravos. Para *onde* foi o dinheiro, Jordan?

Eu tinha saído do altar e estava na nossa suíte de lua de mel. Embora eu quisesse ter essa conversa na frente de todo mundo, havia o meu pai, a minha mãe e os conhecidos deles. Havia convidados que eu respeitava e que não tinham nada a ver com os meus problemas.

E Jordan ser um ladrão, um canalha… eu não queria que ninguém tivesse uma úlcera por causa dele.

— Eu fui para a Europa e para os Estados Unidos e acabei usando o dinheiro da nossa conta. Você se lembra? Da viagem?

— E o financiamento da casa?

Ele fez uma pausa.

— Fiz alguns investimentos de risco e precisei do dinheiro para cobrir. Amor, eu pensei que, se pudesse investir o dinheiro e dobrar o valor, seria incrível!

— Investimento de risco. — Engoli em seco. — Você nem pensou em me dizer que usou o dinheiro da nossa conta? — indaguei. — O dinheiro das parcelas do financiamento?

— Achei que estava fazendo uma coisa boa, amor. Algo *bom* pra nós dois. Nicole, eu só...

— *Por que* está fazendo isso comigo?

— Amor, eu...

— *Você* disse que o meu apartamento não era a única garantia colateral, e que também havia colocado a casa dos seus pais, já que a merda da propriedade que você quis comprar para nós era totalmente fora do nosso orçamento e as condições do banco foram insanas. Você *pediu* para eu confiar em você. — Senti a fúria correndo pelas minhas veias. — Faz ideia de como estou me sentindo idiota por ter descoberto isso só no dia da *porra* do nosso casamento?

— Nicole! — Ele pareceu exaltado. — Eu sou *digital influencer* de investimentos, você sabe disso. Arriscar é o meu trabalho. E você nunca ia concordar, você é relutante com mudanças. Você é... rígida. Eu achei um investimento incrível, mas que era arriscado... E, olha, de verdade, tudo nessa vida é. Tudo no meu trabalho é assim.

— Cala a *boca*, Jordan! Rígida? Sério? Você me roubou!

Isso pareceu atingi-lo direto no peito.

— Eu não te roubei!

— Por que não falou a verdade para mim? — continuei, atirando as palavras como se não pudesse mais contê-las. — Para os seus pais?

— Você não me escuta!

— Então, qual era a merda do seu plano? Ia me fazer mudar para uma casa e me faria ser despejada em semanas? Ia me fazer mudar para uma casa enquanto o *meu* imóvel seria colocado em leilão? E eu ia ficar acreditando que teríamos tudo, até ficarmos sem teto? Você ia se casar comigo e depois fazer um chá de revelação das nossas dívidas?

Eu estava exausta. Olhar para Jordan era cansativo. Vê-lo com a roupa de noivo partia o meu coração. Ele estava lindo. Lindo e sujo de mentiras.

— Nicole, meu amor, vamos nos casar, por favor? — O tom de sua voz desceu dois tons. — A gente consegue resolver isso. Confie em mim. Vamos perdoar um ao outro.

— Claro — sussurrei de volta.

— Então, vamos nos casar? — Esperança cruzou seus olhos.

E eu quis morrer. Tudo o que a gente viveu... foi nada.

— Óbvio que não! Eu fui o seu banco, Jordan! — Ri, sem humor. — *Digital influencer* de investimentos? Quer que eu fale para o seu público onde o nosso dinheiro foi parar? — Senti a raiva subir na minha garganta. — Nem foi o nosso dinheiro, mas o *meu* dinheiro, porque você nunca fez um único depósito na nossa conta. E ainda tem coragem de se defender assim. Estou prestes a *perder* o meu apartamento. Agora, estou com dívidas que nunca pensei que teria, e vou ter que tomar medidas legais e gastar ainda mais com aconselhamento jurídico... prestes a perder tudo o que tenho por sua causa!

— Amor, vamos conversar sobre isso com calma. Não é assim. Olha, o que você quer ouvir? Que está certa?

Nem respondi.

— É o dia do nosso casamento — ele continuou falando. — Não precisamos tomar medidas legais, podemos resolver isso de outra forma. Já pensei em tudo. — Ele pegou as minhas mãos. — Olha, vou ser sincero. Não vou conseguir pagar a dívida.

Dei um passo para trás, tirando as minhas mãos das dele.

— Ah, jura?

— E nem vou conseguir te devolver o dinheiro que gastei... mas posso tirar o meu nome da casa.

— E eu fico com a dívida toda só para mim? Que belo presente, seu cretino!

— Nicole, eu tiro o meu nome da casa conversando com o banco e explicando que não posso assumir a dívida, eles vão entender que você é a única pessoa com o melhor crédito no momento. Eu nem vou precisar me explicar, é só eles olharem as nossas contas. E você pode conseguir se recuperar e ficar com as duas propriedades. Se for assim, você repensa em se casar comigo? Nós podemos chamar um advogado para formalizar esse acordo. Você pode ficar com tudo, amor. Mas, por favor, não me deixa. — Os olhos castanhos se prenderam nos meus e Jordan começou a chorar. — Você é tudo o que eu tenho, Lily.

— Não use o apelido que o meu pai me deu. Meu nome, pra você, é *Nicole*. — Tentei segurar as lágrimas e engolir o choro, porque naquele momento eu tinha que ser racional. — Você quer que eu fique com tudo, certo? O que é tudo? Uma dívida imensa que eu não esperava ter que pagar? A não ser que eu crie uma conta no Only Fans e fique muito famosa pelos meus peitos, ou que um sheik se apaixone por mim em um piscar de olhos, ou que eu venda duas ou três mansões em alguns meses...

— Você vai conseguir se recuperar, Nicole. Eu tenho tanta fé em você, em nós.

— Para pagar as *dívidas que você fez*! — Juro por Deus que tive que driblar umas cem lágrimas naquele segundo para continuar falando. — Então você acredita que eu vou me recuperar financeiramente e também acha que existe alguma chance de eu querer me casar com *você*? — gritei a última parte, porque não era possível que ele estivesse acreditando nisso.

Virei as costas, não aguentava mais olhar para a cara dele. Aquele semblante de bom moço insuportável.

No entanto, por algum motivo, olhar ao redor parecia ainda pior.

Três fotos emolduradas do nosso ensaio de pré-casamento, que eu nem tinha pagado ainda, estavam penduradas na parede. O serviço de quarto do hotel com um vinho ainda mais caro do que o servido no casamento, salada de frutas e tábua de frios. A decoração romântica, as malditas toalhas em forma de cisnes, as pétalas de flores na cama. A lua de mel que íamos aproveitar em Cancún depois da cerimônia.

Eu quis vomitar.

— Se o meu pai não estivesse com dívidas, ele pagaria tudo por mim —

ele disse. — Eu tentei, Nicole, mas não consegui. Sabe, posso tentar conseguir um crédito com um agiota. Posso tentar ganhar dinheiro em apostas e...

Estava tão cansada que parei de ouvir. Quando fiquei pronta para falar de novo, soltei um suspiro e disse bem baixinho:

— Com um advogado, vamos assinar um acordo. Eu vou pagar todas as dívidas sozinha, e você não vai ter direito a nada.

Porque eu ia conseguir, certo?

É claro que eu ia. Poderia vender a merda de casa que ele cismou de comprar, mas se o mercado imobiliário no bairro que ele havia comprado ainda estava desvalorizado, eu teria que aguardar um pouco para não ter mais prejuízos, colocá-la para alugar na pior das hipóteses, e então conseguir pagar a parcela, ou parte dela, com o aluguel. E eu poderia vender minha sala comercial e trabalhar em *home office* por um tempinho. Usaria esse dinheiro e o da minha poupança particular, e parte do dinheiro da minha empresa, para renegociar o financiamento.

Eu ia me foder? Com certeza. Toda a minha vida ia mudar e talvez eu não estivesse brincando quando falei que não ia conseguir comprar um nugget. Talvez ainda houvesse uma chance de perder o apartamento em um futuro próximo, se eu me enroscasse e não saísse tudo tão perfeito quanto estava na minha cabeça. Eu teria que trabalhar dobrado e economizar até papel higiênico. Mas, no momento, era tudo o que eu podia fazer.

Me dava calafrios pensar em lidar com Jordan por meses até a dívida estar paga.

Então, foda-se ele.

Ele não ia cumprir o acordo, Jordan não teria dinheiro para me pagar. O homem não tinha palavra, mas, pelo menos no fim, ele foi sincero. Se eu fosse esperar alguma coisa de Jordan, eu só ia me estressar com algo que nunca se resolveria. Então eu assumiria tudo, desde que ele nunca mais olhasse na minha cara.

— Amor... — ele tentou.

— Você nunca mais vai falar comigo ou com a minha família. *Nunca mais.* Essa é a última vez. Nossa próxima conversa será diante de nossos advogados.

E por algum motivo, apesar de sentir nojo de Jordan, eu não conseguia deixar de sentir o meu coração se partindo, quebrando mais e mais, porque acreditei que o meu futuro seria com ele. Teríamos filhos, um cachorro grande, uma cerca branca. Teríamos um lindo jardim e os nossos pais viriam nos visitar sempre. Seríamos unidos até na velhice, porque Jordan era confiável, e ele nunca ia me machucar.

Mas essa não era a verdade, era?

Naquele momento, pensei que seria mais fácil se ele tivesse me traído com uma mulher e não com o dinheiro. A dívida que ele tinha criado ia reverberar na minha vida por muito mais tempo do que uma traição. Toda vez que eu quitasse uma parcela me lembraria de todo o mal que ele me fez.

No meio daquela névoa de pensamento, me lembrei do padre.

Consegue confiar a ele o seu coração quando não é mais possível confiar a ele o seu dinheiro para construírem uma vida juntos?

Jamais poderia confiar de novo.

Jordan tocou o meu braço, e me virou para ele. Eu nunca o tinha visto soluçar, mas as lágrimas escorriam em seu rosto. Eu teria pena, de verdade, se ele não tivesse me destruído da forma que fez.

— Acha que um dia vai me perdoar?

Observei aquele rosto que esteve comigo por seis anos, aquele homem que tinha sido meu namorado e noivo durante todo o início da minha vida adulta. Que me viu batalhar pelo meu sucesso, pelos meus sonhos. E percebi que aquilo não tinha significado nenhum para ele. Nada do meu esforço... do meu trabalho... eu não valia nem *uma libra* para aquele homem.

— Você não destruiu apenas o meu futuro, Jordan, você matou o meu passado e todos os passos que eu dei para chegar até aqui. Todas as viagens que deixei de fazer com os meus pais para economizar para a nossa conta conjunta, as roupas que deixei de comprar. Cada pequena e grande economia que fiz durante três anos pensando em nosso futuro, sonhando com a vida a dois. Tudo isso foi em vão. Enquanto eu almejava segurança financeira, você estava em um mundo só seu. Foi como se você pegasse o nosso amor e torrasse em uma noite em Vegas. Não, muito pior do que isso. Você usou o nosso futuro como moeda de troca para o seu próprio ego. — Senti meu lábio inferior tremer. — Não posso te perdoar. Mesmo que eu me reerga, mesmo que a vida seja gentil comigo. Nunca vou te perdoar pelo estrago que você me causou.

Foi aí que bateram à porta do nosso quarto. Jordan relutou se deveria parar a conversa para abrir, mas ele foi. Assim que a porta se abriu, eu soube quem era. Meu pai encontrou meus olhos preocupados e furiosos. Em menos de um segundo, ele enxotou Jordan do quarto, segurando-o pelo colarinho. Acho que meu pai deu um soco no rosto dele, mas não tive certeza. Minha mãe se aproximou de mim, se desmanchando em lágrimas.

Minutos depois, me vi sozinha com o meu pai e a minha mãe, até sentir os braços do único homem da minha vida ao meu redor. Eles nem sabiam o que tinha acontecido, mas só pela minha reação no casamento e a desistência, foram me acolher. Papai me abraçou com todo carinho, e a sua voz se quebrou contra o meu cabelo.

— Pare de ser um raio de sol. Por favor, Lily, se permita chover.

E foi sob sua proteção que eu por fim deixei meu mundo desabar.

CAPÍTULO 5

Aeroporto Internacional de Cancún

King

— Então, ela não se casou? — Tim perguntou, relembrando a história da tal Nicole enquanto andávamos pelo Aeroporto Internacional de Cancún, dias após o casamento.

— Acredito que não — falei, distraído, procurando o número dos voos.

Tinha comprado a passagem um pouco em cima da hora; meu voo partiria no final da tarde. Não estaria no mesmo voo de Tim e Vera. Ainda assim, quis chegar cedo ao aeroporto e acompanhá-los, porque a filha de Vera, Amanda, e os três filhos de Tim, James, Miles e Dean, já tinham ido embora por causa de trabalho e outros compromissos.

Depois do casamento, Tim e Vera quiseram ficar mais um pouco e aproveitar o resort e a praia; já eu não saí do ar-condicionado. Como a minha agenda era mais maleável do que a dos filhos deles, decidi que ficaria por lá e os acompanharia.

— Meu Deus, não consegui parar de pensar nessa história — Vera soltou, subitamente.

— Qual história? — perguntei, perdido.

— Nossa, King. E eu que estou velha. A história da garota que descobriu a traição quase no altar! Tão nova. Tadinha.

— Ah. — Franzi o cenho. — Ela não foi traída.

— Claro que foi. Ele a *roubou*. É uma traição terrível! — Vera comentou.

— Você disse que ela aparentava ter uns vinte e poucos anos? — Tim perguntou.

— Foi o que pareceu. Talvez tenha a metade da minha idade, não sei dizer. — Passei a mão entre os fios do cabelo e soltei um suspiro assim que vi o voo de Tim e Vera ser anunciado na lista de embarque.

— Tão nova pra se decepcionar desse jeito. — Vera suspirou. — Como vai acreditar de novo no amor? Como vai confiar em alguém nessa vida? Como vai se recuperar financeiramente?

— Ela vai se recuperar, minha preciosa flor. Todo mundo se recupera. — O marido deu tapinhas leves nas costas da esposa.

— Vou acompanhá-los até o portão de embarque — avisei.

— Temos tempo, querido — Vera refutou.

— É, fica mais um pouco com a gente.

Tim abriu um sorriso que me fez lembrar o meu avô.

A verdade é que há buracos que nunca se fecham. A vida apenas continua a florescer ao redor deles, mas você os sente lá, existindo e pulsando.

Conheci Tim na época em que estava me curando da perda dos meus avós. Tinha decidido sair da Nova Zelândia, país que é responsável por metade do meu sangue, e voltar para a Inglaterra, país em que nasci. Minha dupla nacionalidade me permitia ir e vir entre os dois se quisesse. Mas, apesar de ter uma conexão muito forte com a Nova Zelândia, a Inglaterra, naquele momento, pareceu uma oportunidade mais vantajosa, e também o lugar onde eu queria finalizar minha formação acadêmica e construir meu nome.

Concluí o doutorado em arquitetura pela Universidade de Cambridge e foi lá que o conheci. Nascido na Inglaterra, o professor de ascendência africana tinha a bagagem profissional mais impressionante do mercado e não era nada do que falavam. Tim sempre teve o coração mais bondoso e o olhar mais gentil. No período em que reiniciava a minha vida, em que tentava ser um profissional capacitado e com um currículo interessante como arquiteto, lá estava ele. Quando abri meu escritório, o Legado King, recebi seu apoio, indicações de clientes, supervisão durante o curso e, mais importante, sua amizade.

Continuava a buscar conselhos de Tim sobre projetos e decisões profissionais, apesar de ele já estar aposentado. Depois de mais de dez anos morando em Londres, aprendi grande parte do que sabia por causa de Tim, e devia muito a ele.

Praticamente tudo o que construí.

Não só por me orientar, mas por ter me ouvido quando não havia mais ninguém ao meu lado. Eu não era um cara sociável, e não fiz amizades em Londres. Mas Tim, sem dúvida, era um bom amigo.

— Poderíamos encontrá-la — Vera disse, de repente.

— Encontrar quem?

— A garota — Tim disse e revirou os olhos.

— Que garota? — perguntei.

— *Nicole* — Tim falou.

— Não — respondi.

— Por quê? — Vera questionou.

— Vocês estão mesmo me fazendo essa pergunta? — Eles ficaram em completo silêncio. — Não vou responder — adicionei.

— Por quê? — Foi Tim dessa vez.

— Porque não temos nada a ver com a vida dela — retruquei, irritado.

— Não ficou curioso para saber o desfecho da história? — Vera indagou.

— É óbvio que ela vai entrar com uma ação judicial e refinanciar a dívida — respondi.

E eu não queria fazer parte daquilo. Nem a conhecia. Na verdade, não queria fazer parte da vida de ninguém, a não ser Tim e Vera. E esse era o máximo de energia social que eu me permitia. Já era complicado lidar com os clientes, administrar o escritório. Eu era bom em entender pessoas, mas não era bom em me comunicar com elas.

— Cole — Tim disse, gentil. Ele sempre me chamava de King, mas quando falava Cole, era porque precisava de algo. — E se a gente ligasse para o resort e pedisse informações? O que acha? Talvez enviar flores ou algo assim. Um cartão. Seria educado, depois de tudo o que vocês passaram.

Encarei Tim. Encarei de verdade. Porque não era possível que depois de tanto tempo ele ainda não me conhecesse.

Semicerrei os olhos para os dois.

— O que nós passamos? Eu a ajudei por cinco minutos.

— Foi mais do que cinco minutos — Vera retrucou.

— Quando você, de verdade, ajudou alguém, Cole? — Tim tentou.

— Eu não vou dar uma de *stalker* e sair pedindo informações sobre ela por aí. E sabem por quê? Não quero saber. E não tenho interesse algum em repetir aquele encontro desastroso. Se eu a visse na rua, atravessaria para o lado oposto da calçada, só para não precisar lidar com o constrangimento.

Tim esboçou um sorriso invertido, com o canto dos lábios para baixo. E Vera deu dois tapinhas no ombro do marido, como se quisesse acalmá-lo. A pele branca de Vera estava completamente vermelha do sol.

— Às vezes você é tão mal-educado, dr. King — Tim apontou.

Era raro, muito raro, mas eu quase sorri.

— Quando usa o meu PhD, é porque está irritado.

— Não quer mesmo saber que destino teve a pobre moça? — Tim tentou de novo.

— Eu vou dizer isso com todo o respeito e cortesia do mundo. — Fiz uma pausa lenta, muito lenta. — *Não*.

Tim não aguentou e riu. E eu abri um sorriso.

— Agora, se não quiserem perder o voo de vocês, posso acompanhá-los? — adicionei.

Peguei as malas de mão de ambos e andei ao lado deles até que chegássemos ao portão. Tim me puxou pelos ombros e me abaixou, porque eu era muito alto, dando um beijo na minha testa. Vera beijou as minhas bochechas e deu dois tapinhas suaves no meu rosto, seus olhos cor de mel piscando com doçura para mim.

— Coma antes de viajar — Vera pediu, indo para a fila.

Mas Tim ficou.

— Você precisa se abrir para a vida, filho — ele disse.

— Já estou aberto.

— Com a porta fechada e o ar-condicionado ligado? Não foi à praia, não tomou um coquetel mexicano, não provou a comida direito. Só ficou no quarto.

— Fiquei trabalhando.

— Eu sei, mas você precisa abrir os olhos e sentir o sol no seu rosto.

— Estou vivendo, estou aqui.

— Está mesmo? — Os olhos de Tim brilharam. — Pense sobre isso no seu voo.

— Se não perderem minha mala de novo e não tiver uma turbulência...

— Você vai ficar bem.

— Vou — garanti. — Me avisem quando pousarem.

— Miles vai nos buscar.

— Tudo bem — eu disse.

Enfiei as mãos no bolso da calça enquanto os via andar na fila preferencial. Acompanhei até o avião decolar, depois voltei ao setor de embarque para aguardar a minha vez de partir.

Eu amava Tim e Vera.

E não era todo mundo que conseguia entrar no meu coração.

PARTE 2

"Ela não está mais no ontem.
Foi viver."
— Zack Magiezi

CAPÍTULO 6

Londres, Inglaterra

Um tempo depois

Nicole

Não preciso de um homem se, na verdade, sou amada por um objeto eletrônico chamado Alexa, que se entende com a cafeteira e programa o meu café para às oito da manhã em ponto. Que fecha as cortinas silenciosamente às quatro e meia da madrugada para que a luz não me acorde quando o sol nascer. Que está agendada para alterar toda a iluminação do meu apartamento de acordo com o que eu preciso.

Jordan não fazia isso.

Na verdade, ele nunca me serviu uma xícara de café na vida.

Não tive muitos relacionamentos durante meus vinte e nove anos, e seis deles perdi com Jordan... desperdiçando mais da metade de uma década. Mas tive alguns namoros na adolescência e começo dos vinte que me decepcionaram de outras formas.

De todos eles, sempre tirei algum ensinamento.

Mas Jordan...

Concorda comigo que ele ganhou o prêmio de pior ex do ano?

Mas a culpa da falta de caráter dele não era minha. Eu sou uma boa pessoa, honesta, gentil e amorosa. Eu era alguém digna de levantar todas as manhãs com um sorriso no rosto e a consciência tranquila.

Quero dizer, nem tão tranquila assim, desde que o banco me fez assinar um contrato que faria até a pessoa mais zen do mundo ter pesadelos.

Peguei o celular e vi uma chamada perdida da minha mãe. Eram oito horas da manhã. Provavelmente estava curiosa sobre a minha última reunião com o advogado.

Alexa, perfeita como sempre, começou a fazer o café.

— Bom dia, minha filha — sua voz tranquila disse do outro lado da linha assim que atendeu a chamada. — Acordou se sentindo bem?

— Bom dia, mãe. Estou ótima. E você?

Ela fez uma pausa.

— *Ótima?* — Pareceu cética por um momento. Em seguida, deu um suspiro trêmulo. — Então, deu certo? — Foi como se a esperança se materializasse em sua voz. — Conseguiu assinar o acordo com o banco e os advogados, filha? A dívida não é tão alta assim, né?

Mentir para os meus pais... é, não me lembro de ter feito muito isso na minha vida. Mas, se eu contasse a verdade, eles iam vender a casa que conquistaram com tanto esforço em um dos vilarejos mais encantadores de toda a Inglaterra. The Cotswolds era o sonho de aposentadoria do meu pai, e ele tinha conseguido.

Eles estavam *lá* e eu não poderia tirar isso deles.

Não queria que soubessem que as condições do refinanciamento com o banco me fizeram suar frio. Que não foi nada fácil tirar o nome do Jordan do contrato. Que eles vasculharam todo o meu passado, até quanto eu pagava na assinatura mensal da Netflix, e qualquer pessoa no meu lugar ia ter preferido dever para agiotas do que para o banco.

Se soubessem o tipo de contrato com o diabo que assinei, que tive que dar ao banco cada libra que eu tinha na minha poupança e ainda que precisei vender a sala comercial por um preço muito abaixo do mercado, em tempo recorde, e ainda demitir os funcionários.

Se eles *soubessem* que a inadimplência da droga da casa que o meu ex quis comprar, mesmo com o seguro do financiamento, me deixou muito ferrada e que teria que me esforçar o dobro para honrar o novo acordo com o banco, jamais permitiriam que a filha única deles ficasse nessa situação.

Se eu contasse, outras coisas da minha vida iriam desmoronar por causa de Jordan.

E eu não queria que fossem os meus pais.

Então, eu ia calar minha boca e... *transformar* a verdade.

— Mãe, vai dar tudo certo. Eu só preciso vender uma casa.

Não era mentira, eu *precisava* vender uma casa. Ou cinco.

Talvez virar acompanhante de luxo.

Vender os órgãos.

Ah, e tem mais: quando voltei de viagem, fechei o contrato com aquele cliente que me enviou o fatídico e-mail no dia do meu casamento, e consegui dar esse dinheiro para o banco também. Acabei pagando bem mais do que esperava, só para ter a chance de refinanciar. Mas era isso. Praticamente tudo o que eu tinha, exceto o meu apartamento e algum valor para despesas básicas, foi dado ao banco.

O pouco que havia sobrado teria que ficar guardado a sete chaves para eu sobreviver pelos próximos meses até vender uma casa. O resto estava comprometido com o banco.

Era como dever a alma em vida para um ser do mal.

Uma sensação terrível, que eu não desejaria para ninguém, apesar de ter recebido muito acolhimento. Ser bem acolhida não significa que o contrato não era absurdo.

— Fiz um acordo com o banco — continuei. *Verdade.* — Refinanciei de um jeito muito bom pra mim. — Não *tão bom* assim, mas sem dúvida o melhor que eles puderam fazer, mas ela não precisava saber. — Expliquei, com o advogado, tudo o que aconteceu.

O conhecido do padre se encontrou comigo várias vezes enquanto eu tentava resolver tudo. Acho que ele ficou com pena depois que expliquei a situação com mais detalhes, e até comentou que, se o marido dele fizesse algo assim, jamais aceitaria.

Duvido que eu teria conseguido sem ele.

Ele não era meu gerente, mas interveio e lutou para que as parcelas da renegociação fossem melhores, alegando que eu nunca tinha feito um financiamento na vida, que já tinha comprado uma casa à vista, que eu também tinha adquirido um escritório e que era uma profissional jovem, saudável e com um futuro promissor.

Além do mais, ele defendeu que minha análise de crédito era boa. Ele e o meu advogado lutaram para que eu conseguisse assumir o financiamento sozinha, pois mesmo sem ter um rendimento fixo mensal, o montante anual que eu recebia estava acima do limite mínimo necessário.

Aparentemente, alguns outros fatores contaram também, como o fato de eu já ter colocado a casa que ia morar com Jordan para alugar e estivesse pensando na possibilidade de vendê-la. Acredito que alugar a casa tenha sido a virada de chave para o banco aceitar a minha assinatura do contrato; o aluguel garantiria alguma renda e, com isso, eu não ficaria inadimplente de novo.

O fato de eu ter chutado o irresponsável da relação também foi bem visto por eles.

O advogado foi excelente em lutar pelos meus direitos e, devido aos danos morais e financeiros que Jordan me causou, em comum acordo e além do banco, eu não tive que devolver a parte do seu investimento de dois anos, porque... *porra*. Imagina eu ainda ter que pagar para um homem que me roubou? A entrada que demos na casa entrou neste acordo.

Mas, de verdade, agora era só seguir em frente... de algum jeito. Assinei o contrato da casa, que passou a ser minha responsabilidade, mesmo que eu tivesse arrepios só de pensar naquele lugar.

E eu nunca mais precisaria olhar para a cara de paspalho do Jordan.

Claro, de repente, se Deus quisesse *mesmo* me enviar um milagre, eu aceitaria. *Tipo, vender uma casa ainda mais cara.* Meu Deus, isso acabaria com a minha dor de cabeça.

Me forcei a abrir um sorriso e continuei falando.

— Como está o papai? — perguntei suavemente.

— Filha...

— O quê? — indaguei.

— Tem certeza?

— Sobre o quê, mãe?

— Não quer enviar o contrato do banco pra gente dar uma olhada?

Não quer que a gente coloque a casa à venda para te ajudar? Filha, podemos morar em um lugar pequeno e simples, só nós três. Talvez afastados de Londres, ou talvez possamos nos mudar para os Estados Unidos...

Minha mãe era norte-americana e o meu pai, britânico. Eles não gostavam dos Estados Unidos, preferiam a tranquilidade das cidades interioranas da Inglaterra. Vender a propriedade que eles compraram já na velhice, porque queriam paz e sossego, era injusto. Era *muito* injusto. E eu não faria isso com eles por causa de um erro meu.

Na verdade, tenho medo de perguntar para Deus onde foi que eu errei e ele ter um fluxograma completo da minha vida, somado a uma apresentação do Power Point e uma planilha do Excel, com detalhes apontando todas as minhas falhas.

Quase consigo vê-Lo fazendo uma retrospectiva do tipo *Melhores Momentos da Nicole.* Quando coloquei o meu apartamento como garantia do financiamento. Quando, apaixonada por Jordan e pensando que teríamos três filhos, achei que uma casa de quatro quartos e três banheiros, bem fora do orçamento mas que estava abaixo do preço de mercado, era uma *boa* ideia. Quando *pensei* que nós dois éramos bem-sucedidos. Quando sequer olhei o aplicativo do banco, acreditando que o dinheiro estava lá.

Quando eu disse *sim* para o pedido de casamento.

— Eu estou bem. Consegui resolver, mãe. E olha, voltei a correr. Estou me alimentando bem. Até as minhas noites de sono estão melhores. Não existe nada que cure um coração partido mais rápido do que uma traição financeira. Eu juro por Deus que consigo sair dessa. Se eu não estivesse me sentindo bem com tudo, te avisaria. Se eu não desse conta, te diria.

Até porque todos os amigos de Jordan tinham se afastado de mim, e tudo o que me restou foram os meus pais. De alguma forma, moldei a minha vida para alguém que nunca existiu. Jordan, seus amigos, a vida financeira confortável que *acreditei* que teríamos.

Era tudo mentira.

E, por incrível que pareça, já nem rasgava mais o meu peito tanto assim.

Eu ia abraçar o arquétipo de uma popstar e me sentir poderosa, maravilhosa e milionária. Preferia acreditar que havia algo incrível do outro lado, porque a vida é feita de um equilíbrio perfeito. Sempre que coisas ruins acontecem e te devastam, haverá algo incrível para compensar do outro lado, só esperando o momento certo.

Minha vida não se resumiria à dor que Jordan me causara.

Cacete, eu era muito mais do que esses seis anos ao lado de um idiota.

Eu precisava recomeçar.

Eu precisava *viver*.

CAPÍTULO 7

King

— Não foi o que combinamos — repreendi.

Cruzei os braços na frente do peito e senti a tensão no meu maxilar.

— Sr. King, preciso que leve em consideração a baixa do mercado — o homem falou. — Tivemos uma reversão brusca do que um dia foi a nossa realidade e, agora, estamos sofrendo as consequências. Os investidores podem tentar segurar a crise, mas é iminente. A alta taxa de juros bancários estão impedido as pessoas comuns de realizarem empréstimos...

— Não preciso que me ensine sobre a economia da Inglaterra e me ilustre todo o cenário mundial do momento. *Eu sei* — pontuei.

— Então entende o motivo da proposta ser tão abaixo do valor que estipulamos?

— Não. — Fiz uma pausa e estreitei os olhos. — Porque foi feito um alto investimento aqui e, a meu ver, o problema não está na economia, está na sua incapacidade de administrar a venda de uma propriedade. Se não consegue encontrar o público-alvo esperado, então vamos cancelar o contrato. Já perdi muito do meu tempo com a sua imobiliária.

O homem ficou vermelho. Desde as bochechas até as orelhas.

— Há multa por quebra contratual, sr. King — ameaçou.

— E por que acha que isso seria um impeditivo? — Encostei a bunda na mesa. — Eu pago. — Puxei o celular do bolso da calça social e acessei o aplicativo do banco. — Quais são os seus dados? Vou transferir agora mesmo.

Eu sabia o valor da multa. Era o mesmo montante em todos os contratos com agentes imobiliários que eu fizera até então.

Ninguém conseguia vender aquela casa.

Não conseguiam encontrar o que eu queria, *quem* eu queria.

Não eram capazes de fazer um *open house*, do tipo que era padrão em diversos países, inclusive nos Estados Unidos, e abrir as portas de uma das minhas propriedades, de modo que as pessoas vissem o que aquela casa representava e valia. Suas mentes fechadas e desatualizadas me incomodavam.

A falta de esforço me irritava.

— O que houve? — Tim se aproximou, abaixando os óculos escuros e observando a tensão entre mim e o corretor de imóveis assim que entrou no escritório.

— Nada. — Fiz uma pausa e olhei para a minha lista de contatos imobiliários, para me lembrar do sobrenome estranho do homem, que também se tratava de uma das famílias mais tradicionais da Inglaterra. — O sr. Blakiston está de saída. Só estou esperando os dados bancários para...

O homem saiu como uma criança birrenta batendo os pés, sem me dar a chance de pagar a multa. Ergui uma sobrancelha para Tim, que ergueu uma de volta.

— Problemas para vender a casa? — perguntou.

— Foi o que pareceu? — ironizei.

Tim bufou.

— Precisa ser mais compreensivo com as pessoas, Cole.

— Não são compreensivas comigo, por que eu seria com elas? — rebati.

— Então vamos continuar tentando.

— Sim — concordei, distraído.

— Está com a sua lista de corretores em ordem alfabética aí? — Tim se sentou na cadeira em frente à minha mesa. — Qual sobrenome vem depois de... como era?

— Blakiston. E não, ainda não escolhi outro, mas já vou olhar. Espera eu só checar o próximo cliente e já conversamos?

— Claro — Tim concordou.

Me sentei na cadeira presidencial, lançando um olhar rápido para o meu

IPad e verificando a agenda digital. Tinha uma reunião com o casal Wetherby sobre o andamento de uma casa que estávamos reformando na Godolphin Road. A casa valia cerca de dois milhões de libras, mas poderia agregar um milhão a mais quando eu finalizasse o projeto.

Lancei um olhar para o esboço.

O espaço central, composto por cozinha, sala de jantar e sala de estar, tinha sido concebido para ser o epicentro da casa. Desde as portas de vidro que abriam para o jardim, até a cozinha contemporânea de fabricação alemã que eu importaria quando aprovassem. Eu sabia que era o que tinham me pedido, até os pisos aquecidos nos banheiros e cozinha.

— Tenho quinze minutos — avisei e voltei a olhá-lo.

— Quando vai reduzir o ritmo? — perguntou direto, observando o projeto de canto de olho.

— Só em alguns meses. Quero fazer o máximo de dinheiro que conseguir; então farei uma pausa.

Tim assentiu.

— Eu acho que, talvez, as coisas não aconteçam como planeja — opinou.

— O que quer dizer?

— Talvez precise adiar um pouco seus planos, caso não consiga vender a propriedade.

— Você sabe que não existe isso. Não na situação em que me encontro.

— Antes de viajar, talvez possa ser uma boa alternativa tirar férias e ir para algum país que gostaria de conhecer. Uma semana só, Cole. Ficar um tempo fora, sabe? Ver o mar, ir para um lugar que não seja tão nebuloso... um lugar afastado de Londres.

Como se o que Tim estava dizendo fizesse sentido, um trovão ressoou contra a janela e a chuva lá fora se tornou mais densa e implacável. Não era comum chover no verão londrino, mas o que era comum diante do desastre ambiental que a própria humanidade criou?

— Você sabe o motivo de não poder adiar, Tim. Sabe que eu tenho que vender a casa com urgência, trabalhar por mais alguns meses, organizar a minha vida. Não tenho tempo para férias.

— Por isso você passou toda a viagem do meu casamento trabalhando no quarto?

Eu gostava do verão, apreciava a praia. Tinha morado boa parte da minha vida em Queenstown, na Nova Zelândia, e o lugar era um paraíso pulsante e vivo. Mas eu não queria desperdiçar tempo, teria o suficiente quando finalizasse os meus planos.

— Não pode me culpar por trabalhar.

— Posso, quando a sua vida é só isso — rebateu.

— E por que você está aqui? Não deveria estar aproveitando a vida com sua esposa depois da lua de mel?

— Volto para casa em cinco minutos, só saí pra comprar frutas e dei uma passadinha. Olha aqui! — Ele me mostrou uma sacola de papel pardo provavelmente cheia de pêssegos, morangos, maçãs e ameixas. — Não sei se você sabe, mas tenho quatro filhos.

— São três.

— Com você, quatro. — Balancei a cabeça, e Tim continuou. — Preciso saber como vocês estão para que eu possa descansar no conforto do meu lar, colocar uma das temporadas de Criminal Minds, e então aproveitar a minha aposentadoria, com a minha amada e tão aguardada esposa, enquanto fingimos que temos o raciocínio rápido o suficiente para desvendar aqueles crimes. — Tim fez uma pausa. — Você, dos quatro, é o que mais me preocupa.

Semicerrei os olhos.

— Por quê?

— Porque você parece um robô.

— Tim, isso não é verdade.

— Prometa que, se não der certo com o próximo corretor, vai fazer uma pausa? Não estou pedindo três meses, só uma semana. Apenas faça a sua vida valer a pena, Cole. Não é só construir prédios e mansões, fazer um lar para as pessoas, você precisa construir *o seu lar,* o seu teto e o seu chão.

— Sabe que é por isso que estou correndo.

— Mas está correndo em direção a quê? Se pode se prejudicar no caminho? Quer ter saúde para ver o amanhã? Então *desacelere.*

Assenti, ponderando, e Tim se levantou.

— Vou para casa. Não trabalhe até três da manhã. Londres não é mais como era antigamente — alertou.

— Vou para casa às dez da noite, parece razoável?

Tim riu.

— Nove — ele retrucou.

Abri um meio-sorriso.

— Dê um abraço na Vera — eu disse.

— Darei. Mas você pode ir à nossa casa e jantar lá, se quiser.

— Hoje eu não consigo. — Lancei um outro olhar para a agenda e vi a loucura dos meus horários. — Na sexta?

— Perfeito.

Assim que Tim saiu, fui checar a lista que ele tinha feito, em ordem alfabética, dos escritórios de corretagem de imóveis de Londres.

Blakiston. *Bliss.*

Peguei o celular e, um tanto impaciente e cansado, ouvi uma voz ofegante do outro lado da linha.

— Olá, você ligou para a Imobiliária Bliss, sua escolha mais confiável para propriedades em Londres. Como posso ajudá-lo?

Não aguento mais passar por isso.

CAPÍTULO 8

Nicole

Nunca fui de ostentar, mas não ter coragem de gastar algumas libras para chamar o controle de pragas... era um pouco demais. Estava com medo de gastar dinheiro. *Sério*. Você me culparia por isso?

Tudo bem que era só *um* rato, e talvez eu não fosse gastar tanto dinheiro assim, já que não se tratava de uma geração inteira do Stuart Little. Mas, sem dúvida, era um ratão. Daqueles nojentos que são maiores do que o seu sapato e que parecem que vão te engolir enquanto você dorme. Eu meio que quase desmaiei quando vi que o seu rabo era quase do tamanho da tampa do vaso.

Talvez eu devesse deixar o apartamento para ele? Quem sabe? Abraçar a minha situação financeira, deixar o rato assumir o financiamento...

Enfim, se eu chamasse um faz-tudo, ao invés do controle de pragas, ele poderia resolver isso e eu não teria que pegar o rato pelo rabo e jogá-lo pela janela. E *morrer* no processo. Mas... eu estava economizando cada moeda que podia. Pagar para um faz-tudo, àquela altura, era uma questão de *vida ou morte.*

Mas só que aí o rato também era, né?

Não, eu ia ter que gastar dinheiro.

Mas antes, muita calma.

Como eu ia pegar a porra do celular de cima da pia?

Lá estava eu, com as duas mãos estiradas sobre a tampa no vaso, com a bunda empinada para o azulejo, completamente ensaboada e sozinha no meu apartamento. Uma das minhas pernas estava meio depilada e a outra parecia uma floresta selvagem.

Três coisas vieram à minha cabeça.

A primeira era que se eu soltasse uma mão e pegasse o telefone para ligar para o faz-tudo, o rato poderia usar toda a musculatura dele e bater contra a tampa, voar na minha cara e me matar. E eu ainda tinha amor à vida.

A segunda foi que, quando por fim eu tinha decidido voltar a ser eu mesma, e estava dando o primeiro passo oficial da minha rotina em me sentir humana de novo, que nada mais era do que me depilar, um rato entrou no banheiro. A vida depois de um fim de noivado traumático deveria ser como nos filmes de Hollywood, em que você ressurge loira, com várias sacolas de compras, cinco quilos a menos e dentes brancos.

Mas era desse jeito: a pessoa pelada, meio depilada, sem poder gritar para o vizinho, com um rato que parecia o Hulk no seu vaso sanitário.

Enfim.

A terceira coisa que pensei foi que, se eu ligasse para o faz-tudo, ele ia me ver completamente nua. De todo jeito, eu ia ter que sair dali, confiando na sorte para o rato não sair pela tampa. E, de novo, eu não queria morrer.

Como se a minha vida tivesse se tornado um filme de terror com um roteiro horrível, o celular tocou alto, e quase gritei todos os palavrões que conhecia.

Pensei um pouco enquanto meu coração batia mais rápido que os toques do telefone.

Eu *poderia* colocar o pé em cima da tampa, dar a descarga e continuar torcendo para o rato não escapar e pular na minha coxa ou lugar pior. Então me esticar, *pegar* o celular, atender a ligação e, depois, chamar o faz-tudo.

Talvez eu até conseguisse me enrolar em uma toalha.

Eu podia fazer isso.

Coloquei o pé com calma em cima da tampa para não escorregar e quebrar um osso. Me inclinei, sem tirar os olhos do vaso, e percebi que a ligação era para o número do escritório. A chamada tinha sido redirecionada para o meu celular porque, você se lembra? Nem escritório ou funcionários eu tinha mais!

Que momento *perfeito*.

Fechei os olhos por um segundo e acreditei em mim mesma.

— Olá, você ligou para a Imobiliária Bliss, sua escolha mais confiável para propriedades em Londres. Como posso ajudá-lo? — Tive plena consciência de que a minha voz estava ofegante, maluca e nada profissional, mas era o que eu podia oferecer naquele momento.

— Boa tarde — o homem falou, com um timbre grave e sedutor. — Gostaria de saber se vocês têm interesse em trabalhar na venda de uma propriedade na área de Kensington.

Meu coração parou de bater.

Kensington é um dos bairros históricos mais exclusivos, sofisticados e procurados de Londres. Eric Clapton, Mick Jagger e Freddie Mercury moraram lá. O Palácio de Kensington é uma das atrações mais visitadas da cidade.

Uma propriedade no bairro não sai por menos de *sete* dígitos.

Só podia ser brincadeira. Quem procuraria uma imobiliária pequena, que só vendia casas de classe média, para vender uma propriedade em um dos bairros mais nobres de Londres? Qualquer corretor poderia, inclusive, gastar o réu primário por uma oportunidade dessas.

— Desculpe, com quem estou falando? — perguntei.

Claro, a não ser que fosse a família real...

— King. Sr. King. Com quem *eu* falo?

Quase. Mas não. Eu não reconhecia o sobrenome. Era majestoso, claro, mas não conhecido no mundo da classe ricaça de Londres. Eu tinha uma carteira de clientes com quem estava acostumada a trabalhar; alguns tinham dinheiro, sim, e até havia um ou outro milionário, mas nada do nível de Kensington. No entanto, eu tinha uma lista de clientes dos sonhos, um caderno dourado que eu nunca abria, com o nome das pessoas mais ricas da cidade.

Que nunca sequer atenderam a um telefonema meu.

Acredite, eu me lembraria de uma família King.

— Eu sou a secretária da srta. Bliss, a nossa corretora — menti e pigarreei, desconfiada. — Como é a propriedade?

— Prefiro conversar sobre isso pessoalmente. Há espaço na agenda da srta. Bliss para me receber? — pediu.

Ah, tá bom.

— Olha, a agenda dela está bem ocupada no momento — avisei. — E o nosso escritório está em reforma.

Minha agenda não estava ocupada. E sem o meu escritório e pessoal, eu teria que confiar na minha capacidade encantadora de lidar com as pessoas e em como eu era muito, muito boa em vender propriedades pelas redes sociais e os contatos que eu já tinha.

Aquela ligação parecia suspeita. Porque ele não era um cliente comum, e não tinha um sobrenome conhecido. No entanto, eu não sabia de tudo. Ele poderia ser um estrangeiro que se mudara recentemente para Londres, até porque tinha um sotaque diferente. Ou poderia ter herdado a propriedade. Poderia tê-la adquirido em um leilão, por exemplo.

Eu precisava acreditar, mas precisava *me proteger*. Não tinha mais uma equipe. Precisava ao menos *fingir* que havia alguém entre mim e um total desconhecido.

— Se a sua chefe tiver interesse em me contatar e conseguir liberar a agenda, eu estou com um pouco de pressa. Pode salvar o meu número e me retornar quando tiver uma resposta? — falou.

Uma *propriedade* em Kensington.

Talvez fosse mentira, talvez fosse *verdade*.

Eu deveria marcar uma reunião. Eu tinha que tentar. Nem que fosse em um local público e discreto.

— Hummm... — Fiz uma pausa, fingindo estar na frente de um computador. — O que acha de encontrá-la para um almoço na próxima semana?

— Na verdade, vamos deixar assim. Eu...

— Amanhã! — me apressei a responder, tentando disfarçar a urgência na minha voz. — Parece bom? Posso remarcar uma reunião para outro dia.

Mentira. Mentira. Mentira.

E eu odiava mentir.

Mas estava com medo. E nervosa. E não sabia o que fazer.

— Amanhã ao meio-dia? — ele indagou, aquela voz rouca do outro lado.

— Pode ser no restaurante Obsidian? — perguntei, e depois fiz uma pausa.

Era esse o nome do restaurante elegante que tinha sido inaugurado há pouco tempo? Talvez. Mas àquela altura, não importava. Eu estava nua, com um possível golpista ao telefone, um rato embaixo do meu pé, e torcendo muito para que a história da propriedade dele fosse verdade, porque se fosse... talvez meus problemas se resolvessem.

— Obsidian. Meio-dia. — Ele pareceu sério, frio e profissional ao mesmo tempo.

Fiquei esperando o homem dizer algo mais.

E só depois percebi que ele tinha desligado na minha cara sem dizer adeus.

— Tudo bem — eu disse para mim mesma. — Se o rato ainda estiver no vaso, é porque a propriedade é mentira. Se o rato tiver partido para o plano espiritual e se afogado, ou sumido para a Ratolândia, é porque é tudo verdade. Cinquenta por cento de chance. É tudo ou nada.

Peguei a toalha e me enrolei como se fosse o cobertor protetor de pesadelos de crianças. Só deixei os olhos para fora. Tirei a perna e esperei. Esperei mais um pouco. Meu coração estava batendo na garganta quando, com apenas a ponta do dedo, ergui a tampa.

Prendi a respiração e...

O rato *não* estava lá.

Abri a tampa por completo, respirando tão fundo e tão aliviada que mal percebi o quanto minhas pernas e meus braços tremiam. Era provável que eu tivesse exagerado e o rato nem fosse tão grande assim, ou eu jamais teria conseguido dar descarga nele.

Fechei os olhos e me encostei no azulejo.

Meu Deus.

Será que a sorte quer sorrir de volta pra mim?

CAPÍTULO 9

King

Assim que parei em frente ao restaurante, percebi que tinha alguma coisa muito errada.

A localização, não sendo das mais impressionantes de Londres, não era o que me surpreendia. O nome imponente do lado de fora, *Obsidian*, em uma tipografia gótica, foi o que me fez dar um passo para trás. O local, na verdade, parecia uma clínica psiquiátrica abandonada há um século ou um hospital caindo aos pedaços.

Ainda assim fui em frente, porque o absurdo daquele ser o local ideal para um almoço de negócios na mente da secretária da srta. Bliss ou até da corretora, me deixou mais curioso do que eu poderia admitir.

Fui recebido por uma mulher vestida de vampira, que abriu a porta pesada de madeira, revelando uma decoração sombria. Em pleno meio-dia, pareciam três da manhã dentro do estabelecimento. Era como uma festa de Halloween ultrarrealista e bizarra. Preferia acreditar que elas tinham dado o nome errado do restaurante a pensar que a corretora de imóveis era uma fã maluca do Drácula, mas me deixei levar pela atmosfera diferente quando a vampira sorriu para mim.

— Mesa para quantas pessoas? — perguntou, docemente.

— Duas.

— Há reserva?

— Talvez. Srta. Bliss? — respondi.

— Me acompanhe, por favor.

O chão estava coberto por um tapete de lã preta que foi amortecendo meus passos. O som ambiente era de chuva com raios e trovões, e eu até podia ver os relâmpagos em luz *led* piscarem por trás das cortinas. As paredes eram de veludo preto e vinho, uma escolha de revestimento que mais parecia uma tentativa estranha de engolir qualquer resquício de luz. As velas falsas nos candelabros, com seus suportes em formato de osso, eram mais teatrais do que uma iluminação prática.

— Aqui — a moça disse.

Pisquei, um pouco tonto.

— Isso é... um trono?

— Sim, a srta. Bliss ligou mais cedo e pediu pelo melhor lugar do restaurante. — Ela desceu os olhos por mim e deu um sorriso, como se aprovasse as minhas roupas. E o cabelo solto, beirando os ombros. — Vou deixá-lo a vontade, me avise se quiser pedir algo enquanto a espera.

Acredite ou não, eu estava com um terno *all black*. Desde a camisa, o colete, até o paletó e a calça. Era como se eu tivesse me preparado para um ambiente assim, mas não...

Me sentei à mesa medieval, sem saber o que fazer.

Se Tim estivesse ali, infartaria de tanto rir.

Os móveis, pesados em madeira escura, eram desconfortáveis. As mesas estavam cobertas por toalhas escuras e as taças eram cálices medievais. Assim que peguei o cardápio e respirei fundo, pensando que teria que ler uma dúzia de trocadilhos ridículos para conseguir pedir um copo d'água, vi que ela caminhava em minha direção.

Srta. Bliss, suspeitei, não parecia preparada para viver a experiência do Obsidian.

Estava vestida com um conjunto de saia e paletó cor-de-rosa bem claro, e o cabelo estava preso no alto da cabeça. Saída direto do filme da Barbie. Tudo nela parecia delicado demais para uma adoradora do Drácula. Seus saltos eram finos; a maquiagem, suave. Não havia exagero, apenas presença. E confiança.

Enquanto dava mais alguns passos até me alcançar, seu rosto foi iluminado de repente. Como se o restaurante tivesse um pouco de senso e entendesse que estava sombrio demais para a própria temática, acenderam algumas luzes âmbar ao meu redor.

Eu conhecia aqueles olhos verdes com um toque de mel, o tom de pele bronzeado e o cabelo castanho. Os olhos, especialmente, me eram familiares. Porque eram uma cor rara que misturava o mel e não puxava totalmente para o castanho. Era exatamente a mesma cor que eu escolhera para pintar a parede favorita da minha propriedade.

Onde a vi antes? Eu era um ótimo fisionomista, então, para não me lembrar, provavelmente não a vira muitas vezes. Ou apenas uma vez.

— Olá, presumo que seja o sr. King?

— Sim.

— Eu sou a srta. Bliss. — Ela abriu um sorriso confiante e estendeu a mão. — Me desculpe o lugar. Acho que minha secretária não verificou o nome do restaurante antes de sugeri-lo. Se quiser, podemos ir para outro ambiente.

A confiança, que durou alguns segundos durante sua apresentação, foi indo embora.

Seus olhos passearam pelo meu rosto, então para o colarinho no meu pescoço. O terno *all black* e, novamente, os meus olhos. Ela alternou a atenção para os meus cabelos soltos e então franziu a testa.

Eu ainda não conseguia entender o motivo de ela ser familiar para mim, mas o que quer que estivesse acontecendo fez sentido para ela, porque a srta. Bliss arregalou os olhos e seus lábios se abriram como se ela precisasse respirar.

— *Padre?*

Olha, eu não era confundido com um padre desde... *Cancún.*

Meu cérebro processou aquela informação rápido demais.

E como se tivessem esmurrado minha cabeça até que me lembrasse, eu a reconheci.

A noiva.

— Nicole. — Seu nome veio como um relâmpago através da memória.

— Ah! — Ela soltou um grito agudo, então, se sentou à minha frente. — O que está fazendo nesta mesa...? — Nicole fez uma pausa. — Ai, meu Deus. *Você* é o sr. King?

— Acho que confirmei que sim quando me perguntou segundos atrás. — Senti o maxilar ficar tenso. — É corretora de imóveis?

— Sou, sim. — Ela parou. — E você... — De novo, o olhar caiu no meu colarinho. — Não gosto de pressupor as coisas, mas cadê a batina? — Me observou, horrorizada. — O senhor *não é* padre?

— Nunca fui.

Nicole ficou com os olhos ainda mais arregalados.

— Eu estava tão bêbada assim, naquele dia?

— Não, eu estava usando uma batina. Mas só porque o casamento a que fui era temático. — Viajei minha atenção por seu rosto. — Era uma festa à fantasia.

Nunca conheci alguém tão expressivo. O rosto de Nicole dizia coisas que ela nem precisava falar, estavam tão nítidos como se os seus pensamentos falassem em voz alta. Ela se recostou no trono que pertencia a ela, de frente para mim, e tentou relaxar contra o encosto. Sua mente trabalhou e trabalhou mais um pouco. Então, apoiou os cotovelos em cima da mesa, e os seus olhos mediram cada linha do meu rosto.

— Por que *não* disse que não era padre? — Seus olhos se estreitaram.

— A senhorita queria que eu a ouvisse e aconselhasse — respondi.

— Como me achou? E por que me ligou querendo vender uma propriedade?

Olhei feio para ela, e me perguntei se eu deveria dizer mais alguma coisa ou me levantar e ir embora, mas então vi a marca de sol em seu anelar. Parecia que tanto tempo havia passado, mas o fantasma de seu relacionamento anterior ainda estava ali.

Seus olhos carregavam uma melancolia esperançosa, aquosa e impossível de ser contida entre os dedos. Nicole soava como alguém que estava tentando se agarrar a algo novo, mas sem saber como flutuar na própria tempestade. Ali, sentado em frente a ela, pensei nos elementos oceânicos; na incerteza do mar aberto. Se eu tivesse que projetar alguma coisa para Nicole, usaria tons de verde e azul, simplesmente porque aquela mulher parecia estar à deriva.

Eu devia um pouco de terra firme para alguém que não sabia onde ancorar.

E, por esse motivo, percebi que precisava explicar mais.

Então contei sobre o casamento do meu melhor amigo, Tim. Contei o quanto a viagem tinha sido difícil. Sobre as malas trocadas, a turbulência. Falei que a encontrara desamparada e que parecia ao menos um pouco humano ouvi-la naquele momento. E que se eu contasse que não era padre, isso quebraria a ilusão de que ela tinha sido agraciada por um milagre. Deus por si só devia saber que ela precisava mesmo de uma esperança aquela noite. Nicole então me ouviu explicar sobre a minha propriedade e a lista de corretores em ordem alfabética, e por fim entendeu que tudo não passava de uma grande coincidência.

— Não sabia que era você. Se soubesse, jamais teria ligado — finalizei, passando a mão pelo cabelo, me sentindo desconfortável por não ter calado a boca por diversos minutos.

Por que essa mulher sempre me fazia falar tanto?

Nicole piscou várias vezes, e ficou alguns segundos me encarando, como se estivesse ponderando. Enquanto eu falava, seus olhos se fixaram nos meus e não desviaram durante toda a conversa. Eu admirava a coragem e a confiança, porque eu me sentia o oposto dela, inquieto com a situação.

— Por quê? — ela indagou.

— Não acho que possamos ter uma relação de corretor e cliente depois do que vivemos em Cancún.

— Quer dizer... depois de ter me visto no dia do meu *quase* casamento enquanto eu chutava a bunda do meu ex?

— Gosto de lidar com corretores que não conheço. Sendo assim, acho melhor eu ir. — Me levantei e quase bati a cabeça no lustre de morcegos. Fechei os olhos por um segundo. — Adeus novamente, Nicole.

Me virei e, assim como foi no dia do casamento, ela segurou com força a manga da minha roupa. Apertou forte e escutei a sua voz titubear um pouco.

— Espere, sr. King.

Lancei um olhar para Nicole.

— O fato de me conhecer, nesse caso, é uma vantagem. Sabe do prejuízo financeiro que meu ex me deu, sabe da minha situação no momento. Vender a sua propriedade seria a oportunidade da *minha vida.* Eu daria o meu sangue e o meu coração para fechar o contrato e vendê-la. — Ela umedeceu os lábios e abriu um sorriso delicado e gentil. — Sr. King, sente-se, por favor.

— Eu acho que...

— Um copo d'água, a verdade e uma proposta, pode ser? Acho que fui sincera com o senhor desde o dia que nos conhecemos, não vou te enrolar agora.

Passei a ponta da minha língua pelo lábio inferior, ajeitei o terno e pensei por um instante.

Eu poderia ouvi-la.

Tim ia querer que eu fizesse isso. Vera também.

Apenas um copo d'água e uma proposta. Isso não vai doer.

Me sentei na porra do trono, e cruzei os braços na altura do peito.

— O senhor disse que estava com pressa para me ver, então, a venda da casa é de caráter urgente.

Seus olhos sorriram com seus lábios. Apesar de ser uma mesa com uma estrutura medieval, era relativamente pequena. E quando Nicole se inclinou para frente, pareceu, de certa forma, *perto demais.*

Me afastei e me recostei no trono, buscando algum conforto.

— Olha, não tenho uma secretária, fui eu mesma quem atendeu a ligação — confessou. — Me desculpa por isso, mas fiquei com medo. Sabe, tem louco pra tudo nesse mundo. E sobre o meu escritório... não está em reforma. Na verdade, vendi o imóvel para pagar ao banco e refinanciar a dívida. Estou trabalhando em *home office,* e não tenho mais os meus funcionários, por mais que isso parta o meu coração. Se estou sorrindo para o senhor nesse momento é porque, curiosamente, e mais uma vez, o senhor aparece com um raio de esperança em um momento bem sombrio para mim. E não, não estou falando do restaurante. E não escolhi esse lugar de propósito, seria antiprofissional. Espero que me perdoe por isso.

Assenti e ela cruzou os braços como se, naquele instante, fosse difícil admitir a segunda parte.

— Sendo honesta, eu não tenho clientela com perfil para comprar uma casa em Kensington, se de fato este é o bairro onde fica sua propriedade. Eu nem conheço corretores que venderiam uma residência em um bairro como esse. Mas *posso* encontrar as pessoas certas. Posso me esforçar e fazer acontecer. Sou persistente. Então, por favor, o pouco que me conheceu naquela noite fatídica, e o quanto me conhece agora... é só um pedaço da minha história e nem é tudo o que sou. Não me envergonho de nada, e o que aconteceu me deixou mais forte. Ainda assim, acho que percebe que desespero não chega nem perto de como me sinto no momento. — O sorriso ficou mais frouxo. — Venderia a sua propriedade como se fosse minha. Se me der a chance, é o que vou fazer. Peço que me deixe mostrar o meu trabalho, e se não gostar, eu vou embora. Mas, se gostar, sua propriedade será vendida, sr. King. Farei tudo ao meu alcance.

— Preciso de alguém que faça mais do que o que está ao seu alcance, preciso *vendê-la.* Tenho exigências que não são fáceis de cumprir. Mais da metade dos corretores de Londres foge de mim, eu estou na minha terceira ou quarta lista de profissionais. E todos que sabem como trabalho desistem em poucos dias ou se frustram com as minhas demandas.

Os ombros de Nicole ficaram tensos.

— Você foi honesta, e acho que preciso ser honesto também — continuei. — Não sou uma pessoa fácil de lidar, a minha casa é um desafio por si só. Eu preciso que você olhe para a casa e a *sinta*. Antes de aceitarmos um ao outro em termos profissionais e contratuais, precisa entender do que estou falando.

Nicole assentiu.

— Não vou dizer que isso não me assusta. — Ela abriu um sorriso nervoso. — Mas o senhor tem outra escolha, sr. King?

Mordi o lábio inferior.

— Não. E a senhorita, creio, também não tem.

— Fomos colocados diante um do outro para que possamos desatar esses nós? Bom, se sim, deve haver um motivo.

Eu era cético, e não acreditava em destino e coisas do tipo.

Se aquilo a confortava, eu não retrucaria.

Só queria a minha casa vendida.

— Quer visitar a propriedade depois do almoço? — indaguei.

— Eu adoraria, sr. King.

— Certo, srta. Bliss. — Encarei-a por um instante. Peguei o cardápio e, como eu previa, os nomes ridículos estavam lá. — Risoto de Sangue de Lobisomem ou... Sopa da Noite Eterna?

Nicole deu uma risada tão melodiosa que cobriu os falsos trovões e me fez abrir um discreto sorriso atrás do menu.

— O Risoto de Sangue de Lobisomem vai tinta de lula, eu acho isso demais até para esse meu momento. — Ela continuou sorrindo. — Sopa da Noite Eterna parece boa. Creme de abóbora assada com um toque de especiarias *exóticas*? Bem, não sendo o sangue de uma virgem, acho ótimo. Ah, tem o Tortellini do Submundo também.

Espremi os lábios.

— Pudim de Almas Penadas para a sobremesa? — indaguei, sério.

— Cemitério de Chocolate parece mais a minha praia — ela continuou, focada no cardápio. — Ou Poção de Amor Amargo. Morangos macerados em licor de laranja, acompanhados de sorvete de chocolate. Ah, quero esse!

— Certo, vou pedir.

Nicole soltou um suspiro audível. E foi só quando ficamos um pouco em silêncio que percebi que havia alguns clientes ao nosso redor, conversando, e até alguns casais flertando.

— Este lugar realmente... — Nicole murmurou.

— É.

— Seu sobrenome é King e você está sentado em um trono.

— A vida tem senso de humor.

Ela abriu um sorriso largo.

— Mas você não — ela pontuou.

— Bem raro.

— É, percebi.

A garçonete vampira se aproximou e anotou o pedido. Enquanto ainda estava falando com ela, percebi que Nicole estava me observando como se eu fosse um mapa escrito em tinta invisível. Incapaz de saber a direção, impossível ser compreendido.

Seus olhos foram para as minhas mãos enluvadas, e permaneceram ali. Ela só desviou a atenção quando as bebidas não alcoólicas chegaram, e ela estendeu a taça do Elixir do Vampiro.

— Um brinde às surpresas inesperadas— ela disse.

— À venda da propriedade — respondi, impessoal.

Brindamos e bebi um gole, desviando-me de sua atenção.

Era, sim, uma surpresa.

Só não sabia se positiva ou negativa.

Eu era realista demais para depender de qualquer coisa além do meu próprio esforço.

CAPÍTULO 10

Nicole

Decidi acreditar que é ótimo quando as pessoas te enxergam no seu pior momento, porque quando te veem fazendo o básico, se surpreendem. Eu *tinha* que pensar assim ou nunca mais ia conseguir olhar na cara do padre. *Que não era padre.* E que estava prestes a se tornar o cliente mais poderoso que a minha pequena imobiliária já vira.

Durante a conversa, cheguei a pensar que ele fosse um *stalker* mentiroso que me encontrara e que assim, por acaso, ia querer me sequestrar e vender meus órgãos. Até tinha deixado o celular embaixo da mesa, com o número da polícia na discagem rápida.

Mas então meus olhos foram para as suas mãos.

E ele estava usando um relógio Patek Philippe.

Apenas o valor daquele relógio já pagaria muitas contas. Não só isso, mas o seu terno era de um tecido fino, elegante demais. Não tinha um vinco. Era como os tecidos que o meu ex sonhava em comprar nas alfaiatarias italianas ou francesas. Não era apenas um terno, era *o terno* de três peças *all black* mais lindo que eu já tinha visto.

A luva de couro tinha um delicado emblema de Tom Ford e a gravata era Prada. Aquele homem parecia diferente do padre suado e exausto que eu vira no dia do meu quase-casamento.

Ele era um homem de negócios, bem austero por sinal, e... *intimidador*.

Quando dei por mim, estava sentada ao seu lado, em seu carro clássico, que tinha um tom champanhe e quente, mas que de alguma forma parecia tão gelado quanto a alma dele. Era um carro lindo e que deveria valer as minhas duas propriedades. Parecia caro. Parecia, aliás, um item de colecionador.

Quanto dinheiro aquele homem tinha? Quem era... ele?

Era como me deparar com um dos clientes do meu caderno dourado. Era como me sentar ao lado de um unicórnio. O sr. King poderia não apenas trabalhar comigo na venda da sua casa, mas se conseguisse colocar a venda de sua propriedade em meu portfólio, *isso* poderia abrir portas para que eu entrasse na clientela classe A de Londres.

Tudo o que eu precisava fazer era vender o imóvel.

Sabe, eu não tinha sonhos impossíveis. Nada do tipo viajar para todos os lugares do mundo e ter uma mansão que sustentaria cinco gerações Bliss. Eu só *queria* viver de forma confortável e também economizar para a velhice, como os meus pais fizeram. Mas, infelizmente, os ganhos da venda de casas em Londres não eram dos mais promissores do mundo. Eu teria que vender muitas propriedades milionárias durante a minha carreira para realizar esse sonho.

— Seu carro é silencioso e confortável — tentei puxar assunto, olhando-o de lado.

King tinha os ombros muito largos e os cabelos castanhos eram longos, levemente ondulados na ponta, o que dava a ele um ar de rebeldia. Havia alguns fios grisalhos aqui e ali, o prata dançando no avelã, uma mistura bem bonita de cores que me remetia ao entardecer em uma floresta, quando o sol tocava o tronco das árvores. De alguma forma, o caramelo dos bancos do carro combinava com ele. O carro parecia *ser* ele. Assim como cachorros que têm a personalidade dos donos. King era clássico e elegante.

— A carroceria champanhe harmoniza com esse interior creme — continuei. — É lindo.

— É um Rolls-Royce Silver Cloud, de 1959. — Ele fez uma pausa, virando à direita.

— Humm. Isso é o mesmo que falar em russo comigo.

— Viajei para os Estados Unidos quando soube que uma das treze unidades fabricadas tinha sido restaurada e fora a leilão. O carro não vale tanto quanto parece, é mais porque sou fã de clássicos. — King foi dirigindo rumo ao bairro de Kensington e quanto mais ele avançava pelas ruas, mais ansiosa eu ficava. — É um bom carro.

Estávamos indo rumo à área mais nobre, perto do palácio.

— Ah, certo.

Apertei em meus dedos o pequeno biscoito da sorte gótico que ganhamos do restaurante. Eu estava tentando não pensar em todo o acúmulo de gafes que passara com aquele homem — meu provável futuro cliente — enquanto observava a linda arquitetura londrina pela janela.

— Há alguma coisa sobre a casa que eu deva saber antes de chegarmos lá? — perguntei.

— Não. — E a forma enfática com que respondeu me fez olhá-lo. King apertou o volante com um pouco mais de força. — Acho que você entenderá quando chegar. A maioria dos corretores entende.

— Tudo bem. — Abri um sorriso.

E respirei fundo.

Parei de olhar pela janela, porque a cada centímetro de asfalto que aquele carro percorria, mais caras as mansões ficavam.

Olhei para o biscoito da sorte em um embrulho transparente e o zumbi, com o cérebro em formato de um recadinho vermelho — tipo os biscoitos da sorte chineses —, me olhou de volta. Decidi abrir, mesmo que isso chamasse a atenção do sr. King e ele notasse meus dedos trêmulos.

— "Aquilo que é importante para mim, o universo revela e traz. Se ainda não aconteceu, está para acontecer." — Inclinei a cabeça para o lado. — "O que nunca chegou é porque nunca teve importância." — Olhei para King. — Essa é a minha sorte de hoje.

— Não parece uma sorte sombria, vinda de um zumbi.

— É, não parece.

Li de novo o bilhete. E outra vez mais. Parecia uma afirmação.

O que nunca chegou é porque nunca teve importância.

Mas antes que eu pudesse pensar sobre a mensagem, King parou e exalou fundo.

— Chegamos.

Ele não me deu tempo para processar.

Saiu do carro, abriu a minha porta em meio segundo, me surpreendendo pelo cavalheirismo, e cruzou os braços na altura do peito, como se esperasse que eu entendesse do que aquilo se tratava.

Uma das ruas mais movimentadas do bairro.

Só a localização já fazia o terreno ser estupidamente caro. Eu teria que verificar como estava o preço de mercado, mas aquela era uma casa de oito dígitos. E não sete. Acho que eu esperava muita coisa, claro, talvez uma casa de três ou quatro milhões, mas *a dele* poderia valer mais que o dobro, e eu só estava na fachada.

— São quantos quartos? — perguntei, surpresa, enquanto guardava o bilhete e o biscoito da sorte, de volta a seu próprio pacote, dentro da bolsa.

— Seis. — Ele acionou o alarme do carro e começou a andar comigo.

Quando subimos o pequeno lance de escadas e paramos em frente à porta, meu coração acelerou como louco.

A casa branca tinha um charme clássico, com um pequeno jardim florido na frente e duas árvores, uma de cada lado, indicando a entrada. A porta era feita de madeira escura, atemporal. Todas as propriedades inglesas pareciam uma casa singela por fora, mas traziam um admirável mundo novo por dentro.

Quando King colocou a chave, girou e abriu a porta, eu tive certeza.

Não era só mais um imóvel, era uma casa digna de um felizes para sempre.

A sala de recepção possuía uma atmosfera de sofisticação; era uma casa muito imponente, mas amorosa. *Familiar*. A decoração e a arquitetura eram impecáveis. A qualidade dos móveis, os quadros, os espelhos. Desde como estavam dispostos, até detalhes pequenos como vasos, porta-retratos e tapeçaria. A paleta de cores alternava entre tons de branco, cinza-escuro só nos detalhes, e a cor areia. Era tão claro, tão *lindo*, que dava medo de poluir o ambiente só de estar ali. Fiquei esperando os animais da Branca de Neve surgirem do jardim de inverno assim que o vi, além da ampla cozinha.

— Há uma sala de cinema e vários ambientes para o entretenimento em família. A cozinha é ampla, dando oportunidade para as conversas acontecerem em qualquer lugar da casa — King começou a dizer. — Todo o revestimento em gesso e os detalhes foram feitos por mim. Essa casa fui eu quem fiz.

Pisquei.

— Engenheiro?

— Arquiteto.

Meu Deus. Eu estava impressionada com King, mas estava ainda mais impressionada com a casa. Meu coração batia com força. Era a propriedade mais linda que eu já visitara em toda a minha vida. Mesmo os imóveis de luxo nas revistas que costumava assinar não chegavam nem perto da beleza da mansão do sr. King.

— Trabalhamos com cinza-escuro, cinza-claro, gelo, azul-marinho e verde-acinzentado, com um toque de mel, da cor dos seus olhos. Somente os banheiros são brancos, feitos em mármore, mas com detalhes em dourado — ele continuou. — Se explorar mais, verá que a modernidade se entrelaça com o design clássico. Há também um jardim de inverno, como pôde ver na cozinha, e outro mais amplo nos fundos, com um terraço para refeições ao ar livre. — King começou a andar comigo até a escada. — O quarto principal, assim como todos os outros, tem banheiro privativo e *closet*.

— Todos os quartos?

— Sim.

Ele me mostrou cada centímetro da casa, abrindo todos os armários, todas as portas, mostrando as janelas e os revestimentos. O piso, a escolha de uma iluminação inteligente integrada à casa. Quando chegamos à suíte *master,* percebi que a varanda tinha uma vista do Holland Park e até de uma parte dos jardins do castelo.

Apoiei as mãos no guarda-corpo e olhei para King, que se colocou ao meu lado, mas não perto o suficiente para me deixar desconfortável.

— Quer vendê-la? — perguntou, os olhos azuis se estreitando para mim.

E então entendi o motivo de King ser intimidador.

Sob o tempo nublado de Londres, mas ao ar livre, eu finalmente pude *vê-lo.*

King intimidava não pela forma gélida de se comunicar, mas porque era muito atraente. Era uma beleza dura, porque a sua fisionomia não parecia gentil, mas a natureza *quis* enaltecê-lo. E conseguiu. Chegava a ser incômodo, de alguma maneira, olhá-lo por muito tempo.

O cabelo longo, que qualquer mulher imploraria para percorrer com os dedos, a barba por fazer existindo apenas para destacar o maxilar quadrado, as linhas de expressão sutis ao lado dos olhos dolorosamente claros. Ele parecia o pôr do sol no auge do inverno, se a natureza fosse uma pessoa. Sua voz grave me remetia às tempestades de neve, os cabelos pareciam o sol tingindo florestas intocadas pelos homens, e os olhos azul-ártico e a personalidade fria representavam os polos mais gélidos do mundo.

Engoli em seco e desviei o olhar.

— Quero muito vender a casa para você, sr. King. Acredito que consigo, se me der uma chance. Acho que podemos fazer uma boa estratégia de marketing com ela, podemos trabalhar nas redes sociais e fazer *open houses*, que são tradicionais nos Estados Unidos, mas não vemos muito por aqui, certo? Podemos atrair famílias importantes da Inglaterra para essa propriedade e fazermos um trabalho excelente em construir a imagem da casa. Ela é, por si só, impecável. É absurdo que ela não tenha sido vendida ainda, levando em consideração a localização e a beleza do lugar. — Tive coragem de olhá-lo. — Eu sei que você pode não ter uma visão muito profissional de mim, pela forma que nos conhecemos e pelo equívoco com o restaurante gótico, mas eu sou muito boa no que faço.

— Acha que consegue lidar com essa casa e mais uma?

Senti os meus nervos começarem a falhar.

— Como?

— Eu tenho essa casa e outra, a que moro. — Ele coçou um ponto de sua nuca. — Quero vender as duas, mas acho que pode conhecer a outra depois. O foco é nesta, de qualquer maneira. Só quero entender se acha que consegue administrar a venda das duas propriedades ou se prefere fazer isso de forma separada.

— Em um mundo normal em que eu não estivesse com tantos problemas financeiros, trabalharia uma casa de cada vez. Porque é um projeto que vou precisar me dedicar inteiramente e a divulgação consumirá boa parte do meu tempo.

— Entendo.

— Mas consigo lidar com as duas. — Provavelmente não conseguiria. Me superlotaria de trabalho e teria um ataque por exaustão. Mas eu *precisava* tentar. — Como é a outra casa?

— Ela é aqui, no mesmo bairro. A diferença é que é relativamente menor. Apenas três quartos, dois banheiros. Tem uma edícula que construí para ter um espaço de inspiração e me conectar com a natureza. São as minhas duas únicas propriedades em Londres.

— Certo.

Então, King apoiou o cotovelo no guarda-corpo e se virou para mim.

— Esta casa em que estamos ainda não foi vendida por causa das minhas exigências. A outra você conseguirá vender rápido, acredito, mas esta é a mais desafiadora. Porque não quero que seja habitada por uma família que não valorize o que essas paredes representam.

— O que representam?

— Família. Precisa ser vendida para pessoas dignas.

Como o martelo do Thor? Tudo bem, a casa não tinha moradores. King preferia morar em outro lugar. Talvez pelo tamanho, talvez para deixar a casa desocupada para venda. Mas parecia que havia mais coisas. Tantas camadas que eu ainda não conseguia entender, e talvez nunca entendesse.

— Quero conhecer todos os possíveis compradores e todas as pessoas interessadas — ele continuou. — Isso é inegociável. Os *open houses* só acontecerão com a minha presença. Eu estarei aqui, sempre. Quero participar de todos os passos que você der sobre venda e negociação. Minhas exigências são desafiadoras, eu sei. Mas não posso trabalhar de outra forma.

— É por isso que disse que os corretores te odeiam?

— É. Eu compreendo que a venda da casa flui melhor quando o proprietário não acompanha de perto nem está presente. Mas não posso deixar esta casa ser vendida de qualquer forma. Ela simboliza tudo o que me trouxe até aqui.

Trabalhei com famílias o suficiente para entender que havia muitas pessoas que não queriam desapegar da casa. Colocavam à venda, mas não queriam ir embora. Algumas sabotavam a venda do próprio imóvel para não terem que se despedir. Na última venda que fiz, o casal havia se divorciado e o ex-marido negava todas as propostas, porque achava que assim salvaria o casamento, se tivesse mais alguns dias ou semanas com a esposa. Foi por causa deles que acessei o e-mail antigo e descobri o que Jordan fez comigo. Porque eu mal podia acreditar que finalmente fecharia o negócio daquela propriedade.

King seria um desses clientes. Mas eu sabia lidar com isso.

— Entendo que essa casa tenha um valor sentimental para você, então vamos encontrar a família perfeita, tudo bem? — garanti, com um sorriso. — Tem alguma expectativa sobre o valor, antes de eu pesquisar o mercado da área de Kensington?

— Dez milhões e meio. É o que os outros corretores disseram e o que espero.

Dez milhões.

E meio.

— A porcentagem de venda do imóvel é...

— Um por cento — ele me cortou, por já conhecer o mercado. — Mas eu ofereço três por cento.

Três por cento de dez milhões.

Assenti tão rápido que mal pude respirar.

— Sim, parece ótimo. — Ouvi a ansiedade na minha própria voz. — Já tem outro imóvel em mente, já que vai vender as duas propriedades?

— Sim, mas não em Londres. — Seus lábios cheios se separaram enquanto respirava devagar pela boca. — Vou me mudar para a Nova Zelândia em três meses, srta. Bliss. Acha que consegue vender as duas propriedades nesse tempo? Se conseguir, aumento a sua porcentagem para quatro por cento.

De repente, uma chuva de perguntas pessoais me inundou. Ele tinha um sotaque que misturava o britânico com outra coisa. Era o da Nova Zelândia?

Ele *era* neozelandês? Por que ia para tão longe? E por que estava com pressa? Tinha família lá?

Olhei para as suas mãos e as luvas que cobriam seus dedos.

Não havia como eu saber se tinha uma aliança, ou não.

Mas isso não importava. Eu poderia fuçar nas redes sociais e encontrá-lo.

Só que...

— Se importa em me dizer seu primeiro nome?

— Prefiro ser chamado de King. Todos me chamam dessa forma. — Lá estava ele se fechando de novo, agindo daquele jeito frio e calculista. Ele saiu da varanda, e indicou que eu saísse de lá também. E quando parou na imponente suíte, jogando os lados de seu paletó para trás e colocando as mãos no bolso, King pareceu mesmo um rei.

— Então devo te chamar de Vossa Alteza? — Ri, esperando que isso fosse aliviar o clima que, de repente, pareceu desconfortável de novo. — Estou brincando. — Observei-o com calma, desde as roupas caras ao rosto, que com certeza estamparia uma lista de homens mais bonitos do mundo, e os ombros fortes. — Realmente, quer fechar negócio comigo?

— Sim.

— Por quê? — indaguei.

— Quer a verdade?

Tive medo de ouvir uma verdade daquele homem, mas as verdades eram sempre libertadoras. Independente do quanto doessem. Ele tinha sido honesto comigo quando não me conhecia, e confiava que seria honesto como meu cliente. E o porquê de se tornar um cliente, em primeiro lugar.

— Sim.

— Acho que você parece em uma situação financeira delicada o bastante para fazer o impossível e vender as duas propriedades o quanto antes. Como agora sabe, tenho pressa. Também imagino que, mesmo que não tenha experiência com propriedades como essa, saberá o que fazer, porque parece entender de mercado e das tendências. Decidi por você não pelo seu desespero, mas porque você foi a primeira corretora a mencionar o *open house*. Estou tentando fazer isso desde que coloquei a casa à venda. — Ele semicerrou os olhos e um músculo do seu maxilar saltou. — Parece que, de alguma forma, é de você que eu preciso.

Ele realmente tinha um sotaque diferente. Era tão interessante ouvi-lo falar. A frase "é de você que eu preciso" me fez lembrar de quando o agarrei pela batina, que não era dele, na verdade, e disse o quanto precisava dele.

O mundo gira de jeitos incríveis.

— Acho que precisamos um do outro, sr. King.

Ele assentiu e estendeu a mão, como se me indicasse a porta.

Enquanto saíamos da casa, pensei naquele bilhete da sorte zumbi que recebi.

Aquilo que é importante para mim, o universo revela e traz.

PARTE 3

"O destino embaralha as cartas e nós jogamos."

— Arthur Schopenhauer

CAPÍTULO 11

King

— Bom dia, sr. Hall — eu disse, estendendo a mão e apertando a dele firmemente. — Como tem passado?

— Bom dia, sr. King. Estou bem e você? Obrigado por me receber, minha esposa estava ansiosa para saber mais sobre o projeto. — Ele se sentou à minha frente, apoiando a pasta de trabalho no chão e afrouxando a gravata. — Tem novidades?

A família Hall era oposta em personalidade: marido e esposa tinham ideias conflitantes do que queriam para o projeto. Eu precisei incorporar seus desejos quando idealizei a casa no bairro de Belgravia. Meus dedos estavam calejados de tanto desenhar durante a última semana. Porque, por mais que os programas de computador me ajudassem e permitissem apresentar um projeto em 3D para o cliente, eu precisava do lápis e do papel primeiro.

— Estou bem. — Peguei o material e o computador, e comecei a apresentação informal. — Tentei incorporar elementos clássicos, como as fachadas de tijolos à vista e as janelas altas, mas pensei em modernizarmos nos detalhes. Optei por usar materiais como vidro e aço, que estão em alta, para criar contrastes com a alvenaria. As linhas limpas dão uma estética mais atual, mas os detalhes arquitetônicos, como os frontões e as molduras, homenageiam Londres, como foi pedido.

Deslizei os croquis em cima da mesa, e a pequena maquete, enquanto continuava. Expliquei sobre o jardim e a horta que a esposa queria. A claraboia na sala e os materiais que seriam comprados. Percebi que o sr. Hall ficou em completo silêncio enquanto eu narrava, e respeitei seu momento. Meu trabalho conversava com a emoção das pessoas. Embora eu não fosse muito emotivo no que dizia respeito aos traços do meu desenho e até no processo de me conectar com o cliente, eu conseguia *vê-los*. Eu conseguia entender o que queriam com apenas algumas conversas.

— Isso é perfeito — o homem murmurou, e a emoção tomou conta de sua garganta. Ele era investidor sênior de um dos bancos mais tradicionais do país, e aquela casa era seu sonho de aposentadoria com a esposa. — Sr. King, o sonho de uma vida está diante dos meus olhos.

— É um prazer. — Abri um discreto sorriso. — Vou encaminhar para o seu e-mail tudo o que eu fiz, para que possa discutir com a sua esposa sobre cada cômodo.

— Ela está muito gripada, por isso não veio hoje, mas a minha Agnes ficará tão emocionada... ela ficará apaixonada.

— Me diga quando podemos começar, sim?

O sr. Hall apertou a minha mão, e assim que ele foi embora, me recostei na cadeira, cansado. Cocei as pálpebras e deixei um bocejo escapar. Eu não tinha dormido quase nada na noite anterior para finalizar o projeto. Tinha também o projeto da minha futura casa na Nova Zelândia. Eu possuía alguns ativos em Auckland, Wellington e Queenstown, mas queria morar em Queenstown no futuro. E algumas partes do projeto da casa ainda eram desafiadoras, porque era muito difícil colocar um sonho pessoal no papel. Apesar de ser algo que idealizei por anos... eu não parava de desenhar e rasgar papéis. E desenhar de novo. E mais uma vez.

A maratona para a venda das minhas duas casas com a srta. Bliss também parecia o começo de uma longa estrada.

Meu celular vibrou em cima da mesa e o nome da srta. Bliss surgiu no identificador de chamadas.

— King — atendi.

— Senhor, eu... — Ela fez uma pausa. — Está tudo bem?

— Sim.

— Ah, o senhor parece cansado.

— É porque eu estou cansado, srta. Bliss.

— Claro, faz sentido. — Ela pareceu sorrir do outro lado. — Queria dizer que vamos fazer um *pré open house.* Não é um *open house* oficial ainda, mas é uma apresentação antes de abrirmos oficialmente a casa principal de Kensington para o mercado.

Tinha estudado as tendências imobiliárias o suficiente para saber o que Nicole queria fazer. Era uma oportunidade para investidores e famílias ricas adquirirem a casa antes que ela entrasse no mercado formalmente e se tornasse uma batalha de quem dá mais pela propriedade. Isso mostrava o quanto Nicole tinha fé naquele imóvel, e o quanto ela acreditava que as pessoas estavam dispostas a lutarem para tê-lo.

Foi a primeira vez que alguém valorizou a minha propriedade. Não pelo valor de venda, mas pelo apreço sentimental daquelas paredes.

— Tudo bem — eu disse.

Ela fez uma pausa longa, bem longa.

— Tudo bem do tipo "faça isso" ou tudo bem do tipo "eu não ligo"?

— Faça isso. — Umedeci os lábios. — Não esqueça que é só com a minha presença.

De novo, Bliss ficou em silêncio por tempo demais.

— Certo, eu aviso quando tiver uma data para o encontro com os clientes. — Ela ficou em silêncio de novo. — Sabe, senhor, desde que assinamos nosso contrato, eu tenho me esforçado bastante para encontrar clientes em potencial. Fiz algumas ligações, frequentei alguns lugares e... eu me esforcei.

Parecia que ela não estava me contando tudo, mas também não importava.

— Uhum.

— Então, eu me esforcei *bastante* mesmo.

— O que quer dizer com isso?

— Será que, durante o *pré open house*, o senhor pode não fazer cara de quem está odiando cada segundo?

Meu maxilar travou.

— Como?

— Desde que nos conhecemos, sabe, o senhor faz essa cara... uma expressão... que parece ter o poder de aniquilar a raça humana em um piscar de olhos. E eu falo isso com todo o carinho do mundo. — Ela prendeu a respiração. — Não quero me isentar da cláusula do nosso Termo de Representação, e...

— Está na linha sobre Responsabilidades e Deveres, srta. Bliss. — Fechei os olhos. — Lá diz que eu devo participar de *todas* as negociações e de *todos* os momentos relacionados à venda de qualquer uma das casas. As minhas exigências quanto à família só se aplicam a uma delas, mas eu estarei lá.

— Claro.

— Então, não existe isso de fazer uma cara. É a *minha* cara.

— Eu sei, mas...

— Me avise quando e o horário. — Desliguei a chamada.

Foi quando a porta da sala do meu escritório se abriu. Tim entrou com sua adorável esposa, e, por causa de seu olhar, percebi que ele tinha escutado. Vera colocou uma trouxa de pano em cima da minha mesa.

— Comida? — perguntei, erguendo a cabeça.

— Pensamos que não havia tomado o café da manhã, e então trouxemos uma comidinha caseira — disse Vera, sorrindo. — Fiz de acordo com o cardápio inglês, mas com um jeitinho brasileiro. Espero que goste.

— Não precisavam se incomodar — falei, e o meu estômago deu um pulo assim que comecei a desamarrar a trouxa.

— Quero ir — Tim soltou de repente. — Não dessa vez, mas quando houver um *open house* apropriado.

— Não — resmunguei. Vera me entregou um garfo, e então mordisquei um pedaço de salsicha com ovo mexido. Fechei os olhos com prazer. — Nossa, isso é tão bom.

— Eu sei. — Vera riu.

— Cole... — ele disse, e eu olhei para Tim. — Eu quero conhecê-la.

— Eu sei que quer, mas não aconselho.

— Por quê?

— Porque você está curioso para conhecer a mulher Nicole, e não a profissional, a srta. Bliss. Porque você fala dessa garota desde o dia que te contei a história dela. E você parece querer adotá-la como se ela fosse um filhote abandonado à própria sorte. Não acho certo *porque* ela ficou muito feliz quando o *destino* me fez ligar para o seu escritório.

— O que está dizendo? — Ele piscou, inocente.

— Estou dizendo que você me ajudou a fazer a lista com as imobiliárias.

— Sim.

— E há apenas... — Olhei para o meu tablet. — Três imobiliárias com A no alfabeto e só duas com B? A letra C tem mais de trinta na lista, e a D, mais de vinte.

— Foi o que restou da terceira ou quarta lista desde que voltamos de Cancún. Todos te odeiam.

— É, todos me odeiam. Mas sabe o que eu acho? — Girei na cadeira presidencial, com o pote na mão e comendo muito feliz. — Acho que tirou alguns nomes dessa lista quando pesquisou sobre *a noiva de Cancún.* — Abri bem os olhos e encarei Tim. — Porque o senhor é muito determinado quando quer descobrir alguma coisa, e não é difícil achar a Nicole. Descobriu o sobrenome dela, provavelmente pediu informações no hotel. Achou-a nas redes sociais. E colocou o telefone da imobiliária Bliss na minha lista. Até porque, pesquisando na internet, em todos os classificados de Londres, eu não encontrei o número do escritório dela, e em nenhum lugar além das redes sociais.

Tim se sentou na minha frente, os ombros murchos.

— É o destino! — ele gritou, abrindo os braços, pego no flagra. — Ela é corretora de imóveis, você quer *vender* as duas casas para ir para a Nova Zelândia! Quando eu descobri isso... quando descobri que ela poderia trabalhar com você, só dei um empurrãozinho para que se reencontrassem.

— Não brigue com ele, Cole — Vera pediu. — Ele só queria ajudar a garota.

— E te ajudar! — Tim ficou agitado e tocou meu braço. — Você precisava de uma pessoa que vendesse as suas casas com o coração. Eu não agi de forma irresponsável, eu vi os vídeos dela, a forma como ela trabalha e como é a imagem dela nas redes sociais. Estou com sessenta anos, e não duzentos. Ela é boa, Cole. *Ela é ótima*, e precisava de um trabalho honesto que caísse do céu. Você realmente acha justo o que ela passou?

— Não acho justo, mas eu disse que não era da minha conta. — Finalizei a último pedaço de ovo mexido e fechei o pote, colocando-o na mesa com o garfo perfeitamente centralizado.

— Mas agora é. Vocês assinaram um contrato e estão trabalhando juntos. Os dois se beneficiarão. Não é assim que os relacionamentos profissionais funcionam? Uma troca? Se ela vender as casas, me agradeça pelo resto da vida. — Tim cruzou os braços e virou o rosto para longe, irritado. — Eu sei que o que fiz foi o certo.

— Não estou bravo — falei. Ele ficou em silêncio. — Mas você poderia ter sido honesto.

— Você não ia escutá-lo — Vera se adiantou. — Nós tentamos, e você nem queria ouvir o nome dela.

— Ele tem aversão a mulheres bonitas — Tim resmungou.

Revirei os olhos.

— Não é isso. — Fiz uma pausa. — Sinto muito, Tim. Fui grosseiro com você quando poderia tê-lo escutado. A menina precisava de um cliente e eu precisava de uma corretora. Não estou fazendo caridade. Se ela conseguir vender as casas, será bom para ambos e mérito dela. Mas não quero que você pense que vou ficar amigo dela.

— Ah, não espero isso. — Tim abriu um sorriso. — Tudo bem, tudo bem. Estamos bem. E Nicole venderá a casa. Ambas, na verdade! Eu e Vera mal dormimos pensando no destino trágico daquela garota quando voltamos para Londres. Saber que ela era daqui, e que tinha uma imobiliária... só pareceu *certo*. É como diz aquela frase do Arthur Schopenhauer... aquela sobre o destino.

— O destino embaralha as cartas e nós jogamos? — perguntei.

— Isso! — Tim sorriu. — Foi tudo o que eu fiz, Cole. Eu joguei as cartas. O resto é com vocês.

CAPÍTULO 12

Nicole

A única razão de eu não ter sido engolida por um abismo de estresse e cansaço eram as horas extras que o meu anjo da guarda estava fazendo.

Eu não estava dormindo, não estava vivendo. Era como se eu não fosse mais eu, a Nicole, e sim alguém que ativou o modo sobrevivência depois de entrar no *Round 6*. A boneca estava ali, virando aquela cabeça enorme para mim, cantando *batatinha frita 1, 2, 3*. Só esperando que eu falhasse.

Tudo o que eu respirava eram as duas propriedades do sr. King. A primeira sendo a bela mansão. A segunda, uma casa surpreendente em decoração e estilo, feita para um homem solteiro de muito bom gosto, por sinal. A casa em que o sr. King morava.

O que importava era que vender ambas me daria uma folga financeira, eu recuperaria o investimento da poupança que Jordan fraudou, o dinheiro que precisei pagar pela inadimplência do imóvel e ainda teria tempo para pensar no que fazer. Conseguir isso tudo com duas propriedades era como ganhar na loteria dos corretores de imóveis.

E eu não queria... na verdade, não *podia* deixar passar.

Trabalhei em fotos e vídeos para as duas casas, e também na edição desse material. Estava pronta para fazer uma divulgação massiva durante o primeiro mês em todas as mídias sociais. Também escrevi anúncios para canais de propaganda. Eu faria tudo o que pudesse. O sr. King me liberou um orçamento para o marketing, e eu viraria Londres do avesso por aquelas casas.

O que eu descobri, desde que assinei o contrato com o sr. King, é que não importa se você tem um sorriso bonito, se sabe se vestir, se a sua voz é aveludada e gentil, se a sua educação é digna da realeza britânica. Para chegar aos clientes classe A, você *precisa ter* uma propriedade classe A.

O caderninho dourado que nunca me permitiu conversar com a elite de Londres se manteve fechado porque ninguém da lista ia me atender mesmo, mas só de ligar para meus clientes e investidores principais, ouvi vários "Ah, talvez eu conheça alguém que ficaria interessado nessa propriedade". As pessoas se falavam em Londres e a classe média alta se misturava com os ricos; tive sorte de conversar com famílias e investidores que só conhecia por nome.

Três pessoas me pediram para fazer um pré *open house*, que consistia em mostrar a casa antes que ela fosse oficialmente para o mercado. Só de eu ter conseguido esse feito em tão pouco tempo já me fez ganhar uma confiança imensa.

Então era por isso que eu estava naquele momento finalizando a primeira apresentação *em off* da casa, sentindo o sr. King atrás de mim como uma sombra que eu estava tentando ignorar. Abri um sorriso acolhedor para o investidor italiano, Stefano Russo, que estava em Londres a trabalho, e foi indicado por um dos meus clientes mais antigos. Ele parou ao meu lado na sala de estar.

— *Va bene*, gosto de como a casa foi construída, desde a escolha do mármore para os banheiros até as colunas gregas na entrada. Gosto muito também dos detalhes em gesso. Vocês estão pedindo dez? — O homem se virou para mim, abrindo um largo sorriso.

— Dez e meio.

— *Capisce.* Vou conversar com algumas pessoas e retorno assim que possível. — O homem traçou seu maxilar com a ponta do indicador, observando o enorme espelho da sala. — Quanto tempo tenho até que a casa seja aberta ao público?

— O senhor é a primeira pessoa que a vê, sr. Russo.

Isso o fez ficar radiante. O sr. Russo não devia ter mais do que trinta e cinco, trinta e seis anos. Era alto, forte e tinha cabelos loiros. Era lindo e me cantou de várias formas diferentes desde que nos encontramos. Claro que ignorei, porque não fazia nenhum sentido; o que importava era que ele parecia interessado mesmo na propriedade.

O sr. King pigarreou atrás de mim.

— Realmente gostei da casa — disse o sr. Russo, descendo os olhos por mim. — Acha que podemos nos encontrar para um jantar esta noite e... discutirmos melhor sobre a propriedade?

— Infelizmente, não posso. Mas caso decida ficar com a casa, me informe, por favor. Ficarei feliz em levar a proposta para... o proprietário.

O sr. King não sairia do meu lado até que seus imóveis fossem vendidos. Isso estava no contrato que assinei com ele, o que era um incômodo gigante para os investidores, famílias e pessoas interessadas.

Não dava para visitar a casa com o dono ali, respirando no seu cangote, defendendo a propriedade como se fosse um leão. A corretagem de imóveis tem suas regras e uma das principais é não misturar o proprietário com o provável comprador.

Então, para ser justo e não prejudicar a venda, pedi ao sr. King que ficasse calado e não se portasse como o dono. Combinei com ele que, caso alguém perguntasse, eu diria que ele estava apenas me acompanhando. Sem dar mais detalhes, sem mentir, mas sem abrir toda a verdade a ponto de amedrontar as pessoas.

— Tudo bem, então. Se mudar de ideia, me ligue.

O homem me surpreendeu segurando-me pelos ombros e beijando fortemente minhas bochechas. Mas não aquele beijo de colar uma bochecha na outra. Os lábios dele fizeram um biquinho e realmente me *beijaram*.

Pisquei, um pouco tonta.

— Vou acompanhá-lo até a saída.

Assim que fechei a porta da entrada, senti o padre, que não era padre, atrás de mim.

— Não. — A voz grave ecoou entre nós.

Virei-me para ele.

— Não o quê?

— Não vou vender a casa para aquele homem.

Respirei fundo.

— Depois de roubar o traje de um padre, o senhor ficou mais próximo a Deus?

Ele piscou, confuso.

— Não, eu...

— Ou talvez, ao invés disso, conseguiu acesso livre ao submundo, fez um pacto com o papai do chão e vai vender a casa em vinte e quatro horas?

O sr. King apertou os lábios para não sorrir. Foi tão sutil que, se eu não tivesse prestado atenção, não perceberia.

— Srta. Bliss...

— Então, a não ser que forças divinas do bem e do mal estejam te ajudando, posso fazer o meu trabalho?

— Pode, mas preciso lembrá-la das *condições* do contrato? Não vou vender a propriedade, não essa, para a primeira pessoa que surgir. — Ele deu um passo à frente e, por algum motivo, senti minhas bochechas ficarem vermelhas. Um calor insuportável me consumiu, talvez de frustração. Eu estava me esforçando pra caramba. — Esse homem não vai te ligar de volta. E se ligar, vai ser só para te convidar para se encontrar com ele no hotel em que está hospedado. Ele tem uma foto da filha gravada no chaveiro de ouro que carrega, que ocultou de forma precária o suficiente para que eu não pudesse ver. Não seria um problema se eu não percebesse a marca de uma aliança em seu dedo. Posso jurar que ele não se divorciou nos últimos cinco minutos, ou seria o divórcio mais bem-sucedido do mundo, não acha?

Apertei minhas mãos em punhos.

— Nada disso importa se ele está disposto a comprar a...

— O sr. Russo pode ter dinheiro, sim, e não duvido que tenha, mas não está interessado na propriedade, não nessa. Ele não quer *a casa.* Enquanto você estava mostrando a vista da varanda da suíte principal, ele estava ocupado olhando para a sua bunda. — O sr. King deu outro passo, e quase foi constrangedor o quão perto chegou. Seu perfume pareceu tão exótico, mas tão bom, que quase fechei os olhos. — Ele está interessado em *você,* srta. Bliss — continuou. — Então, a não ser que esse comprador tenha vindo pelo Tinder e você queira um namorado, sugiro que procure outra pessoa.

Voltei aos meus sentidos.

— Quem você quer para a casa, sr. King?

— Uma família, de preferência feliz, e que não ostente uma imagem falsa nas redes sociais.

— Fica bem difícil assim, se noventa por cento dos ricos usam as redes sociais para promover o trabalho e a vida pessoal. Mesmo que seja um teatro, é o que todos fazem. Não posso encontrar uma família de um conto de fadas para comprar a casa. Isso *não* existe.

— Eu quero o comprador perfeito.

— E o que é a perfeição para você? — rebati.

Ele se afastou.

— Saberei quando encontrar.

Enquanto admirava as costas do sr. King em um sobretudo, no momento em que ele caminhava para longe de mim, me dei conta de que ele era amargo, sim. E bem mais difícil de lidar do que eu esperava. Entendi por que os corretores fugiram. Mesmo eu tentando impor limites, talvez ele fosse precisar de noventa mil chacoalhões *daqueles*.

E não ia adiantar.

Se ele brecasse todas as minhas interações, qualquer esforço que eu colocasse seria em vão.

Senti o celular vibrar na minha bolsa e, quando o peguei, vi que era do banco, provavelmente me perguntando sobre o quão bem eu estava indo. Uma das partes do acordo era termos uma "relação mais próxima", o que significava "estamos de olho em você e se voltar a nos dever, vamos acabar com a sua vida".

Respirei fundo.

É, eu precisava dar um jeito de vender as casas.

Eu não era do tipo que *stalkeava* as pessoas, mas o sr. King me dera um bom motivo para isso depois do pré *open house*. Primeiro porque ele parecia intocável, mas seu jeito ranzinza não me intimidava. Pelo contrário, eu queria entendê-lo, como entendia todos os meus clientes. E segundo porque fui olhar o nosso contrato, para ver com calma todas as cláusulas que eu concordara no desespero. O fato de ele ter *ocultado* seu primeiro nome era como se já soubesse que eu ia ficar curiosa e pesquisar a seu respeito. Foi estranho olhar o contrato e ver que, assim como os arquivos da CIA em filmes de espionagem, havia partes censuradas por um marcador preto. Me dei conta de que todas elas eram o seu primeiro nome.

E, cacete, isso era estranho, né? Por que ocultar o primeiro nome assim? Ele achava que eu ia pesquisar a vida dele?

Estava certo, eu ia. Mesmo que não tivesse informação o bastante.

O site de arquiteto do sr. King, o Legado King, era profissional e não continha muitas informações, só que ele abrira o escritório havia dez anos e que nascera em Londres, mas carregava em metade do seu sangue a Nova Zelândia. Pelo pouco que vi, era como se sua mente e seu coração nunca estivessem aqui, na Inglaterra. *Por que, de repente, havia tanta pressa em voltar?* Isso eu nunca ia saber. Mas a Inglaterra era um país de muitas oportunidades, mesmo em meio à crise. Então, talvez, ele só estivesse morando em Londres em busca de crescimento profissional?

Procurei as redes sociais e encontrei o seu Instagram com mais seguidores do que eu esperava, para alguém que odiava a internet. O layout e toda a identidade visual de sua marca pareciam tão frios quanto a sua personalidade. A paleta de cores do site e do Instagram era preto, cinza-escuro e dourado, bem clichê, e certamente a rede social era administrada por outra pessoa, porque ele não era gentil o bastante para escrever aquelas legendas tão otimistas.

Uma coisa me surpreendeu.

Era óbvio que ele tinha dinheiro e era um profissional de sucesso, porque havia as duas propriedades milionárias em seu nome. E vai saber o que mais ele tinha. Mas o nível do trabalho do sr. King não era comum. O que eu quero dizer é que ele não fazia apenas casas para famílias e trabalhava em projetos tradicionais.

Havia propriedades com sua assinatura que pareciam ser de outro planeta, de tão modernas e ousadas. O sr. King não se limitava apenas à Inglaterra e à tradição. Havia dedo seu em projetos de países como Dubai, Brasil, Turquia e vários outros lugares do mundo. O homem não se resumia a um conceito apenas, pelo contrário, ele parecia abraçar vários estilos ao mesmo tempo.

Precisei admitir que King era talentoso, visionário e que fiquei bem surpresa quando vi fotos de seus projetos com comentários elogiosos, até chamando seu trabalho de "um conceito impensável e magnífico" e outros como "seu trabalho enaltece o mundo da arquitetura" e "você é o Rei da Arquitetura". Era como se ele fosse um gênio, um gênio desse universo arquitetônico que, por mais que eu entendesse um pouco, não sabia tudo.

E essas foram as únicas coisas que encontrei.

Não havia mais vestígios do sr. King.

A essência dele continuou escondida por trás de estruturas impenetráveis. Parecia que ele não erguia apenas residências para o mundo; ele edificava o mundo ao seu redor.

E foi aí que o aquecedor do meu apartamento parou de funcionar, porque não pude pagar a manutenção do sistema de aquecimento comunitário do prédio. Eu estava fazendo malabarismo com as minhas contas porque, até vender as casas do King, ia ficar bem apertado para mim.

Era mesmo o fim. Fechei os olhos.

— Alexa, hora de tocar a última trombeta — murmurei.

CAPÍTULO 13

King

Depois de alguns pré *open houses* e de Nicole perceber que não era porque a pessoa tinha dinheiro que ela era confiável... não, acho que *principalmente* depois do terceiro ou quarto possível investidor enviar um carro para a casa dela e dizer que Bliss poderia "ter a melhor noite de sua vida se aceitasse aquela oportunidade", acreditei que a corretora faria a abertura oficial da casa no mercado como a tradição mandava e fugiria de apresentá-la de pessoa para pessoa.

Admitir que eu estava certo foi difícil. Mas achei que Bliss não me escutaria. Que quando abrisse a mansão para visitantes, seria um negócio meio simples e sem graça.

Mas ela tinha transformado o primeiro *open house* em um evento com coquetéis, aperitivos e música ao vivo.

Cheguei ao jardim da minha propriedade familiar em Kensington e me deparei com várias pessoas se sentindo... em *casa*. Pessoas que eu não conhecia. E por mais que tenha me sentido desconfortável em um primeiro momento, compreendi a atmosfera que Bliss quis criar: os famosos *brunches* ingleses, a céu aberto.

Vi os garçons circulando com as bebidas, enquanto o violino embalava *The Lark Ascending*. A mesa posta era de uma elegância invejável. Desde croissants frescos e frutas da estação até pratos como ovos Benedict, salmão defumado e torradas com abacate. Uma mesa de doces finos do lado esquerdo, sob a sombra de uma das árvores. Macarons coloridos, cupcakes artesanais e pequenas tortas de amêndoa com geleia estavam sendo bem aproveitados.

Ela quis mostrar a casa sob o meu ponto de vista; como um sonho.

— Isso está lindo, Cole — Tim disse ao meu lado.

Engoli em seco.

— A delicadeza do evento é de derreter o coração. — Vera apertou o meu braço. — Agora, nos leve até onde ela está. Porque eu não vou conseguir enxergá-la dessa distância. E já me esqueci da foto que Tim encontrou nas redes sociais.

Meus olhos a procuraram.

E quando a achei, meus pés, por alguma razão, permaneceram no lugar.

Nicole estava usando um vestido azul-claro que contrastava o tom de sua pele, mas era a forma como a peça estava abraçando a sua cintura fina e os quadris largos que me paralisou. Ela estava com uma xícara de chá nas mãos firmes, um pouco inclinada para conversar com um casal de idosos que estava sentado.

Mantive meus olhos ali, ainda sem me mexer.

Ela se ergueu de repente, passando a mão pelos cabelos longos, castanhos e lisos para ajeitá-los, enquanto ria de alguma coisa. Mas como se sentisse que estava sendo observada, virou o rosto. Seus cabelos voaram sob o vento gentil da manhã e os olhos verdes e cor de mel caíram em mim.

A srta. Bliss, sem dúvida, tinha traços nativos norte-americanos. Ela me remetia ao tipo de mulher que subiria em um cavalo e atravessaria um continente se precisasse. Desde que passei a interagir com ela um pouco dia após dia, aprendi a ver seu otimismo, não importasse o quê. E talvez por isso nossos pensamentos não combinavam. Eu não era otimista. E ela também fazia piadas inapropriadas.

Não era o tipo de pessoa para se manter por perto.

No entanto, naquele segundo, não parei muito para pensar em Bliss como a corretora, mas sim na Nicole. Naquela mulher que, em Cancún, me olhou de uma forma que não consegui dizer não. Nem dizer a verdade; que eu não era um padre, para começo de conversa.

Nunca perguntei a ela como ficara a situação com o noivo...

Mas, como eu dissera a Tim, não era da minha conta.

Ela abriu um enorme sorriso e desviou o olhar para Tim e Vera por meio segundo, antes de franzir o cenho.

E caminhou até nós.

— Olá! — cumprimentou, deixando a xícara de chá em uma mesa próxima. — Prazer, eu sou Nicole Bliss, corretora do sr. King. E vocês são...

Ouvi Tim e Vera se apresentarem e conversarem um pouco. Mas fiquei ocupado, absorto no rosto de Nicole. Ela era rica em detalhes, desde os delicados brincos dourados, como pontos de luz na orelha, até a forma como seu cabelo castanho tinha alguns fios mais claros, como se tivessem ficado ao sol. Sua pele cor de leite com canela, com pequenas pintas, os lábios volumosos, e a característica surpreendentemente felina dos olhos verdes.

E ela me pegou observando-a, porque seus olhos pararam em mim, o sorriso falhando, mas logo se transformando em um ainda mais largo.

— Gostaram de tudo?

Assenti uma vez.

— Tenho certeza de que venderá em um piscar de olhos — Vera garantiu. — Sabe, nós somos o casal que estava em Cancún e fez a festa temática.

Surpresa percorreu os olhos de Nicole.

— Ah, vocês são o casal de amigos do sr. King! — Então, se lembrou de algo, porque tocou no braço do Tim. — Você é o *Tim*! O Tim da história que King me contou.

— Sim, sou eu! — Tim riu. — É interessante como a vida funciona, como poderíamos esperar que havia dois casamentos ingleses acontecendo em Cancún?

— Fiquei sabendo que aquele resort foi obra do acaso para muita gente. Mas, bem, vários casamentos deram certo, só o meu que não. Por sorte. — Bliss ficou tensa por um segundo e dispersou seus pensamentos ao me lançar um olhar. — Como conheceram o sr. King?

Tim contou a história do meu doutorado e da minha vontade de ter um escritório e fazer o meu nome em Londres. Fiquei ali do lado deles, sem dizer uma palavra, apenas sentindo o olhar da srta. Bliss. Ela ficou bem surpresa com o meu PhD e currículo, mas se esforçou muito para não deixar transparecer. Decidi que seria melhor se pegasse algo para beber e os deixasse falarem o que quisessem. E pedi licença por alguns segundos.

Parei para analisar os possíveis novos compradores. E, novamente, não gostei do que vi. Eu só não diria isso a Nicole naquele momento, porque não queria minar suas esperanças. Foi quando me aproximei de volta que a ouvi dizer:

— Defina "bem". — Nicole abriu um sorriso incerto. — Não sei, acho que só meus pais me perguntaram como eu estava me sentindo. Então, obrigada... eu estou *bem*. Mais otimista sobre o recomeço do que talvez deveria.

— A vida sorri de volta, principalmente nos recomeços — Vera garantiu.

— É que não existe início sem fim — Nicole continuou. — Agora eu sei que jamais me casaria com um homem como Jordan. Não sei como fui tão cega e ingênua, mas fiz as pazes comigo mesma e aceitei. Prefiro ver a situação toda como se eu estivesse melhor agora. E sei que estou. Apesar de toda a situação, estou feliz sozinha.

Ela era o meu oposto. Abria partes da sua vida para dois estranhos, enquanto eu mantinha tudo o que era privado em segredo. Pareceu confiar imediatamente em Tim e Vera. Talvez porque... eu confiava neles?

Umedeci os lábios depois de beber um gole de uísque puro, sem gelo. Nicole me lançou mais um olhar, como se quisesse me perguntar alguma coisa, mas não pudesse.

— O que houve? — finalmente perguntei, arrematando o uísque.

— O que está te incomodando no *open house?* — Ela foi direto ao ponto.

— Como sempre, as pessoas.

— Sobre isso, eu não tenho controle e nem vamos ter. Se a casa ficar famosa através do marketing que estou fazendo, mais e mais pessoas virão.

Ela esperou uma réplica. Pude sentir os olhos de Tim e Vera em nós dois, como se fôssemos uma partida de tênis.

— Eu sei — respondi.

— E... — instigou.

— E nada. Se fizerem uma oferta, investigarei suas vidas. Se não forem dignas, não fecharemos negócio.

Nicole fechou os olhos.

— Posso conversar com o senhor em particular?

Abaixei o copo na mesa à nossa esquerda e comecei a caminhar para dentro da casa, rumo à privacidade da suíte principal e longe dos olhares curiosos. Fechei a porta e Nicole colocou as mãos na cintura, enquanto a iluminação inteligente acendia o cômodo para nós.

E... ela estava furiosa.

— Não me importo em ter que ser um pouco rude com o senhor.

— Ah, isso eu sei.

— Pode me explicar o que é essa coisa de família *digna*? — Ela parecia frustrada, tão frustrada e sem saída que quase me senti culpado. *Quase*. — Pode me explicar quais as características perfeitas de uma família para que eu possa encontrá-la? Não garanto que exista alguém como a sua mente fantasia, mas talvez eu possa chegar perto.

— Tudo bem. — Me sentei na beira da cama, peguei o controle remoto e acionei alguns botões. As cortinas se fecharam e tudo ao nosso redor se apagou para começar a refletir a galáxia, os planetas, as estrelas, o universo e o infinito. O projetor temático que instalei podia recriar desde o universo até a aurora boreal, um pôr do sol ou o mar. Qualquer coisa. — Eu quero uma pessoa que tenha alma, que olhe para essa casa e sinta amor. Nunca vão amar essa propriedade como eu, mas preciso que alguém fique encantado com tudo o que há nela. Quero crianças correndo por essa casa e pensando que ela é ótima para brincar, e o casal pensando em fazer amor na bancada da cozinha, quando estiverem sozinhos. Ou idosos que adorariam cultivar flores no jardim. — Lancei um olhar para a srta. Bliss. — Eu quero vida e quero alma aqui. Não espero que entenda.

Percebi a confusão dela por duas razões: o projetor e as minhas palavras. Ela ficou um tempo observando as estrelas, e me lançando olhares como se eu fosse o pior dos enigmas. Mas, em algum momento, talvez longos minutos, na verdade, ela soltou um suspiro audível, e me respondeu com algo que eu não esperava. Não dela.

— Não sei se acredito que isso exista. Não mais.

— Como é a sua relação com os seus pais? — perguntei, de repente.

Saturno passeou por Nicole com seus anéis imponentes e ela semicerrou os olhos, se sentando ao meu lado. A nossa galáxia começou a passear pelas paredes e todo o teto. Observei a lateral do seu rosto manchado de estrelas.

— Eu os amo mais do que tudo.

— E o que é família para você? — Fiz uma pausa, sem saber se deveria fazer a pergunta, mas decidido a fazê-la entender mesmo assim. — Como é a família que você pensou que teria quando disse "sim" para Jordan, quando ele te pediu em casamento?

Ela me surpreendeu ao abrir um sorriso e dar de ombros.

— Crianças correndo pela casa, roseiras no jardim, meus pais indo me visitar e pensando em levar morangos para que eu tente fazer uma geleia? — Riu. — Eu achei que seria feliz. Mas todos acreditam nisso. — Ela me olhou, me olhou de verdade. Profundamente. Como se estivesse cavalgando continentes e não fosse desistir de vender a mansão. — Pode aceitar que nem todos são felizes?

— Para esta casa, não. Para a outra, sim.

Nicole suspirou.

— Devo me concentrar em vender a outra primeiro?

— Se precisa do dinheiro, é o que tem que fazer.

— Consigo administrar as duas.

Assenti.

— Só venderei quando encontrarmos essas pessoas, Nicole.

Ficamos em silêncio por um momento, até que ela puxou assunto de novo.

— Você reparou na família Rogers? — perguntou.

— Quem são?

— A mãe de cor-de-rosa com o marido de branco.

— Os que estavam na mesa de doces?

— Sim.

— A esposa estava enviando mensagens o tempo inteiro para um homem que não era o marido e marcando um encontro com outro, que não era o das mensagens. O marido estava vendo fotos de mulheres nuas no Instagram e marcando uma noite com uma *cam girl*.

— Ah. — Nicole bufou. — E os Hollands?

— O marido grosseiro que pegou o filho pelo braço e o arrastou da mesa de bebidas?

— Tem razão. E o casal jovem?

— Vão se divorciar em seis meses, acredite em mim.

— Por quê?

— Ele está desempregado e colocando toda a responsabilidade da compra da casa na garota. Ela tem muito dinheiro, e vai fazer a burrice de comprar a casa só para ter conforto, se esquecendo de que um casamento é a dois, não "a um".

— Então essas pessoas estão descartadas — ela murmurou.

— Foi o que eu disse.

Nicole passou a mão pelos cabelos, desanimada.

— A festa está incrível, continue fazendo algo intimista e clássico, as pessoas certas virão. Vamos encontrá-las, Bliss — falei. — Eu sei que não sou a pessoa mais fácil do mundo.

— Você é, sem dúvida, o pior cliente que já tive.

— Obrigado.

Ela riu.

— Me desculpa, me sinto frustrada de verdade.

— Por isso liguei o projetor do Universo. Olhe para os planetas. Somos tão pequenos. Nossos problemas nem existem de verdade.

— Tudo o que eu preciso é olhar para os planetas, certo?

— Sim.

Ela me observou.

— King, me ajude, tudo bem? Seja mais receptivo.

— Não prometo nada.

— Mas pode tentar?

— Posso tentar — afirmei.

Ela respirou fundo e nós dois ficamos ali, sentados, olhando para nossos planetas vizinhos. Não sei se Nicole entendeu o recado, mas esperava que sim.

Eu queria alguém com coração para aquela casa. Eu queria transformá-la em um lar. Eu só torcia para que pudéssemos encontrar a família certa.

CAPÍTULO 14

Nicole

O tempo não estava de brincadeira comigo.

As contas do mês começaram a chegar e o que achei que daria, não deu.

Com isso, veio o desespero.

Não o sentimento de meu-Deus-está-difícil. Foi a constatação de que eu não teria *mesmo* como pagá-las. Deveria primeiro pagar o condomínio, que era importante para o bom funcionamento do prédio de modo geral, ou consertar o aquecimento da minha casa? Ou então a conta de energia e de água, sendo que isso poderia me fazer atrasar a internet, que era imprescindível para eu trabalhar? Não ia conseguir pagar a taxa de TV, os impostos locais, como coleta de lixo e etc., e definitivamente não ia conseguir pagar a conta que estava em minhas mãos, o seguro.

— Mas eu vou conseguir vender essas casas — murmurei para mim mesma, enquanto editava o vídeo da casa em que King morava para publicar nas redes sociais. — É claro que vou.

Lancei um olhar para o calendário anual da minha geladeira. Eu estava riscando os dias desde que assinara o contrato com King. E, como eu dissera, o tempo não parecia de bem comigo. Os clientes em potencial, sem exceção, foram todos descartados por King. Eu teria que me concentrar muito mais na casa que ele morava do que na mansão milionária de Kensington, porque aquilo era como vender a casa do Papai Noel para o Grinch. Fiquei pensando se ele assinou o contrato comigo de propósito e se iria para a Nova Zelândia vendendo ou não as casas.

Eram cinco e sete da manhã, e eu não conseguia dormir.

E foi aí que o meu celular vibrou em cima da mesa, me matando de susto. Quando vi o nome do identificador de chamada, franzi a testa porque...

olhei de novo para o relógio no meu notebook.

Cinco da manhã.

— Invoquei o homem — murmurei, antes de atender. — Aqui é a secretária da srta. Bliss e, lamento informar, estamos fora de horário de atendimento. Se quiser deixar uma mensagem... não deixe.

Ele fez uma pausa do outro lado, como se estivesse processando.

— Não tem graça, né? — continuei. — Pois então. Não achei nada engraçado o senhor me ligar a essa hora — concluí.

— Mas está acordada.

— Estou. Mas será que você não poderia considerar que, talvez, *hum*, eu seja uma pessoa normal, do tipo que *dorme*?

— Por que está acordada? — indagou, sério.

— Por que *está* me ligando?

King fez aquela pausa de novo. Pude ouvir sua respiração do outro lado e senti uma inquietação no meu corpo por algum motivo. Foi quando ele estalou a língua no céu da boca, parecendo ponderar o que dizer.

— Não sei — ele murmurou do outro lado.

— Decidiu reincidir o nosso contrato?

Meu coração foi parar na boca com o tempo que ele levou para responder.

— Não — por fim respondeu.

— Então...

Escutei seus dedos batucando contra algo.

— Podemos nos encontrar? — Havia algo em sua respiração que arrepiou os pelos da minha nuca.

— Agora?

— Sim.

— Está tudo bem? — Me levantei, pensando naquele homem sozinho na casa imensa. Eu sabia que ele tinha um dos melhores sistemas de segurança, mas, mesmo assim... — O que está acontecendo?

— Quero discutir alguns assuntos.

— Às cinco da manhã?

— Preciso te ver.

Ah, será que ele confundiu as coisas?

— Olha, o senhor disse para mim que tinha algumas regras, certo? — Fiz uma pausa. — E eu tenho uma: não durmo com meus clientes. Por mais que eu me sinta muito lisonjeada. E nossa, de verdade, o senhor é um *partidão*. Mas não quero dormir com o senhor.

Ele ficou em silêncio absoluto.

E a maneira como soltou um palavrão depois me fez segurar os lábios para não rir.

— Porra, é sério? — grunhiu.

— *Agora* você está me ofendendo.

— Eu nunca pensei nisso, Bliss. — Ele fez uma pausa. — Não quero dormir com a senhorita. Posso ir até a sua casa? Eu levo o café da manhã.

Ah, merda.

— Não — resmunguei.

— Por quê?

— Não tenho... — Como eu diria para ele que estava sem aquecimento, enrolada em duas cobertas de lã de ovelha, com uma xícara fumegante de um café horrível nas mãos? — Podemos nos encontrar na sua casa às... — Olhei para o relógio. — Oito?

— É um pouco tarde para isso, já estou na porta do seu prédio.

— Não te ensinaram nada de etiqueta?

Quase ouvi um certo sorriso em sua voz.

— Mais ou menos.

— É, percebi.

Desliguei a chamada e me olhei no espelho. Eu estava um lixo. Decidi escovar os dentes, prender os cabelos, colocar um casaco qualquer e pantufas. Eu não ia conseguir liberar o acesso para ele daqui de cima, então, teria que descer. Me vesti rápido, sem me importar com muita coisa, e assim que cheguei ao térreo, me arrependi por ter escolhido qualquer peça de roupa.

King estava usando sobre o paletó creme um sobretudo cappuccino que se ajustava a ele como uma luva. A camisa azul-clara, da cor dos seus olhos, estava com alguns botões abertos no pescoço.

E o que vi me surpreendeu.

King tinha uma tatuagem no peito com alguma espécie de árvore que eu, honestamente, nunca tinha visto. A tatuagem era tão vibrante e colorida que, mesmo só dando para ver um pouquinho, atraiu meus olhos imediatamente.

— É a *pōhutukawa*. — Ele fez uma pausa. — Uma árvore nativa da Nova Zelândia, uma das mais enaltecidas pela cultura maori. É conhecida pela cor vibrante, mas em especial pela capacidade de sobrevivência mesmo em penhascos rochosos e precários. Ela floresce em dezembro, e é considerada a nossa árvore de Natal. — King semicerrou os olhos. — Aqui, pegue.

King me estendeu o café fumegante, com a mão enluvada. Estava bem frio naquela manhã, um clima atípico, e ele estava vestido de forma impecável.

— Você se orgulha da cultura neozelandesa — afirmei.

King assentiu uma única vez, como se já tivesse dito mais do que gostaria, e manteve os olhos em mim, esperando por algo.

— Quer subir? — indaguei, incerta.

Bebi um gole do café e senti todo o meu corpo agradecê-lo. Era muito melhor que o café instantâneo barato que eu estava tomando.

— Sim. — Ele colocou as mãos no bolso da calça social. — Se não se importar.

— Se você não reparar no meu apartamento, por favor, me acompanhe.

Sem uma resposta, King começou a me acompanhar. Mas, por alguma razão, foi estranho subir os degraus com ele atrás de mim. King era muito alto, talvez tivesse mais de um metro e noventa. Toda vez que eu precisava olhá-lo, sentia uma leve dor na nuca. Fora que a sua presença era... imensa, eu sentia como se, caso eu caísse da escada, ele me seguraria.

E foi ainda mais estranho pensar nisso.

Ficamos em silêncio enquanto eu digitava a senha da porta secretamente.

Meu apartamento estava tão frio quanto lá fora, e a bagunça não era tanta assim. O problema não era a desarrumação, embora eu preferisse que fosse. A questão eram os galões de água que comprei de reserva, caso ela fosse cortada. E as luminárias a energia solar, que faziam parecer como se eu estivesse me preparando para o fim do mundo.

Ele me lançou um olhar depois de encarar os meus itens de sobrevivência.

— Preciso explicar? — murmurei, angustiada.

— Não, se não quiser. — King me surpreendeu quando pareceu se sentir em casa e se autoconvidou para se sentar no sofá.

Ele mal parecia *caber* na minha casa. Ainda menos na minha namoradeira florida de dois lugares.

— Tudo bem. — Me sentei na mesa de centro, porque não havia mais espaço.

Eu provavelmente deveria comprar uma poltrona.

— Vou para Dubai por dois dias, preciso visitar uma obra. — Ele olhou para o relógio. — O *check-in* começa em três horas, mas quis passar aqui antes e avisá-la.

— Foi muita consideração da sua parte.

— Talvez. — Ele apoiou os cotovelos nas coxas. — Me perdoe o horário. Eu poderia só ter enviado uma mensagem, mas precisava te entregar algumas coisas e falar com você sobre um assunto pessoal.

King, de repente, começou a tirar coisas de seus bolsos. Primeiro, um cartão. Depois, um par de chaves e um papel cartonado. Engoli em seco ao ver a carteira de marca e de couro legítimo, que combinava com o seu *look* em tons suaves. Ele tirou uma espécie de pendrive dali.

— Primeiro, vamos aos negócios: durante a minha ida aos Emirados Árabes, continue o trabalho, mesmo sem a minha presença. Acho que já avançamos o suficiente para isso. Se aparecer alguém interessado, me ligue a qualquer hora, eu vou atendê-la. Já não sou de dormir e, com a diferença de quatro horas, é provável que eu durma menos ainda.

Havia um *halo* ao redor do azul de suas íris, o que foi revelado conforme o sol nascia com proeminência no horizonte, como uma linha amarela.

— Certo — murmurei, dispersa.

— Aqui estão as chaves de ambas as casas, se precisar mostrar para alguém em caráter urgente. E o telefone do Tim, meu amigo, ele também tem acesso a casa. As senhas estão neste papel.

Assenti, pegando as coisas, mas, por algum motivo, não conseguia tirar os olhos de King.

— Já sabe o que espero de um possível comprador. Então, se por um milagre, encontrar a pessoa perfeita, te libero para apresentar a casa. Mas estarei aqui a tempo do seu próximo *open house*, no final de semana. — Ele passou a mão nos cabelos soltos, colocando uma mecha atrás da orelha. Por algum motivo, isso fez meu estômago girar.

— Tudo bem.

King puxou o celular de dentro do bolso, e digitou por alguns minutos.

Então, me olhou com seriedade.

— O que aconteceu com o seu aquecedor? — perguntou, sem rodeios.

— Quebrou.

— Há uma frente fria chegando em Londres.

— Eu sei, mas vou ficar bem. Como vê, eu tenho alguns itens de sobrevivência. Então, mesmo se o fim do mundo decidir acontecer amanhã, estou preparada.

O pomo de adão de King subiu e desceu. Ele percorreu os olhos pelo meu apartamento, como se estivesse fazendo uma inspeção. Senti meu coração bater com força quando ele se levantou, porque seu perfume invadiu cada espaço e ele jogou o sobretudo para trás com as mãos, enfiando-as no bolso da calça, deixando seu corpo ainda mais em evidência sob o linho fino.

— Está sem água? — indagou.

— Não.

— Por que esse estoque? — Ele continuou olhando para o apartamento, e então me observou de cantinho de olho.

Respirei fundo.

— Só estou me prevenindo.

King voltou para a namoradeira e se sentou. Pegou o celular de novo, e começou a digitar alguma coisa. Levou apenas meio segundo para ele desistir, pressionar as têmporas com os dedos e fechar os olhos. E então fez aquela coisa que os homens fazem de erguer um pouco o quadril e espaçar um pouco as pernas, para ficar confortável.

Mas pareceu... *tão* errado.

King não era apenas alto, ele era forte. Todo o seu corpo era estruturado e grande. As coxas pareciam sofrer sob o tecido da calça social, mesmo que parecesse ter sido feita sob medida. A camisa na mesma tonalidade de seus olhos, e a tatuagem da árvore de flores vermelhas brincando com o azul eram um conjunto perfeito. Aquele cabelo, sexy e rebelde, meio na *vibe* do Tarzan, era um pecado. Sua presença e aquela voz, o jeito que ele parecia tão homem, mas confortável na minha decoração *rosé gold*, era... além do que eu deveria pensar.

King faria uma mulher no estilo Margot Robbie enviar mensagens bêbada como se ele fosse o último homem do mundo que valia a pena.

E, é claro, ele *era* meu cliente.

E um pé no saco.

Mas eu não podia fingir que King não era... desconcertante de tão gostoso.

— Nós vamos fazer o seguinte, Bliss.

— Nós? — perguntei, trêmula.

— Enquanto eu estiver fora, se mude para a edícula da minha casa. Lá tem tudo de que você precisa: privacidade, conforto, internet rápida, uma mesa para trabalhar... porque eu costumava desenhar lá. Há uma cama boa e o principal: aquecimento. A edícula é isolada da minha casa, você sabe. É como uma segunda propriedade. Ficarei mais tranquilo se estiver lá do que aqui.

Pisquei.

— O que viu?

— É um problema estrutural. Não há uma ligação do aquecimento ter parado de funcionar com os canos, mas é provável que você tenha um problema elétrico e hidráulico se não fizer uma reforma. São velhos e estão pedindo socorro. Não estou dizendo para daqui a dois meses, Bliss. Estou falando de agora.

— Eu sei, estou adiando isso faz tempo, mas vou resolver.

— Não tem mais tempo para ser adiado. — Ele coçou a nuca. — O seguro está pago?

— Não.

— Vamos pensar sobre isso quando eu voltar — afirmou, bufando, em um misto de estar irado comigo e irado com o meu apartamento que não fez nada além de… existir.

Ele se levantou e, como se fosse um super-herói com capa, já estava prestes a ir embora, mas eu o segurei pela manga do sobretudo.

— Qual era o assunto pessoal que queria tratar comigo?

— Como? — Ele se virou, bem perto de mim.

— Você disse que também tinha um assunto pessoal… Mas se era sobre o meu apartamento, não pareceu algo de caso pensado. É a primeira vez que visita a minha casa. — Fiz uma pausa. — O que é?

King engoliu em seco, apontou para o pendrive que deixou na minha namoradeira e então me olhou.

— Bloqueou o telefone do seu ex? — perguntou.

— Sim.

— Ele nunca mais te procurou?

Franzi o cenho.

— Não.

— Percebi que havia um carro rondando meu bairro, principalmente minha casa, e decidi investigar. Essa é a gravação que mostra o seu ex rondando a minha propriedade.

Abri os lábios, surpresa.

— Jordan não é do tipo perigoso.

— Ah, ele não é mesmo — King falou com muita certeza. — Mas é do tipo que quer reatar a comunicação com você e não sabe como.

— Assinamos no contrato que diz que ele nunca mais poderia me procurar. — Prendi a respiração. — Nada que venha dele me interessa. Ele não deve dinheiro algum para mim, pela lei, já que assumi sozinha o refinanciamento da casa. E...

O rosto de King adquiriu um tom vermelho embaixo da barba de alguns dias e do olhar intenso.

— Você o *quê*?

— Eu assumi o refinanciamento para ficar com as duas casas.

— Nicole. — Ele se virou completamente para mim, surpreso. E acho que foi a primeira vez que me chamou pelo primeiro nome. — Essa é a porra de uma loucura! É um otimismo desenfreado e sem cabimento. Eu diria que é até imprudência. Por que colocou essa responsabilidade sobre si mesma? Quando você disse que vendeu o escritório e resolveu as coisas, achei que fosse em comum acordo com ele, mas que Jordan também faria sacrifícios.

— Mas ele não faria. Jordan não tem nada. Seria melhor eu entrar na justiça, passar meses ou anos brigando com ele judicialmente? Meu primeiro pensamento foi vender a casa, me livrar daquela porcaria e do financiamento, mas sabe o que acontece? Eu já me prejudiquei muito por causa do Jordan, e não quero deixar minhas emoções afetarem o meu juízo. A casa está alugada e vai valorizar ainda mais depois do shopping que está sendo construído e do conjunto de casas da vizinhança. Não vou perder mais dinheiro por causa dele. Eu vou vender, mas não agora quando ela não tem tanto valor. Vou vender quando puder tirar algo de bom desse inferno em que ele me colocou. Então, não, eu não quero nada do Jordan. Vou resolver sozinha. — Minha garganta deu um nó. — Eu fiz o que era melhor para mim mesma a longo prazo.

— O que aconteceria se eu não tivesse colocado minhas duas propriedades à venda?

Senti vontade de chorar.

— Não sei.

— Admiro o seu otimismo, de verdade, mas imprevistos são a mudança de rota do destino. Não confie que a vida será linear, ela nunca é. Você teve sorte, Bliss.

Mordi o lábio inferior.

— Sorte? Talvez. Mas confio na minha capacidade de vender as suas propriedades e confio que vou passar por isso muito bem. Vou ter as duas propriedades, vou conseguir uma independência financeira plena. Por mim mesma, King.

Ele tirou os olhos de mim, começou a olhar para o celular e depois soltou um suspiro audível.

— Inferno, Nicole. — Ouvi-o resmungar, baixinho.

— Você tem um voo para pegar. Sugiro que vá. — Fiz uma pausa. — Eu vou pensar sobre me mudar para a edícula. Obrigada pelo convite. É muito generoso.

— Está correndo risco de vida se permanecer aqui — ele falou e eu assenti, mas ele continuou. — Estou falando sério, Bliss. Se não tem o seguro para emergências, se não conseguir pagar o desse ano, terá uma conta ainda maior. Pode não apenas prejudicar a sua casa, mas todos os outros apartamentos. Te aconselho a me enviar o endereço da sua outra propriedade, a que está alugada, para verificar também. Pode ser? — Ele revirou os olhos quando seu celular começou a apitar. — Merda, vamos conversar sobre isso depois. Mas acho que tenho uma solução. Apenas... vá para a minha casa, tudo bem?

Por algum motivo, não consegui responder.

Mas quando a minha voz saiu, eu estava tonta.

— King...

— O orgulho nem sempre nos leva para o melhor caminho — ele acrescentou. — Terá privacidade, proteção e conforto. Vá, Nicole. Te vejo em dois dias.

Senti seus dedos enluvados suavemente me alcançarem. Foi tão rápido quanto as asas de um beija-flor, mas King tocou minha mão por meio segundo, como se estivesse me dizendo adeus, antes de virar as costas e arrastar consigo a sua presença e aquele perfume viciante para bem longe de mim.

Olhei para a chave da casa da edícula que ele colocara na palma da minha mão.

E pensei que talvez tivesse que admitir que, naquele momento, eu precisava de ajuda.

CAPÍTULO 15

Dubai, Emirados Árabes Unidos

King

— Está me ligando de Dubai para perguntar se a garota se mudou *mesmo* para a edícula? — Tim perguntou.

— Estou.

— Por que *você* não liga para ela? — Tim gargalhou.

— Porque, se ela só deu uma passada lá e não aceitou o convite de verdade, não irá me dizer. E também não quero demonstrar que estou preocupado.

— Mas está — rebateu o meu amigo.

Diante de uma das arquiteturas mais ambiciosas do mundo, na varanda de um hotel cinco estrelas de Dubai, contemplei o cenário e me perguntei por que estava me preocupando com uma mulher de um metro e sessenta e não apreciando a vista.

Sempre me senti inspirado em Dubai, como se a minha criatividade não tivesse limite. Como se a minha arquitetura pudesse crescer de forma incontrolável e a minha mente não tivesse teto ou chão. Mas, naquele momento, Dubai parecia a esquina da minha casa, porque minha mente não saía de Nicole e da situação absurda em que ela se colocara.

— Apenas me diga, Tim.

— A menina se mudou. De verdade. E eu contratei nossos rapazes de confiança para começarem a reforma na casa dela antes que eu viaje de novo com a minha linda e maravilhosa esposa.

— Vão viajar? — perguntei, surpreso.

— A essa altura da vida, filho, o que acha que posso fazer com o tempo que me resta?

— Tim, você está novo ainda.

Ele resmungou.

— Novo? Vamos para Paris por um tempo, mas não vai ser o bastante para sentir a minha falta.

— Vou tentar me lembrar disso. — Fiz uma pausa. — Sobre a casa da Nicole... peça para consertarem os canos e trocar o que for necessário. — Passei a mão nos cabelos, pensando. — Acho que aquele lugar precisa de mais do que alguns canos novos. E quando eu voltar, quero ver a casa que o idiota do ex dela comprou. De qualquer forma, não posso me envolver. Porra, meu Deus. Eu *não* posso.

Tim ficou em silêncio, e foi tão desconfortável que pude ouvir os pássaros cantando do outro lado da linha.

— Você está fazendo aquilo de novo, Cole.

— O quê?

— Está usando os relacionamentos passados como base para o que está vivendo agora.

— A diferença é que eu e Nicole temos apenas uma relação profissional.

— É, então por que mencionou a sua ex? — Tim murmurou.

Fechei os olhos.

— Eu não a *mencionei*.

— Mas pensou nela.

Bufei.

— Tenho problemas para confiar nas pessoas, isso não tem nada a ver com a Allison. Nicole está em uma situação complexa e delicada. Não posso ajudá-la demais, porque isso a fará interpretar errado as minhas intenções. E também não posso *não* fazer nada. É errado, esquisito e desconfortável.

— Ajudá-la com a reforma, acredite, é mais do que ela poderia sonhar, Cole. E não sei se ela vai aceitar essa gentileza. Conversou com ela sobre isso?

— Não.

— Então por que não *liga* para ela?

— É, aí que está. Eu olho esse luxo que tenho aqui em Dubai e me lembro de ver os cobertores de pele sintética espalhados pelo chão de seu apartamento e o piso gelado. Os galões d'água e as lanternas como se o fim do mundo fosse chegar. E penso que o que tenho é só dinheiro. Penso que posso ajudá-la. Mas, se eu falar disso com ela, serei sexista? É problemático? Não sei que *porra* eu deveria fazer.

— Ela não pediu caridade e vai se sentir ofendida se você oferecer dessa forma.

— Eu não deveria oferecer de *nenhuma* forma, não depois do que houve com a Allison. — Bufei.

— Você disse que não estava pensando nela.

— E não estou — resmunguei.

— Talvez devesse voltar para Londres e ter uma conversa com a Nicole, explicar como você se sente e fazer um acordo. — Tim parou de falar e, então, emendou. — Profissional, claro.

— Claramente, as contas da Nicole não serão todas pagas este mês e o apartamento precisa de uma reforma que vai fazê-la gastar, não sei, uns cinco dígitos. Por que os pais, que pareciam tão prestativos no casamento, não ajudam a filha que se ferrou com um cara babaca que só quis saber de usá-la?

— Isso está parecendo pessoal para você, amigo. Sinto muito.

Fechei a mão em um punho, segurando o celular com mais força com a outra.

— Não *é* pessoal.

— Ligue para ela, Cole — Tim falou do outro lado. — Os pardais estão finalmente comendo as frutas do pomar! Preciso fotografar para a Vera! Te ligo mais tarde.

Ver aqueles galões d'água e o frio que ela estava passando remexeu alguma coisa dentro de mim que eu não sabia se conseguiria recuperar. Não sentia pena dela, mas sabia que não podia ficar de braços cruzados.

Enviei uma mensagem para os rapazes da reforma do apartamento da Nicole e pedi que me enviassem fotos e a planta.

Deus teria que ajudar aquela garota. Deus teria que *me* ajudar a não cometer a insanidade de socar a cara do Jordan se o visse rondando a minha propriedade. E que Deus me segurasse para que eu não fizesse a besteira de tornar tudo isso uma questão pessoal.

Por que às vezes sentimos que estamos à beira de um desastre, mas não conseguimos parar de olhar para o abismo?

Eu *precisava* voltar para casa.

Peguei o celular de novo. Mas, desta vez, selecionei o contato da Nicole. Fiquei pensando se deveria ligar para ela ou se deveria enviar uma mensagem. Achei mais interessante ler de novo o que ela tinha escrito no dia anterior.

Ontem

Srta. Bliss: Olá, sr. King. Quero te agradecer pela oferta da edícula enquanto eu me organizo para reformar o apartamento. Não vou conseguir fazer isso até vender as duas casas, mas acredito que em breve devo encontrar um possível comprador para uma delas.

Srta. Bliss: Oi! Estou te enviando uma mensagem de novo porque eu não achava que o senhor, de Dubai, conseguisse ser tão mandão, mas, aparentemente, é possível.

Srta. Bliss: O senhor contratou um rapaz para fazer compras de mercado só para mim e o homem lotou a geladeira!!

Srta. Bliss: *Foto anexada da geladeira aberta.*

Srta. Bliss: Sabia que nem coube tudo o que você comprou? Eu tive que levar para a sua geladeira. Quero dizer, a geladeira da casa.

Srta. Bliss: Comprou cinco potes de sorvete? Sério? Não me lembro de estar tão pra baixo assim.

Srta. Bliss: Estou brincando. Muito obrigada pelas compras e eu anotei o quanto deu de valor total, viu? Vou pagá-lo de volta. Agora pare de me ajudar ou vou precisar de várias vidas para retribuir. Sinceramente, se existir reencarnação e eu tiver que nascer de novo só por sua causa, queria deixar claro que estou um pouco cansada e preferiria finalizar o que posso nessa vida mesmo.

E havia as mensagens daquele dia.

Hoje

Srta. Bliss: Olá, sr. King. Estou um pouco preocupada com o senhor, já que não retornou minhas mensagens. Sei que combinamos que eu ligaria se fosse urgente, mas... o senhor pousou bem? Está tudo certo? Volta hoje ou amanhã? O open house está organizado e acho que teremos a presença de boas pessoas, mas não para a casa familiar, e sim a que você está morando no momento. Espero que tudo bem. Vamos tentar resolver cinquenta por cento da situação, certo?

Srta. Bliss: Espero que a sua viagem esteja sendo agradável.

Srta. Bliss: Acho que estou bem pra baixo mesmo, porque já tomei dois potes do sorvete.

Srta. Bliss: Espero que não se importe, mas liguei para Tim para saber notícias suas. Ele disse que eu deveria ligar para o senhor, mas decidi não fazer. Fiquei feliz em saber que está bem.

Srta. Bliss: Temos seis pessoas interessadas na propriedade!!!!!! Mas não é motivo para te ligar ainda, vamos ver como será o open house.

Srta. Bliss: Não trabalhe demais. Volte em segurança.

Eu deveria ligar.

Não, eu deveria enviar uma mensagem.

Respirei fundo e digitei.

Eu: Boa tarde, Bliss. Não há de quê. Nos vemos amanhã.

Eu não esperava que ela estivesse on-line, mas estava.

Srta. Bliss: Ah, que bom receber notícias suas. Como está Dubai?

Tirei uma foto da vista da varanda e enviei para ela.

Eu: Como sempre. Quer me falar sobre os possíveis compradores?

Srta. Bliss: É tão lindo que nem parece de verdade. Ah... estou com fé em um deles, mas vou esperar o open house oficial acontecer. A outra, a casa familiar de seis quartos, no entanto, não recebeu nenhuma proposta ainda.

Eu: Você vai conseguir.

Srta. Bliss: Eu sei que sim. Nós vamos.

Eu: Ok.

Srta. Bliss: Nunca pensou em adotar um gato? Combina com a sua personalidade.

Eu: Tchau, Nicole.

Srta. Bliss: Te vejo amanhã. ;)

CAPÍTULO 16

Londres, Inglaterra

King

Quando paguei ao taxista, tirei a bagagem do porta-malas e a coloquei na minha calçada — atrasado o bastante a ponto de ter perdido o *open house* —, me dei conta de uma coisa terrível.

Estava prestes a dividir minha casa com Nicole.

Eu, por livre e espontânea *vontade*, a colocara debaixo do meu teto.

Uma coisa era ligar de vez em quando e resolver assuntos profissionais. Outra completamente diferente era morar. Colocar uma estranha dentro de casa. Tudo bem que era em um local separado da minha casa em si, mas ela estaria ali, *todos* os dias. No meu quintal. E ela não era uma estranha. *Era?*

Ainda assim, era desconfortável. Acho que eu não estava pensando direito quando a convidei para morar comigo. Com certeza não estava, porque eu poderia ter encontrado cem alternativas diferentes se estivesse. Como colocá-la em um hotel, se precisasse ajudá-la. Ou deixá-la na casa da rua principal de Kensington. Ou até alugar um apartamento para ela, temporariamente, enquanto consertavam o encanamento. Deus, ela poderia ficar com Tim e Vera; tenho absoluta certeza de que eles ficariam mais do que felizes em recebê-la.

Então, por quê? O que tinha sido esse instinto primitivo e bizarro de querer colocá-la no meu território e *protegê-la?* Talvez porque tinha visto seu ex-noivo sondando a minha casa? Ou por causa do encanamento? E por que parecia ser mais do que isso? Depois de toda a situação de vida da Nicole, não era como se eu sentisse pena dela, até porque odeio esse tipo de sentimento, mas parecia que, de certa forma, *o Universo devia a ela.* E se a vida ainda não tinha ajudado, eu poderia fazer esse papel.

Eu estava ali.

Aprendi cedo demais que quem faz muito para o outro tira de si mesmo. Apesar disso, eu poderia mesmo auxiliá-la. Nicole não era a Allison, e nem as minhas outras ex. Não só isso, como também não tínhamos nenhum envolvimento romântico e nem teríamos, porque eu não a via dessa forma.

— Sr. King! — Escutei o meu nome e ergui os olhos para ver quem me chamava.

Nicole.

Estava usando uma peça única branca; o vestido de seda parecia abraçá-la como se fosse feito para ser dela. As alças eram delicadas e tão finas que pareciam pousar em seus ombros como borboletas, e não feitas para sustentar a peça.

E...

Estava tudo ali.

Os seios como as gotas da chuva, a cintura em proporção aos quadris moldados como um imprevisível tornado, a tempestade em sua pele arrepiada pelo frio. A beleza de Nicole me colocou em um pequeno barco no fim do mundo, caindo direto em um redemoinho d'água, meio sem saber se havia começo ou fim.

— Boa noite — resmunguei.

Desviei o olhar o mais rápido que pude, mas talvez não rápido o bastante. Peguei a mala e fiquei reto, me concentrando em seus olhos. Só foi um pouco pior do que observar seu corpo, porque Nicole estava parecendo uma tempestade de verão no meio de outono. Linda demais para fazer qualquer sentido e com uma aparência que conflitava sensualidade e inocência. Ela estava linda, como nunca antes. Não por causa da droga do vestido. Mas talvez por estar curando suas próprias cicatrizes.

Como deixaram uma mulher como ela ir embora?

— O senhor demorou!

— Sim, meu voo atrasou cinco horas, mas estou aqui. — Fiz uma pausa. — O que houve?

Ainda sorrindo, desceu as escadas quase saltitando de felicidade na ponta de seus pés descalços. Uma tornozeleira delicada, de prata, balançava a cada degrau que descia. Era uma visão observá-la iluminada pelas arandelas da rua.

Porra, quando Nicole ficou linda assim?

— O *open house* foi um sucesso, acho que temos um comprador, King. Eu realmente acho que temos. Ele é um DJ famoso que precisa de uma casa em Londres a cada vez que vem para cá. A produtora dele está aqui e ele está cansado dos hotéis e também pensando em morar em Londres no futuro. Quer pagar a casa à vista e está disposto a dar um sinal. Mas, claro, ele quer fazer a inspeção, e isso pode demorar. Só que...

Parei de ouvir.

Essa situação fugia completamente dos planos.

Não a venda da casa, mas Nicole.

Eu, que sempre soube como as coisas sucederiam, que tenho um cronograma no meu tablet com todos os próximos acontecimentos da minha vida a curto e longo prazo, não sabia o que aconteceria em seguida.

As regras e metas, os planejamentos todos que fiz, caíram por terra desde o momento em que a srta. Bliss me fez tropeçar e cair de quatro na grama.

Se não fosse o destino brincando com a minha cara — mais precisamente Tim —, eu não a teria reencontrado. E não estaria enroscado em Nicole daquele jeito. Era a venda da casa, ela sob o meu teto, uma reforma que eu abraçara e não deveria... e talvez Nicole ficasse ofendida quando soubesse. Era a nossa vida se entrelaçando como se não tivéssemos opção.

Talvez tivéssemos. Só não parecia.

— Acho que precisamos entrar. Você está descalça — interrompi seu falatório. Nicole cheirava a um sabonete floral. — Está frio.

— Ah, nem tanto. Estou tão agitada que mal sinto.

Com a mala entre nós dois, subimos as escadas. Fiquei na entrada, e Nicole se sentou no banco próximo à bancada americana da cozinha.

A casa tinha recebido o *open house* há uma hora ou duas, mas já estava arrumada. A única coisa que ainda estava lá era Nicole. Festiva e... *bonita.*

Balancei a cabeça, incomodado.

Tirei o casaco pesado e o coloquei no armário do hall de entrada, ouvindo Nicole falar sobre a festa e as pessoas, e que a oferta do DJ era mais alta do que ela previa, e que, se desse certo, em um mês a venda estaria concretizada. Que teríamos tempo de vender a casa de família da rua principal enquanto isso, e que eu provavelmente ia me sentir feliz com o trabalho dela. Ela disse que, assim que recebesse, ia pagar uma parte das contas atrasadas e iniciar a reforma.

Meus olhos encontraram os dela, e caminhei devagar até a bancada da cozinha e me sentei no banco em frente a ela.

— Eu já providenciei — falei de uma só vez.

Ela franziu a testa.

— O quê?

— A reforma do seu apartamento. Já está acontecendo. — Fiz uma pausa. — Vou receber um *feedback* sobre o tamanho do problema amanhã. Eles já devem ter iniciado, mas a questão não era só o encanamento. Além disso, vou acrescentar uma cláusula no nosso contrato dizendo que uma parte do seu pagamento será a reforma, e mudaremos a porcentagem de uma das casas para cinco por cento. Dessa forma, cobrirá o gasto inesperado. Além do mais, vou visitar a sua casa financiada que está alugada amanhã, apenas para ter certeza de que está tudo bem.

Eu vi Nicole perder toda a cor do rosto.

— Imaginei que se sentiria ofendida por eu cuidar de algo que não é da minha conta, então acho que a melhor maneira seria aumentar a sua porcentagem em uma das casas, para cobrir os custos inesperados — continuei. — E não mexer no dinheiro que já está todo comprometido, imagino. Assim, você me paga de volta e não se sente em dívida. Justo?

— Você faz parecer como se o que está fazendo não fosse nada. — Nicole se levantou, pegou um copo de vidro, encheu de gelo e água e o estendeu para mim. Afrouxei a gravata e, sedento, tomei um longo gole. — É muito mais do que qualquer pessoa já fez. Sabia que ainda estou lidando com as contas do casamento?

— Presumi.

— Jordan só conseguiu pagar um pouco mais da metade. E havia outros gastos que eram de responsabilidade dele, como as passagens dos pais dele e de alguns convidados nossos. Claro, foi o pai dele que deu um jeito nessas contas, mesmo endividado. — Ela soltou um suspiro e se inclinou na bancada. Os olhos se estreitaram para mim, o verde se escondendo sob o mar de mel. — Eu perdi todos os nossos amigos em comum. E os meus funcionários ficaram magoados quando os demiti por não conseguir mais manter a empresa. Minha vida colapsou, mas você me apoiou. Acho muito errado você querer me ajudar financeiramente, mas a forma como está fazendo parece ser justa. E não sei se estou em posição de negar, porque se o meu apartamento desmoronar, eu vou me arrepender pelo resto da vida por ter dito não. Mas de uma coisa tenho certeza: venderei essa casa para o senhor por um valor ainda melhor, e a da rua principal também. Compensarei tudo o que está fazendo por mim.

— Não estamos em dívida, Bliss.

— É, mas, de certa forma, parece. — Ela abriu um sorriso largo e me surpreendeu quando se inclinou na bancada e tocou meu ombro com gentileza. — Obrigada, King. Vou te devolver, prometo.

Nicole saiu de perto de mim, levou o copo até a pia e o colocou na lavadora de louça. Enquanto ela estava de costas, parecendo confortável e, ao mesmo tempo, incerta do que fazer na minha casa, cruzei os braços na altura do peito e umedeci os lábios, admirando suas costas nuas e a tatuagem de filtro dos sonhos entre as suas escápulas.

— O Jordan...

— Sim? — Ela se virou.

— Ele me faz lembrar de uma ex que tive, a Allison.

Isso despertou em Nicole algo diferente, porque ela se aproximou e se sentou de novo na minha frente.

— O que aconteceu? — perguntou.

— Allison era... divertida e empolgante. Mas também era gastadora compulsiva e se metia em contas impossíveis de serem pagas. Ela usava o meu cartão de crédito para tudo... o que permiti, por burrice. Levou um tempo para eu perceber, muito tempo mesmo, mas quando ela me manipulou para comprar um carro e uma casa na praia em seu aniversário e eu neguei, foi a gota d'água. Ela ameaçou terminar comigo se eu não "atendesse um desejo tão pequeno". Nós mal transávamos direito, nem parecíamos um casal e não havia interesse mútuo. Eu só cuidei dela como se ela fosse...

— Uma parente?

Assenti.

— Percebi que ela não tinha responsabilidade financeira suficiente para cuidar de si mesma. Então cumpri esse papel. Ela me tratava como se eu fosse um banco. O interesse nunca foi em mim, mas no dinheiro.

— É uma pena. — Nicole, de alguma forma, esticou os braços e encontrou minhas mãos enluvadas. Ela as segurou com delicadeza, e desenhou o meu rosto com a atenção de seus olhos. — Deve ter sido difícil. E imagino que haja uma ferida aí, mas...

— Eu sei, você não é a Allison. — Entendi onde ela queria chegar antes que pudesse dizer. — Não temos um envolvimento romântico e eu não estou te dando dinheiro, estou apenas fazendo um empréstimo.

— Como um agiota. — Ela deu uma piscadinha.

— Não pretendo arrancar seus olhos e dar para os corvos.

— Ótimo.

— Nem arrancar a mão do seu pai e te enviar em uma caixa.

Nicole riu. Daquele jeito que os olhos sorriam junto e ela parecia ser luz de novo.

— Graças a Deus. — Então ela soltou minhas mãos e me observou. — Eu realmente sinto muito pela sua ex.

— Não sinta, já faz tempo. Mais de três anos.

— Obrigada por compartilhar. — Nicole desviou o olhar e coçou a nuca com delicadeza. — Pensei que a minha situação com o Jordan fosse única e até pensei que, de certa forma, eu fosse a culpada. Ele disse que eu era muito rígida, que nunca pôde se abrir comigo sobre os problemas, que aquela era a profissão dele e que eu estava errada em julgá-lo. Nossa, eu tive que entender que não era culpa do meu caráter, mas sim do dele.

Senti a raiva borbulhar no meu sangue por ele ter tentado manipulá-la daquela forma, mas decidi que não opinar seria o melhor para o coração dela. Ao invés disso, fui para o caminho mais acolhedor.

— Está se sentindo melhor?

Ela voltou a me olhar, e aquele sorriso me desmontou.

Era doloroso olhar para Nicole. A forma como ela parecia ter esperança vivendo situações impossíveis me deixava com a sensação de uma criança brincando com um cubo mágico. Sem solução, mas você pode apreciar as cores.

— Meu coração parece estar coberto de uma pele nova. Eu achei que não poderia, que não aconteceria, mas estou feliz. — Nicole fez uma pausa. — Espero que um dia você se sinta feliz também, King. Feliz a ponto de as dores que carrega não fazerem mais peso do que a alegria do seu coração. Se a sua felicidade está na Nova Zelândia, então torço muito para que não a deixe passar quando chegar lá.

— Farei isso. — Lancei um olhar para o grande piano na minha sala. — Vamos ter que nos mudar para a casa principal, caso esta aqui seja vendida, certo?

— Acredito que sim. Se não encontrarmos um comprador, teremos que nos mudar quando o DJ chegar.

Assenti.

— Seu apartamento provavelmente não ficará pronto a tempo.

Nicole suspirou.

— Não precisa continuar fazendo isso, King. Me abrigando. Eu agradeço muito, mas posso encontrar um lugar temporário quando vendermos aqui.

— Será por pouco tempo. Não foi o que você disse? Que vai vender as duas casas?

— Sim, e rapidinho.

— Eu acredito. — Parei por um segundo. — Mas, enquanto isso não acontece, sinta-se à vontade, Nicole. Nesta casa ou na outra. Eu nunca estou por perto mesmo, passo mais tempo no escritório. A edícula é pequena, eu sei, mas...

— Tem tudo o que eu preciso. — Ela sorriu.

— Ótimo — eu falei.

Nicole me encarou por um segundo ou dois a mais... do que deveria ser aceitável.

— Acho que vou tomar um banho e me deitar, se não se importar — eu disse.

— Claro que não. — Ela saltou do banquinho e abriu aquele sorriso que mostrava as partes macias do seu coração. — Obrigada por tudo, King.

Assenti e a deixei.

Enquanto tomava banho, pensei que a vida não costuma ser muito gentil com pessoas boas. Talvez justamente para mostrar que corações conseguem se manter inteiros mesmo quando são constantemente feridos. Talvez para mostrar quão forte a humanidade é. Talvez para provar que somos melhores do que acreditamos ser.

CAPÍTULO 17

Nicole

A rotina na edícula era incrível e, em pouco tempo, fiz daquele lugar a minha casa. Mesmo tendo algumas paredes de vidro com vista para o rico jardim, o que me deixaria desconfortável, havia janelas automatizadas que mantinham todo o ambiente privativo. O pequeno espaço que King havia criado para si mesmo — segundo ele, para os seus desenhos e projetos — se tornou a minha mais nova imobiliária. A cama espaçosa era perfeita e o banheiro tinha a melhor ducha do mundo.

O espaço era todo ventilado, aquecido quando necessário, e o sol da manhã batia todos os dias. Não era nada ruim acordar e me deparar com um lindo jardim. Não era nada ruim *mesmo* ouvir o som dos pássaros, que se esgueiravam nos pomares ao redor e faziam um banquete.

Mas *era* horrível que eu já me sentisse em casa em um lar temporário. E era de fato muito estranha a sensação de me sentir em paz em um lugar que não era *meu*. Mas esse sentimento ia passar, claro que ia. Era só a sensação de conforto por não estar sozinha... por mais que, durante esse tempo, eu tenha visto tão pouco o sr. King que parecia que ele estava me evitando.

O homem com um excelente gosto para arquitetura e decoração preferia me enviar mensagens em vez de conversar comigo pessoalmente. Os únicos momentos que passamos juntos foi quando o possível comprador da casa, o DJ famoso chamado Liam Bennett, contratou uma inspeção completa na casa para ver se estava nos conformes.

Também estivemos juntos na reunião com o sr. Bennett, e quando os olhos do DJ brilharam ao ver a casa pela terceira vez, garantindo que a queria de verdade.

Estávamos prestes a vender a casa que estávamos coabitando, e mesmo que King estivesse se mantendo ocupado com sabe-Deus-lá-o-quê, eu conseguia sentir o desconforto da parte dele com a possibilidade de morar na casa da rua principal.

King, na verdade, a visitava todos os dias. Havia um jardim ainda maior na outra casa, e me surpreendi quando me contou, em um dos poucos encontros que tivemos, que ele mesmo cuidava da mansão. Desde o jardim até a parte interna. Não havia funcionários, o que era bem estranho para alguém com a condição financeira dele. Mas era óbvio que eu não ia perguntar.

A situação toda de ele me contar da Allison já foi diferente; eu não esperava que o fizesse. Mas consegui entender o motivo de ele ser tão fechado e de poucos amigos.

Muitas decepções fazem isso com as pessoas.

Saí da edícula, rumo à casa principal, porque sabia que nos finais de semana King não ficava em casa, ainda mais quando seus amigos Tim e Vera estavam viajando. Ele ficava no escritório e se mantinha ocupado até tarde da noite trabalhando em projetos no seu supercomputador com seus superprogramas de arquiteto.

Bennett tinha me pedido para fotografar algumas partes da casa para mostrar à sua equipe, provavelmente pensando em fazer reformas no futuro, o que dava a impressão de que ele ia *mesmo* ficar com a casa.

Então, eu fui caminhando — com o celular no meu campo de visão, usando um suporte para não gravar o vídeo trêmulo — do jardim até a entrada da casa principal. Passei pela sala de estar e parei na frente do imenso piano; eu tinha visto um igual na mansão familiar. Continuei gravando, até que escutei o som de folhas sendo amassadas, enquanto uma música conhecida tocava ao fundo.

Sem me dar conta, fui atraída para perto daquele som. Era uma música que ouvia na minha infância, mas não sabia o nome. A música vinha do escritório de King, e então vi a porta aberta.

Ele estava lá.

Em sua mesa de trabalho, o cabelo longo e castanho preso em um coque desarrumado, com duas mechas emoldurando o rosto. O sol estava beijando os poucos fios prata em seus cabelos avelã. Os raios do sol, não contentes em beijar aquele rosto, pareciam querer se esgueirar pela nuca de King, que estava coberta por uma camisa branca de gola alta.

O dia estava quente, não havia motivo para King estar vestido daquele jeito. Mas não foi isso o que mais atraiu a minha atenção. A peça era justa nos ombros, costas e braços, destacando os músculos. E o seu corpo era mesmo desenhado. *Forte*. A camisa parecia sofrer com isso, agarrada em seus antebraços, bíceps e ombros.

E então me dei conta de que vê-lo daquele jeito, só com uma camisa de manga comprida, se equiparava a vê-lo nu.

Desde que o conhecera, sempre o vira com ternos feitos sob medida e roupas elegantes. King me pareceu, naquele momento, um cara normal. Jeans, camisa branca de manga comprida, os pés descalços no piso de madeira luxuosa.

Meu Deus, ele era lindo.

Talvez a minha mente estivesse muito ocupada superando o idiota do Jordan, e por mais que eu soubesse que King era bonito, precisava admitir que ele era um dos homens mais lindos que já tinha visto.

Ele estava de perfil, o rosto coberto por uma sombra, mas ainda assim eu podia ver os olhos azuis dançando de um lado a outro da folha branca enquanto ele traçava o que quer que fosse. A barba por fazer de dois dias, as suaves linhas de expressão no canto dos olhos. O nariz reto que combinava com os traços fortes do rosto; ele tinha uma aparência que qualquer artista morreria para desenhar.

Ele tinha um rosto fácil de ser apreciado, uma estrutura física imponente e uma presença que as pessoas se viam dizendo "sim" sem entender o porquê. King poderia seduzir qualquer mulher. Ele conseguiria qualquer coisa, na verdade todas as coisas, se tivesse consciência do quão insuportavelmente lindo ele era.

Ninguém deveria nascer tão bonito assim.

— Entre, Nicole. — Ele continuou rabiscando, sem erguer os olhos.

Os dedos continuavam cobertos pela luva de couro, e me perguntei se era desconfortável desenhar sem elas, ou se ele estava tão acostumado a usar a luva que parecia uma extensão de si mesmo.

— Me desculpa invadir — pedi, abaixando o celular. E só então percebi que o tinha gravado. Senti o calor subir para as minhas bochechas.

Ridícula.

— Tudo bem. — Ele passou a ponta dos dedos enluvados por seus lápis de infinitos tons e subtons. Mas decidiu ir para os acinzentados, pegando um deles e traçando suavemente. King passou a ponta do dedo na folha, esfregando-a, criando sombras. *Por que aquilo era atraente? Por que as mãos dele eram tão atraentes?* — O que a trouxe aqui?

Ele parou de desenhar. Estava com o rosto bem próximo à folha, mas se afastou. De repente, pegou o desenho e o amassou, jogando-o na lata de lixo, sem precisar olhá-la. Então, guardou o lápis que escolhera e foi para o primeiro da fila dos tons de cinza. Meio segundo depois, começou de novo.

— Não achei que estivesse na casa — falei.

Será que ele escondia mais tatuagens sob aquela roupa?

— Estou trabalhando em um projeto. — King girou a cadeira e colocou o lápis atrás da orelha, seus olhos imediatamente em mim. — Bennett te ligou?

— Me pediu para gravar algumas partes da casa.

King assentiu.

— Provavelmente vai querer reformá-la.

— É, foi o que pensei — concordei.

King se recostou na cadeira, cruzou os braços na frente do peito e soltou um longo suspiro. Seus olhos desceram pelo meu vestido amarelo-claro, e então subiram para os meus olhos. Em seguida, novamente me olhou de cima a baixo, focando meus pés descalços. Senti uma vontade enorme de esconder os dedos dos pés sob o carpete, porque não ia à manicure desde o casamento, mas me contive.

— Seu ex estava dando uma volta por aqui de novo. Ele não tocou a campainha, mas ficou rondando. — King fez uma pausa. — Não gosto disso, então, preciso saber como está o seu coração em relação a esse homem.

— Vai jogá-lo aos tubarões, *rei* Charles?

— Sabe que ele é o rei *de verdade,* certo? — King ergueu uma sobrancelha.

— Eu sei, mas entre ele ser e eu aceitar, existe uma lacuna.

— Nicole.

— Sim?

— Você o ama? — King perguntou.

— Charles? — Ri.

— Jordan.

Parada na porta de seu escritório ricamente iluminado e decorado, meu coração se manteve tão estável quanto a luz do sol. Não senti mudança alguma nos meus batimentos e não me senti angustiada com a pergunta. Apenas fiquei ali, inalterada, vazia de emoções e... segura.

Porque não doeu a ideia de não o amar mais.

A indiferença se sentou no meu peito e ficou.

E então resgatei meus últimos momentos com Jordan, tentando encontrar na memória o que poderia me fazer acreditar que o amara nos últimos meses ou no último ano. Tínhamos discutido muito, por vários motivos. Nosso último ano juntos não carregava um grama de amor, não teve afeto.

— Não. — Só uma palavra, mas que representava em absoluto todos os meus pensamentos. — E não sei se o amei no último ano ou se nos perdemos no meio do caminho.

Foi como se King estivesse olhando além de mim, porque suas pálpebras se estreitaram e ficaram um bom tempo assim, até ele finalmente assentir.

— Você quer fazer isso do seu jeito ou do meu? — ele perguntou de modo frio e distante.

— O quê?

— A situação com o Jordan. Tem alguma ideia de como resolver? Porque não quero que ele fique andando pela vizinhança caso Bennett compre a casa.

Era decepção cruzando o meu peito? Porque achei que King faria isso por mim; mas ele estava preocupado com a casa?

— Posso falar com ele — ofereci. — Desbloquear o número e resolver.

— Você pode, claro. Mas é o que quer?

— Não. Eu queria que Jordan fosse engolido pela terra e desaparecesse, mas não posso contratar um assassino de aluguel ou estalar os dedos com as joias do infinito, e então...

— Posso resolver? — King perguntou subitamente.

— Envolve violência física?

Ele hesitou por um segundo.

— Não.

— Então pode.

King assentiu e girou a cadeira, voltando para a mesa de desenho. As músicas antigas ainda tocavam baixinho no ambiente. Pareciam músicas dos anos oitenta, e King parecia relaxado com elas.

Achei que era a minha deixa para ir, mas então o meu celular tocou tão alto que quase o derrubei. King me lançou um olhar e quando vi o nome do Bennett na tela, me xinguei por não ter feito os vídeos ainda.

— Sr. Bennett, bom dia! Desculpa a demora, já vou gravar os vídeos e te mandar...

— Não, quero ver os detalhes pessoalmente.

— Ah. — Franzi o cenho e olhei para o sr. King. — Posso ver com o proprietário se ele se importa com mais uma visita. Quer agendar e trazer a sua equipe?

— Não vai ser necessário. — Escutei um certo humor na voz de Bennett. — A casa já vai ser minha quando eu levar alguém para olhar as reformas que quero fazer. — Ele ficou em silêncio por alguns segundos. — É isso, srta. Bliss. Vou ficar com a propriedade.

Jura? Meu Deus. Puta merda! Era o que eu queria falar, e talvez gritar, mas tive que respirar dezenas de vezes e então, só então, enquanto King me olhava como se eu fosse maluca e se levantava, provavelmente perguntando-se o que havia de errado, consegui responder com um trêmulo:

— Isso é perfeito, sr. Bennett. Informarei ao proprietário.

Desliguei o telefone e o coloquei sobre o sofá do escritório. Daí fiz o impensável.

Pela adrenalina, pela felicidade, talvez, corri até o sr. King, envolvi os braços ao redor de seus ombros e, na ponta dos pés, eu o abracei. Não era o tipo de coisa que se faz quando abraçamos alguém pela primeira vez, muito menos quando abraçamos alguém que não é um amigo ou colega, talvez uma coisa que nem tenha nome. Mas foi íntimo, porque eu meio que *quase* pulei em cima dele para abraçá-lo.

Apertei King com toda a gratidão que sentia, com uma montanha de felicidade explodindo por dentro, com a sensação de estar vencendo o mal que me fizeram. Aquele homem ter aparecido na minha vida era um golpe de sorte. Se não fosse por ele, eu estaria perdida. Não que ele fosse mesmo um milagre, mas se *parecia* um.

Quando senti suas mãos ao redor da minha cintura, tive vontade de chorar.

Seu rosto ficou enterrado em meus cabelos e King se abaixou para me envolver. Senti os músculos dos bíceps me apertando, sua presença me engolindo. Ele era tão alto e tão forte que, mesmo sem ver, me puxou um pouco para cima, e os meus pés saíram do chão. Ele me abraçou como se sentisse falta disso, como se estivesse há décadas sem viver a intimidade de um abraço.

E como se, de alguma forma, também me agradecesse.

— O sr. Bennett quer a casa — sussurrei.

Suas mãos desceram pelas minhas costas e ele soltou um suspiro profundo. Não sei se de alívio ou agonia.

— Você conseguiu, Nicole.

Meu coração batia tão forte que achei que ele podia sentir. Me afastei o suficiente para que voltasse a me colocar no chão. Foi então que o encarei. De perto, ele era ainda mais bonito. Havia um halo dourado ao redor de suas íris, os lábios eram impecáveis e bem cheios. Os cílios eram tão castanhos quanto os cabelos. Lindo como se a beleza tivesse decidido se apossar dele e não ir embora.

Eu queria dizer centenas de coisas, mas, de repente, me esqueci de todas elas. A única coisa que restou foi meu agradecimento sem graça e instável, aquela emoção que eu não podia conter.

— Obrigada por tudo — foi o que murmurei.

O mundo parou de girar porque seu presente foi um sorriso. Não um sorriso fraco que você mal pode ver. Um sorriso completo. Com duas covinhas sob a barba e o olhar cálido, tão gentil e tão doce, que arrebentou as três correntes que sustentavam o meu coração no peito. Senti ele cair aos meus pés, inútil.

— Temos uma mudança para fazer — ele murmurou.

PARTE 4

"É um poder — ser machucado e ainda acreditar no amor."

— Rune Lazuli

CAPÍTULO 18

King

Alguma coisa em Nicole tinha mudado. Suas roupas estavam mais coloridas e seus pés, que sempre estavam enfiados em sapatos de salto alto nos eventos de *open house*, viam mais o chão. Se fosse figurativamente descrevê-la, diria que Nicole tinha assumido suas asas e voado. Era como eu a via, saltitando pela casa, conversando com as pessoas, andando de um lado para o outro, sem nunca parar de acreditar que a vida ia melhorar.

Aliás, com fé de que tudo já estava melhor.

Senti alguém me observando enquanto eu arrumava as partituras do piano, e ergui o rosto.

— Você me indicou para algum de seus clientes?

Desviei o olhar e voltei para as partituras.

— Pode ter sido o Tim. — Fiz uma pausa. — Ou a Vera.

Desde que recebemos a ligação de Bennett, Nicole ficava mais na casa principal do que na edícula. E eu não tinha clientes urgentes para tratar, então estava ficando mais em casa também. Consequentemente, mais perto de Nicole. Porque... ela estava sempre por perto. E eu não tinha parado para pensar sobre isso. Não até aquele segundo.

— Acho que acabei de ouvir ao telefone alguém dizer que *o sr. King,* arquiteto de renome de Londres, tinha comentado que eu era a melhor corretora da região.

— Devo ter indicado para uma ou duas pessoas. Nem me lembro.

— Cinco possíveis clientes me ligaram hoje. — Ela parecia eufórica. — Três deles querem me encontrar. Um está nas Maldivas agora e retorna só no próximo mês. E o outro perguntou se estou disponível para vender uma propriedade comercial.

Coloquei a partitura de *Saturn*, de Sleeping At Last, na frente de todas as outras. Abri a tampa do piano e deslizei os dedos pelo teclado. Desde que Nicole se mudara para aquela casa — que agora nem era mais minha, e em breve eu teria que tirar tudo meu dali e me mudar para a propriedade principal —, eu não tocava. Todos os dias, religiosamente, eu fazia aquele piano cantar. Depois que ela chegou, ele se manteve em silêncio.

— Espero que não esteja chateada por eu ter te indicado.

— Vou ficar em dívida eterna com você e não saberei como retribuir.

— Eu sei uma maneira. — Me virei para Nicole. Ela estava na entrada da sala de estar, que tinha uma boa parte de sua estrutura em vidro. A chuva lá fora parecia estar caindo sobre ela, sem molhá-la. — Me empresta os seus ouvidos? Não toco piano para alguém faz um tempo.

— Isso não é justo.

— É, sim. — Me concentrei na minha mão sobre as teclas. — Quem define a moeda de troca? Eu considero que me ouvir tocar é uma troca justa. Então...

— Te ouvir tocar vai ser um prazer. Imagino que você já fez mais de uma aula e eu não vou ter que ficar escutando o dó-ré-mi por toda a tarde.

Acabei sorrindo.

— Como sabe que não estou nas primeiras lições de piano?

— Você tem muitas partituras.

— Não posso ser otimista?

Ela semicerrou os olhos, como se estivesse me zombando.

Nicole parou de falar e se aproximou. Achei que ela se sentaria em uma das poltronas ou o sofá, mas escolheu me empurrar para o lado e dividir a banqueta do piano comigo. Algo nessa decisão me fez... *acelerar*. Meu sangue correu nas veias, agitando meu coração.

— Sabe tocar? — murmurei, desviando o olhar para a sua boca.

— Não. — Ela me olhou e, então, abriu um de seus sorrisos. — Só quero ser a primeira da fila.

Umedeci os lábios e precisei trazer à superfície todas as coisas que eu mantinha caladas em minha mente, porque não eram relevantes.

Mas agora, só por desencargo de consciência, era bom lembrar.

Um: Nicole era quinze anos mais nova do que eu.

Dois: Se isso não fosse problema para ela, havia outro muito maior. Eu ia mudar de país.

Três: Nicole tinha acabado de sair de um relacionamento com o coração partido. E eu não queria ter um relacionamento. Não pelas decepções com ex-amores, mas porque havia desistido mesmo.

Quatro: Tinha planos para o futuro que não incluíam uma pessoa, somente a minha realidade. Todos os meus passos de Londres até a Nova Zelândia, e até depois disso já tinham data e hora marcada.

Bem, exceto a morte.

Engoli em seco e voltei a olhar a partitura. Senti a atenção de Nicole em mim e nas minhas mãos. Teria que explicar para ela, em algum momento, o porquê das luvas. Mas não naquele momento. Não quando estava prestes a tocar a música de uma banda que ela gostava.

— Sleeping At Last, conhece? — perguntei.

Nicole me olhou.

— A banda da minha entrada no casamento.

— Sim. — Fiz uma pausa. — É uma banda que representava algo para vocês dois ou só para você?

— Só pra mim. Aliás, é a minha banda favorita. Por isso escolhi para ser a minha entrada e... — Nicole parou de falar subitamente. — Sabe tocar?

— Sim.

— Vai tocar *agora*?

Mais um sorriso escapou de meus lábios. Meio que inevitável, meio que... eu não conseguia mais controlá-los perto de Nicole. E eu sentia que ela deslizava o olhar para a minha boca sempre que acontecia. E isso deixava toda aquela corrida no meu sangue ainda mais veloz.

— Sim — murmurei.

Não deixei Nicole ou eu pensarmos, apenas deslizei os dedos pelas teclas e, mesmo que a partitura estivesse na minha frente, não precisei olhá-la.

A música do Sleeping At Last me acompanhava havia muitos anos, desde as canções instrumentais até as cantadas por Ryan. Para mim, elas eram a cura em forma de canção, beirando à poesia. Não sabia explicar todos os pedaços que foram colados em mim após ouvir aquelas músicas, mas, de alguma forma, eu sentia que Nicole entendia.

E essa foi a primeira coisa em comum que descobri que tinha com ela. No dia de seu casamento, quando a música *In Her Honor* começou a tocar, eu estava tão irritado que ignorei. Mas todas as outras coisas foram surgindo como uma chuva de serendipidades.

Nicole gostava da mesma banda que eu, mas também gostava da mesma paleta de cores e decoração. Ela tinha o senso de humor que perdi com o tempo. Éramos opostos em muitas coisas; eu diria que Nicole era um raio de sol e eu era a tempestade. Ela via as situações de forma otimista demais para que eu acompanhasse e...

Talvez eu só quisesse encontrar coisas em comum pelas quais parecíamos conectados que não fosse o encontro ao acaso no dia de seu não casamento.

Mas qual o sentido?

Éramos predestinados a nos despedir.

Saturn ecoou entre nós e, durante as notas altas, esbarrei em Nicole, sentindo o seu corpo ao longo do meu. Minha atenção estava concentrada nas teclas e na música, mas quando as lágrimas de Nicole surgiram e eu a ouvi chorar, parei.

— O que houve? — indaguei, surpreso.

— É só uma das coisas mais lindas que já vi. Você tocando piano.

Fiquei em um misto entre rir e querer abraçá-la, mas não fiz nenhuma das duas coisas.

— Quer que eu pare?

— Continue, por favor — ela pediu.

Ponderei se deveria mesmo fazer isso ou se a música a estava fazendo lembrar do casamento, e foi quando a campainha tocou.

Não era de receber visitas além de Tim e Vera. O novo proprietário da casa, sr. Bennett, não apareceria sem avisar. E a minha corretora estava embaixo do meu teto, então...

— Me dê um minuto — pedi a Nicole, mas toquei sua mão antes de levantar. — Você vai ficar bem?

— Estou ótima. É sério. Eu nem entendi as lágrimas, foi só... a emoção da música. É lindo, de verdade.

Abri um sorriso.

— Obrigado.

— Aula um de piano, hein? — ela provocou.

Me levantei e, rindo, fui atender à porta. Meu sorriso morreu em menos de um segundo assim que vi de quem se tratava.

Jordan, embora quisesse parecer ótimo com as roupas bem-passadas e combinando, estava com uma aparência horrível. As olheiras, o cabelo sem corte e a barba de semanas mostrava o seu estado. Nicole havia dito que eu podia resolver a questão, então lancei um olhar para ela sobre o ombro e vi que ela tinha entendido quem era. Nicole correu para sair do campo de visão, mas ficou perto o suficiente caso eu precisasse de algo.

— Boa tarde — eu disse.

— Oi. — Ele franziu o cenho. — O senhor não me conhece, mas sou... hã... Jordan. O ex-noivo da Nicole.

— Certo — falei, tentando me controlar.

— E eu não sei quando vocês se conheceram, em que momento foi... — Ele coçou a nuca. — Ou se já tinham um caso antes do dia do nosso casamento, mas andei seguindo a Nicole, porque queria me desculpar, e caí nessa casa e... aí tem você, né?

— É, *aí tem eu*.

— Ela está aqui? — ele perguntou, ansioso.

— Eu só quero entender uma coisa.

Dei um passo à frente, saindo da porta e invadindo o espaço pequeno do último degrau até a entrada da casa. Jordan deu um passo para trás, mas parou no limite, e engoliu em seco.

Toda a raiva que senti dele no dia do casamento após descobrir as merdas que ele tinha feito, toda a projeção em cima do cara porque acompanhei tudo o que Nicole passou, doeu em mim. Eu queria socar a cara dele, mas não a ponto de deixá-lo com o olho roxo, mas sim de ele parar na porra do hospital.

Ainda assim, tentei me acalmar.

— O *senhor* veio pedir desculpas, mas começa o discurso falando que a seguiu. Não sei se o *senhor* sabe, mas seguir alguém não é um crime em Londres, mas se *torna* um crime se for um comportamento invasivo. Daí, lembrando o fato de que vocês têm um documento assinado que diz que o *senhor* nunca mais vai perturbá-la, não sei o que pensar. O que acha que um bom advogado levaria em consideração? Somando toda a mentira e a manipulação financeira... acho que dá para ser um processo longo e extenso. Podemos começar processando por danos emocionais e depois...

— Olha...

— Não acabei. — Fiz uma pausa e o encarei. — Além de segui-la, o *senhor* está insinuando que ela foi infiel durante o relacionamento e querendo saber que tipo de envolvimento eu tenho com a Nicole, se é algo novo ou antigo. Em poucas palavras, já cuspiu vários tipos de merda. E quero saber se a sua desculpa vai ser um enaltecimento do seu próprio ego ou a constatação de que não existe uma mulher como ela. Porque se for por essa linha, acho melhor ir embora.

Ouvi o suspiro da Nicole, de pura gratidão. Ela não queria as desculpas dele. Ela não queria nada de Jordan.

— Cara, eu não sei quem você é...

— Sou o novo namorado da Nicole. Ela está morando comigo e estamos pensando em mudar de país no próximo mês. É esse o tipo de informação que quer? Isso vai fazê-lo deixá-la em paz? Se não acontecer, vou acionar os meus advogados e lidar com isso judicialmente.

— Está mesmo com ela?

Sequer pisquei.

— Sim.

— Então, acabou — ele disse.

— Não se tocou quando assinou o documento em que você se comprometeu a não se aproximar dela? Não foi nem uma pista o fato de ela preferir abraçar o financiamento sozinha só para não ter que lidar com você?

Jordan deu alguns passos para trás.

— Essa ideia fui eu quem dei a ela, então achei que ainda havia chance. — Ele me encarou com seriedade. — Achei que ainda havia algo pelo qual lutar, que Nicole era a mulher certa pra mim. Mas, pelo jeito, ela faz como todas as putas de Londres. Encontra um velho rico para bancá-la. Que vocês dois sejam felizes.

Precisei de tudo que havia em mim, talvez a força dos meus ancestrais, a força do meu sobrenome, a força do homem que eu me tornara e de toda a educação que recebi para não estourar a cara daquele fedelho na porrada. Simplesmente porque eu pensei que Nicole estava ali, a alguns passos de mim, escondida, e com medo de qualquer ato violento. E porque eu *prometi* que não quebraria aquele filho da puta.

Ele merecia.

Mas Nicole merecia a paz muito mais.

— Ah, olha só. Aí está você, não é? O cara de verdade, o homem que se escondeu dela esse tempo todo? Esse machista, manipulador e filho da puta que acredita que um relacionamento é à base do dinheiro? Porque foi o que você fez, a sugou. Sugou de todas as formas, mas ela está se reerguendo sozinha. E não precisa de mim ou de você. E é isso o que faz dela incrível, e é isso o que te faz dizer essas bostas imaturas para mim, porque está magoado e ofendido. Mas escuta só, carinha: eu não vou te socar, porque se eu quiser meter um processo em você, quero estar com toda a razão. — Fiz uma pausa. — Todas as câmeras externas da minha casa são de alta qualidade e gravam som. Essa conversa está registrada. Agora sim, eu acabei.

Dei passos calmos para trás, fechei a porta como se nada tivesse acontecido, e foi como se o mundo inteiro voltasse a girar de novo, porque Nicole se jogou nos meus braços e envolveu a minha cintura com toda a força.

— Obrigada.

Minha mão foi para a sua nuca, a luva me impedindo de sentir a sua pele, mas, mesmo assim, era incrível. Ser abraçado por Nicole estava no auge de todas as sensações físicas que já me aconteceram.

— Quer sair daqui? — perguntei, baixando o rosto contra os seus cabelos.

Ela assentiu.

E me apertou com um pouco mais de força.

— Acabou, Nicole — prometi. — Acabou de verdade agora.

Ela concordou.

— Eu sei.

CAPÍTULO 19

Nicole

Não tinha muita certeza do nível de influência de King, mas, sem planejamento ou reserva, estávamos em um dos restaurantes de mais renome da cidade, com estrelas Michelin, a quarenta andares do chão e com uma das vistas mais privilegiadas da cidade. Eu podia ver quase toda Londres daquela vista panorâmica, com direito a culinária internacional e também a tradicional britânica no cardápio.

Tudo o que eu tinha a fazer era escolher.

Tive sorte que King me deu um tempo para tomar banho e me arrumar ou eu me sentiria péssima. O lugar era lindo do tipo eu-só-visitaria-se-ganhasse-na-loteria.

— Isso aqui é perfeito, King.

A cidade estava se iluminando com o início do anoitecer, algumas luzes já estavam acesas, mas nada atrapalharia aquele pôr do sol. O céu parecia uma pintura e, diferente da paisagem cinzenta e londrina, naquele momento a Inglaterra era uma imensa tela pincelada de cor e vida. O cor-de-rosa quase se misturando ao laranja, sumindo no espaço azul, era pura inspiração. O sol, glorioso, nos dava até logo beijando o horizonte até surgir do outro lado do mundo.

Como... na Nova Zelândia.

Engoli em seco sem conseguir tirar os olhos do sol se pondo.

King, no entanto, mal desviou a atenção para a paisagem, como se já tivesse visto o sol se pondo em todos os lugares mais espetaculares do planeta; o que eu não duvidava.

— Fico feliz que tenha gostado — ele disse.

Dei uma olhada ao redor, desconsertada.

— O restaurante está vazio, né? — murmurei, colocando o guardanapo no colo.

— Fiz uma ligação ou duas enquanto você tomava banho.

Abri os lábios para dizer alguma coisa, mas fui interrompida pelo meu coração. Senti um batimento muito forte e desconexo dentro do peito. Como se o meu coração estivesse em queda livre e se chocasse contra o chão. A mesma sensação de quando o vi sorrir pela primeira vez. Chegou a doer fisicamente, porque foi no momento que meu olhar se encontrou com o de King, parecendo não ter ressalvas, que percebi o motivo daquele impacto.

King estava me olhando como talvez nenhum homem jamais tenha feito. Não consegui definir o que era nos primeiros segundos, mas eu não tive alternativa além de sustentar aquele olhar porque parecia mesmo como a primeira vez de... alguma coisa.

Era um olhar estreito, longo. Capaz de atravessar as camadas que eu mantinha em silêncio e não abria para o mundo. O tipo de olhar de alguém que te conhece por todas as vidas que você já viveu e por todas que ainda vai viver. Era o olhar de quem me via, me entendia, sabia do que eu precisava antes que eu tivesse que dizer. Não sei em que momento aquilo entre nós ficou íntimo, como um toque físico que não dá para enxergar, mas sabemos que está ali.

— Por quê? — perguntei, umedecendo os lábios.

— O quê? — ele sussurrou, um pouco tonto, talvez sentindo o mesmo que eu.

Meu coração voltou à vida e bateu com força, rápido. Meu estômago ficou gelado por um segundo, para depois se quebrar em calafrios desencontrados.

— Por que reservou o restaurante para nós? — questionei.

— Só achei que, depois do que houve, você ia precisar de boa comida e privacidade.

Ele me entendia.

Não sabia em que momento ele passou a me compreender, porque não ficávamos muito juntos na casa até pouco tempo. Talvez ele fosse observador. E visse aqueles detalhes que ninguém mais vê não apenas porque era arquiteto, mas por causa de seu talento artístico.

Agarrei o guardanapo no meu colo porque, de repente, senti a necessidade de me segurar. Aqueles olhos azuis não desviavam dos meus nem por um milésimo de segundo. Nem para o pôr do sol, nem quando o garçom se aproximou perguntando o que gostaríamos de jantar e nem quando ele tomou a frente da decisão do cardápio e, de forma surpreendente, escolheu coisas que eu adoraria provar.

Eu nunca estivera com um homem que tomasse a frente das decisões de nada. Que escolhesse um restaurante ou opinasse na comida. Sempre tinha sido eu quem passava horas nos sites em busca do ambiente mais romântico. Para Jordan não decidir sobre o menu, porque "escolhe aí o que você quer". E, de alguma forma, talvez de uma forma muito errada, estava gostando da energia masculina de King naquele momento. Tomando as rédeas. De um jeito que eu não tivesse que resolver sozinha.

— Então, quer me falar como você está se sentindo agora? — ele perguntou, de forma delicada. A voz tão baixa como um sussurro.

Bebi a taça de vinho branco que foi servida e contive a vontade de rolar os olhos porque era muito, muito saboroso. E eu nem queria pensar no valor da garrafa.

— Você mentiu por mim. Parece até um Natal fora de época, de tão feliz que fiquei.

— Seu feriado favorito? — ele perguntou.

— É.

King abriu um sorriso.

E eu entendi por que ele sorria pouco.

Porque se ele ficasse espalhando aquilo por aí, acabaria com as guerras, declararia a paz mundial, mulheres do mundo inteiro atravessariam o continente que fosse para estar nos braços dele e eu duvidava, *duvidada mesmo*, que ele entendesse o poder que tinha.

— Eu menti porque... — Ele pegou o guardanapo e colocou no colo. — Infelizmente, homens como Jordan são a escória da sociedade. Raramente entendem o não de uma mulher. Precisam validar esse não com a presença de outro homem. Entende o que eu digo? É a vergonha da raça humana. Só fingem que lutam pelos direitos iguais para usar o seu dinheiro, que é quando lhe convém. Então, sim, eu odeio mentir, mas inventei esse relacionamento para que você tivesse paz. Ele não vai mais se aproximar sabendo que eu tenho tudo gravado e sabendo o que você tem contra ele.

— Obrigada.

— Você já disse isso. — Ele fez uma pausa. — Mas como você está?

— Eu estou bem. Não o amo mais. Só o quero longe de mim.

King assentiu e a entrada foi servida, mas, por alguma razão, meu estômago ficou pequeno.

— Eu tenho trabalhado muito na venda da casa principal e estou preocupada se a vendermos antes da sua viagem para a Nova Zelândia.

King negou com a cabeça.

— Não vai ser um problema. — Ele fez uma pausa, enquanto comia a salada. — Vamos nos mudar para a casa principal em breve e nem será uma mudança grande, porque a primeira casa foi vendida como está e a principal tem tudo o que vamos precisar. Só temos que levar nossos materiais de trabalho e roupas. — Ele respirou fundo. — Talvez, quando encontrar um comprador para a principal, a sua casa já esteja pronta. E poderá voltar para ela e não precisará ficar em hotel ou algo assim. Como eu visitei a sua outra propriedade e vi que está nos conformes, mas você não pode morar nela por causa do inquilino, poderá ficar comigo até tudo acabar.

Ele me considerou primeiro?

— Quanto a mim, se for o caso, posso ficar em um hotel até o momento da viagem — continuou, despreocupado. — As passagens já estão compradas, então é apenas uma questão de logística. É provável que a casa principal não seja entregue tão depressa quanto a que estamos agora, imagino que a inspeção dela levará mais tempo, já que o comprador provavelmente vai querer saber se é um bom investimento.

— Sem dúvida.

— Não se preocupe, estamos bem. Caso a sua casa não fique pronta, faço questão de colocá-la em um hotel.

— Não, não precisa... acho que você está me levando como um chaveiro para lá e para cá. — Eu tentei rir, mas não consegui. E o olhar do King me encontrou. Depois, para a salada intocada. E então voltou-se para mim. — Não precisa cuidar de mim dessa forma.

Porque era isso, não era? Eu venderia sua última propriedade e então ele atravessaria o oceano para se esconder no último país do planeta. Senti algo manchar aquele coração imenso que aprendeu a bater de um jeito diferente, como se uma tinta branca fosse jogada sobre todas as coloridas, estragando a pintura.

Eu estava me acostumando com uma casa que ia ser vendida.

Estava me acostumando com uma presença que eu perderia.

King era uma ponte que me levaria de um lado do rio para o outro. Mas ele não era o meu destino final. Não ficaria por perto e seria o meu amigo. Eu não poderia ouvi-lo tocar piano ou vê-lo usar aquelas luvas de couro o dia inteiro e não ia ficar torcendo por um sorriso de covinhas a cada encontro, porque... ele não *estaria* mais ali.

— A partir do momento em que comecei uma reforma na sua casa sem avisá-la e a coloquei sob o meu teto, considero que sua moradia é minha responsabilidade. E, se der tudo certo, não terá só a segurança financeira e o apartamento reformado, mas também novos clientes e, quem sabe, mais cedo do que pensa, poderá se recuperar o bastante para comprar um escritório.

Eu era um dever. Um dever temporário, mais um item do *checklist* para riscar de sua agenda digital.

— Não vai comer? — perguntou.

Por que eu me sentia tão péssima?

Não sei em que parte me perdi daquela conversa, daquela interação. O que aconteceu comigo. Se foi a mentira que ele contou por mim mais cedo, se foi vê-lo saindo de seu papel e do caráter de homem impenetrável e agindo de forma impulsiva... *sendo humano.* Mas uma parte minha queria King por perto, e saber que ele ia embora apenas parecia... errado. *Tão errado.*

Comi a salada e tomei o vinho mais rápido do que deveria. Ele continuou me observando, a testa franzida. A voz de John Mayer ecoava pelo restaurante enquanto nos serviram o prato principal. O camarão ao molho branco foi o melhor que já provei na minha vida, mas, por algum motivo, caiu no meu estômago como se eu estivesse engolindo pedras.

King estava, para minha surpresa, falando por nós dois. Ele comentou sobre os clientes que indicou para mim, e também sobre o seu trabalho. Mas, de repente, ele parou de falar e o silêncio reinou entre nós.

Eu queria dizer alguma coisa, qualquer coisa. Mas nada saiu.

Até a sua voz soar calma, tão baixa que era quase como se ele não quisesse acordar seus fantasmas.

— Aquela casa, em Kensington. A casa em que vamos morar até vendê-la... — King fez uma pausa. — Foi projetada pelo meu pai. Ele era arquiteto e o sonho da família King era ter uma casa em Kensington, simplesmente porque o meu pai tinha visão de futuro e sabia que, com o passar dos anos, a propriedade poderia ser uma herança para os herdeiros.

King bebeu um gole do vinho e desviou os olhos de mim, encarando a noite de Londres e as luzes âmbar da cidade.

— Meu pai conseguiu aquele terreno por um golpe de sorte, já era hipervalorizado há quarenta anos e as condições da minha família não eram as melhores. No entanto, Nolan King conseguiu vender alguns projetos incríveis para uma família rica que queria investir na Inglaterra. Foi outro golpe de sorte o terreno ser vendido abaixo do valor de mercado por uma família que ia se mudar da Inglaterra para a Austrália e tinha pressa. Eu me lembro do meu pai dizer que aquele terreno era o primeiro milagre da família King.

Ele terminou a taça de vinho e agradeceu rapidamente ao garçom quando o rapaz tirou o prato do jantar e perguntou se poderia trazer a sobremesa. Sua mente nem parecia estar comigo quando ele continuou falando.

— Meu pai passou noites trabalhando em duas opções de projeto, porque ele queria que a minha mãe escolhesse o favorito, e também porque queria ousar mais. Ele estava começando a fazer seu nome em Londres e a ganhar dinheiro. Os dois projetos tomaram proporções gigantescas. Um deles com seis quartos para receber os amigos e ter uma família grande, além de uma imensa cozinha. Jardim para as crianças brincarem. Uma sala de estar que tivesse espaço para o piano que minha mãe adorava e... bem, basicamente um dos projetos é a casa que você conhece. A minha principal propriedade de Kensington.

Por alguma razão, não consegui fazer nada além de olhar o perfil de King. Ele parecia mais jovem. A luz fulgurante da vela sobre a mesa pareceu dançar filetes de bronze em seu cabelo castanho, que estava solto, emoldurando o rosto esculpido.

— Seu pai terminou os projetos? — perguntei, segurando cada palavra como se não soubesse se deveria soltá-las. — Aquela casa é a sua herança?

King olhou para mim. Uma parte sua hesitou, mas então ele passou a mão nos cabelos e o seu maxilar ficou tenso.

— Infelizmente, ele faleceu antes de terminar os dois projetos. Um deles, está em Kensington, a casa que vamos morar, e o outro estou construindo na Nova Zelândia. — Ele balançou a cabeça. E eu imediatamente me perguntei onde estava a mãe dele, se vivia na Nova Zelândia, e se era por ela a pressa de viajar. Por ela e pela obra que ele começou. — Eu finalizei por ele. Construí no terreno de Kensington a primeira propriedade que ele sonhou. Vai doer olhar para aquelas paredes e vai doer viver com elas ao meu redor até a casa ser vendida, mas preciso fazer isso.

Por isso ele queria uma família perfeita, verdadeira e que possuísse um coração. King não sentia como se estivesse vendendo uma propriedade, ele sentia como se estivesse entregando a chave do sonho de seu pai.

— Para honrar o meu pai, estou construindo o projeto principal na Nova Zelândia. É o que ele se dedicou mais, porque sabia o que minha mãe escolheria. Eu quero fazer daqueles rabiscos a lápis em um papel antigo o meu futuro lar. Estou acompanhando todos os dias a construção, à distância, no terreno que comprei em Queenstown. — Estendi a mão sobre a mesa e toquei a dele. Senti o calor do toque, ainda que coberto pela luva, irradiar até alcançar meus dedos. — A casa principal de Kensington era o começo do sonho, mas a casa na Nova Zelândia é a que ele criaria para nós. Era o futuro, se isso fizer sentido. Tudo isso é doloroso, Nicole. Mas é necessário.

— Sinto muito pelo seu pai. Sinto muito mesmo. Minha família é tudo para mim, e não sei como seria perdê-la.

Ele assentiu e não acrescentou mais nada, parecendo um pouco desconfortável em ter sido vulnerável comigo.

— Se quiser viver no projeto mais importante da vida do seu pai e da sua mãe, talvez precise se acostumar com o começo da sua história e aceitá-la — murmurei. — Talvez morar na casa principal de Kensington seja positivo. E te ajude a se preparar para o que planejou para o futuro.

— Ou talvez eu prefira ficar em um hotel.

— E está tudo bem se preferir.

Ele fechou os olhos, os dedos brincando com a palma da minha mão como se fossem as teclas de um piano.

— Preciso fazer isso, Nicole — ele disse.

— Eu sei.

— E vou fazer.

Respirei fundo, observando-o.

— Posso fazer uma pergunta?

Ele abriu os olhos e ficou tão rígido quanto pedra.

— Sim.

Ele se preparou. Eu pude ver as armaduras se fechando ao redor daqueles olhos azuis, o tom frio e nada caloroso. King se preparou para eu perguntar o que aconteceu com o seu pai, onde estava a sua mãe, mas eu sabia que, se ele quisesse me contar, me contaria.

— Por que Queenstown? — questionei.

Ele respirou aliviado.

— É a cidade em que minha mãe nasceu.

Senti que ele queria encontrá-la, que se mudaria por causa da mãe. Ou talvez... ele quisesse se casar com uma mulher neozelandesa; talvez essa mulher já até existisse e era por isso que ele era tão fechado. Isso ou ele era... gay. Quero dizer, King mal olhava para as mulheres na rua. Na rede social, não havia muitas mulheres apoiando a sua carreira ou comentando nas publicações. Ele era como um eremita. Um... *padre*. A fantasia realmente coubera bem a ele, porque King parecia intocável, como se já tivesse um futuro com alguém, e eu só não sabia.

Mais tarde, precisava pensar e tentar entender por que esse pensamento me incomodava.

De novo.

— Você comentou que os seus pais são as pessoas mais importantes da sua vida — ele disse, do nada.

— Eles são.

— Talvez esteja na hora de contar a eles.

— Contar o quê?

— Sobre a verdadeira situação em que Jordan te deixou, Nicole.

Engoli em seco.

— Eles estão em paz, King. E estou me recuperando. Graças a você, novos clientes virão. Eu terei muito mais dinheiro do que jamais tive durante todo esse tempo de carreira. Vou me recuperar e construir, quem sabe, um escritório incrível, como você disse. Deu tudo certo. Então, por que contar? Por que preocupá-los?

— Porque eu acho que as pessoas que nos amam querem saber a verdade, mesmo que a verdade as deixe desconfortáveis e que se sintam impotentes. E porque acredito que os seus pais iam pelo menos te dar o abraço que você nem sabe o quanto precisa, até recebê-lo. — Ele fez uma pausa. — É bom ser acolhida enquanto ainda existem pessoas que te amam, dispostas a te abraçar em dias ruins. Você ainda tem isso na sua vida, Nicole. Não desperdice.

— Eu direi a eles.

King assentiu e abriu um sorriso fraco.

Ele pediu uma segunda garrafa de vinho e disse ao garçom que ele mesmo me serviria. Ele fez isso olhando nos meus olhos, e depois derramou a bebida na sua própria taça. Vi o seu pomo de adão subir e descer enquanto ele erguia a taça.

— Que possamos sempre honrar o passado — ele disse.

— E que o futuro se apresente de um jeito doce.

Subitamente, meu coração deu um solavanco.

Eu *não* queria que ele fosse embora.

CAPÍTULO 20

King

Tim e Vera tinham voltado de viagem e fui buscá-los no aeroporto. Eles me contaram todos os passeios que fizeram do caminho do aeroporto até a casa dos dois. Incrível a quantidade de informação que eles conseguiam falar em tão pouco tempo.

Com os dois ao meu lado, na calçada em frente da casa de Kensington, de braços cruzados, observávamos os rapazes que estavam cuidando da mudança.

Mesmo que a mudança não fosse grande coisa, eu tinha contratado uma equipe para levar os meus pertences e os de Nicole enquanto ela estava ocupada tomando café com um dos possíveis compradores para a mansão de Kensington.

— Me diz mais uma vez qual o motivo de querer gastar dinheiro com isso, filho? — Tim perguntou.

— Era só colocar tudo no porta-malas do seu carro, Cole. E do nosso. Talvez tivéssemos que fazer uma viagem ou duas, mas não seria nada complicado. As casas são praticamente vizinhas — Vera opinou.

— Agradeço a opinião e respeito que pensem assim, mas enquanto eu tiver dinheiro para viver de forma prática, vou usá-lo a meu favor.

Tim gargalhou.

— Sentiu nossa falta? — Ele colocou a mão no meu ombro. — E como está com a garota?

— Senti, claro. E ela está tentando encontrar a família certa para a mansão principal.

— Sabe que não foi isso o que eu perguntei.

— Tome cuidado com a planta! — Vera gritou, e deu um leve pique até alcançar o rapaz que a levava. — Meu Deus, ela tem sentimentos!

A rua da mansão principal de Kensington era um lembrete do motivo do meu pai ter comprado o terreno. É claro que as coisas eram completamente diferentes quase quarenta anos antes, e hoje em dia os turistas deixavam tudo bem mais barulhento, mas o terreno tinha sido escolhido como se ele tivesse tido uma visão do futuro. Era, sim, valorizado e perfeitamente seguro.

— Cole.

— O quê?

— Como está a garota?

— Bem — respondi. — Acho. — Cocei o braço e pensei um pouco. — O ex dela apareceu e eu tive que mentir que estamos namorando para que ele não enchesse mais o saco dela.

Tim não disse nada, só observou a movimentação por um longo, longo tempo, enquanto sua esposa protegia um dos principais motivos de eu ter contratado especialistas em mudanças: as plantas. Algumas delas eram importadas e tinham muito significado para mim, porque eram as flores favoritas da minha mãe; algumas eu mesmo trouxera da Nova Zelândia. Queria plantá-las no jardim de Kensington e deixá-las lá para que a família que ficasse com a casa cuidasse delas.

— Conheço algumas pessoas que podem dar um susto nele — Tim falou.

— Eu já fiz isso.

Observei Vera com as duas mãos na cintura, semicerrando os olhos para os vasos enfileirados na entrada.

— Leve-os para o jardim de inverno. — Então, como se só então se lembrasse da minha existência, Vera me procurou com o olhar. — É isso, filho?

— É, sim. Obrigado, Vera.

Ela sorriu.

— O que você fez? Além de fingir que era o namorado? — Tim indagou, me conhecendo bem.

— Encontrei ele nas redes sociais e enviei o vídeo da minha câmera de segurança que mostra a merda que ele disse da Nicole. — Fiz uma pausa. — E então esmiucei de novo todas as coisas que eu sabia e que poderia usar para fodê-lo na justiça. E posso ter dito que na Nova Zelândia nós resolvemos as coisas de um jeito diferente da paciência britânica.

— Disse que era jogador de rugby na adolescência?

Acabei sorrindo.

— Não precisei dar detalhes.

— É. — Tim bateu no meu ombro. — Talvez não tenha precisado mesmo.

— Ele respondeu dizendo que nunca mais vai me procurar ou a Nicole. E disse que eu posso usar aquela conversa como prova de que a deixará em paz, se eu quiser.

— Então, ele vai esquecê-la.

— Não tinha como aquilo ser amor, Tim.

— É, não tinha. — Meu amigo assentiu. — Enfim, vou pegar a minha esposa antes que ela comece a mudar toda a sua casa.

— Ela é ótima.

— Não é?

Meus planos envolviam não me encontrar com a Nicole pela casa. Não me encontrar com ela em hipótese alguma depois do primeiro dia. Porque não era mais como se ela estivesse na edícula, separada de mim. Estávamos dividindo o mesmo teto e eu supunha que ela ia gostar de um pouco de privacidade para cozinhar, fazer o que quisesse, lavar roupas, se sentir confortável enquanto estivéssemos na casa.

Mas, na primeira noite dela na mansão de Kensington morando comigo, de acordo com a orientação de Tim e Vera, era razoável que eu a recebesse com um jantar. Nicole tinha passado o dia inteiro na rua vendo possíveis compradores para a mansão principal e, eu esperava, para todos os possíveis clientes que estavam aparecendo para a Imobiliária Bliss.

Então, lá estava eu. Sem saber o que fazer com a merda do meu corpo. Andando de um lado para o outro enquanto observava a comida japonesa, que era uma aposta bem arriscada. Ela podia odiar. Ou amar.

Torcia para que a minha escolha não estivesse errada.

A porta da frente rangeu, ela entrou na casa e escutei o som de suas coisas sendo colocadas no aparador. Os saltos fizeram barulho por pouquíssimo tempo, o suficiente para ela talvez tirá-los. E Nicole veio caminhando na minha direção, um pouco devagar, como se estivesse com os pés machucados de tanto andar.

— Boa noite — ela disse, e seu olhar foi direto para a mesa posta.

— Oi. — Fiz uma pausa. — Não sei se você gosta de comida japonesa, mas imaginei que estivesse faminta. Mas também encomendei comida chinesa, *yakissoba*, alguns rolinhos primavera e frango agridoce, caso seja mais tradicional. Espero que consiga jantar antes de descansar. — Observei se estava tudo certo e assenti. — Me diga se precisar de alguma coisa. Boa noite, Nicole.

Eu estava prestes a sair, mas ela segurou na manga da minha camisa e me fez parar.

— Jante comigo. — Ela abriu um sorriso largo. — Eu adoro comida japonesa e chinesa. E tem o suficiente para cinco pessoas aqui. Por favor, fique.

Eu não podia dizer não.

Porque estava faminto e tinha pensado em sair da casa para comer qualquer *fish and chips* da cidade, mas comida japonesa e chinesa parecia tão melhor.

Me sentei à mesa e Nicole me acompanhou, dando a volta e ficando de frente para mim.

Merda.

Era impossível mentir para mim mesmo. Passava o tempo todo pensando no abraço que demos depois de fechar a porta na cara do Jordan. Ou como eu queria protegê-la dele. E de qualquer outro idiota que aparecesse. Pensava nela constantemente, como se pensamentos fora de órbita quisessem invadir a minha gravidade. Era Nicole me orbitando, me fazendo descobrir o que é ter mais alguém na minha vida além de Tim e Vera, e adicionando uma página na minha história que eu nem sabia que poderia ter, pra começo de conversa.

Eu não queria.

Eu não precisava.

E nem ela.

— Acho que vou acabar me acostumando a dividir certos momentos com você, o que não é bom, mas vai dar tudo certo, não vai?

— Sim — respondi, tentando comer em silêncio, pensando que talvez fosse bom colocar uma barreira ou duas...

O que nos separaria a ponto de isso entre nós nunca virar mais do que deveria ser? *Me comportar como um amigo?*

— Nicole?

— Sim.

— Você já usou algum aplicativo de relacionamento? — perguntei, de repente.

O *hashi* de Nicole parou no ar por um segundo ou dois, até ela voltar a comer.

— Não.

— Nunca ficou curiosa? — indaguei.

Ela estreitou os olhos e, enquanto mastigava, teve que segurar um sorriso.

— Namorei com Jordan por bastante tempo. Então, não. Todos os meus ex-namorados conheci do jeito normal mesmo, nada emocionante. — Ela fez uma pausa. — Mas e você? Quer ajuda para o seu perfil ou algo assim? Uma opinião feminina?

Ela me via como amigo. Ou jamais diria algo assim. Estávamos bem, estávamos seguros. *Certo?*

— Não.

— Ah. — Ela pareceu tentar entender além do que eu dissera, como se quisesse a resposta de uma pergunta que ainda não tivera coragem de fazer. — Acha que eu devo? Você sabe, começar a tentar sair com outras pessoas?

— Não — respondi.

Porra, rápido demais.

— Quero dizer, *sim*. Acho que deve, se estiver pronta.

— Talvez eu esteja. — Ela apoiou o *hashi* no prato e cruzou os dedos das mãos sob o queixo. — Tem algum amigo para me apresentar?

— Não tenho.

Ela assentiu, ainda segurando um sorriso.

— Por que está sorrindo? — perguntei.

— Você não tem um jeito muito sutil de me mandar voltar à ativa.

— Não foi o que eu quis dizer.

— Está perguntando porque agora somos namorados? — O olhar dela fez aquela coisa estúpida de andar pelo meu rosto, me deixando constrangido como um garoto, o que era ridículo.

— Nicole.

— Não vou procurar ninguém. — Ela riu. — No momento, não estou interessada.

— Ah, certo.

— E eu não vou fazer o *download* de aplicativos de relacionamento. Sabe Deus o tipo de homem que vou encontrar por lá. Já não deu certo com os da vida real, imagine os homens do mundo virtual.

Acabei sorrindo.

— Vou tentar não me sentir ofendido por ser um dos caras da vida real — pontuei.

— Você não conta.

— Porque somos profissionais?

E era exatamente onde eu queria chegar. O que eu queria ver em Nicole, o que eu precisava entender. Dependendo da resposta que ela me dissesse, não a que saísse de sua boca, mas a que eu enxergasse além dos seus olhos, meu comportamento ia mudar.

— Claro que sim — ela garantiu, me dando uma piscadinha e voltando a jantar.

Fiquei um tempo observando.

É, ela não parecia mesmo interessada.

Ou era excelente demais na arte de blefar.

CAPÍTULO 21

Nicole

O que ninguém te diz sobre morar em uma propriedade na rua principal de Kensington — que tinha características clássicas, mas era toda equipada e moderna — é que se você não recebe um curso intensivo com direito a certificado, não sabe mexer em *nada*.

Por exemplo, o chuveiro.

Tinha um aplicativo para conectar ao celular que, de alguma forma, acionava o *bluetooth*. Não só isso, mas o chuveiro tinha *seis tipos de banhos diferentes* que, pelo jeito, só funcionavam depois de fazer o *download* do aplicativo e reconhecê-lo. Ele era capaz de se lembrar dos tipos de banho favoritos de cada membro da família e, sério, o negócio parecia uma nave espacial e todos aqueles tipos de jatos davam a impressão de poder lavar muito mais do que o corpo, talvez os órgãos.

Olhei no YouTube e no TikTok e posso ter passado mais de quarenta minutos pelada com a toalha envolta no meu corpo porque estava tentando descobrir como aquele negócio funcionava.

E quando finalmente descobri e fui para baixo do chuveiro, a coisa ficou fora de controle.

Os jatos vieram de todos os lugares, mas não era só uma chuvinha fraca, não. Os jatos eram do tipo forte o bastante para deixar a pele vermelha e nos fazer pensar que tínhamos sido transportados para um lava rápido.

Me perguntei por meio segundo se ia conseguir ficar de pé.

E é claro que eu caí, me enroscando na outra toalha estendida que tentei usar para me salvar da queda, e minha bunda bateu direto no piso de mármore escorregadio como uma pista de gelo.

Piso *aquecido* de mármore.

Caída, com dor na bunda, soltei todos os palavrões que conhecia porque fiquei completamente cega tentando alcançar os botões. Chuveiro de gente rica *não tem box* e todo o banheiro ia virar uma piscina olímpica se eu não parasse com aquela merda.

— Inferno, inferno! — gritei.

Depois de apertar todos os botões ao mesmo tempo, certa de que um ia funcionar, consegui desligar. Respirei fundo quando vi o estrago ao meu redor e tudo o que eu teria que secar. Só podia torcer para que a porta fosse vedada o bastante para a água não sair para o corredor.

Ofegante, decidi tentar a banheira... o que eu deveria ter feito desde o início, pensei, me xingando porque já era tarde da noite e eu tinha acabado de jantar com King, o que significava que ele estava em casa, óbvio. Enquanto eu enchia a banheira, percebi que não só a minha toalha, mas a minha roupa estava toda encharcada. Foi quando escutei a batida suave à porta.

— Nicole?

— Sobrevivi ao seu chuveiro assassino — falei, um pouco alto para que ele pudesse me ouvir, mas me arrependi porque o banheiro era tão perfeito que até o eco da minha voz era incrível. Então, abaixei o tom. — Mas ainda não consegui tomar banho. O banheiro está completamente alagado, depois vou descobrir como posso secar. A água chegou aí?

— Não... — Ele fez uma pausa. — Muito.

— Merda, eu sinto muito — murmurei. — Mas por que ter um chuveiro tão apocalíptico?

— Eu tinha um no meu banheiro da outra casa, e achei que seria útil nesta. — Ele suspirou fundo. — É mais de dez mil libras, mas, não pelo valor, eu realmente acho esse chuveiro fantástico.

— Só se for pra você — resmunguei.

Ele ficou em silêncio do outro lado por alguns segundos, e ouvi uma tosse, quase como uma risada.

— Precisa de ajuda? — ele perguntou.

— Na verdade, eu preciso. E talvez envolva você me ver pelada.

— Achei que já fôssemos adultos, Nicole.

Eu ri.

— Não, você não vai *precisar* me ver pelada. Mas pode, por favor, pegar dentro da mala vermelha que está em cima da minha cama um conjunto de roupa qualquer? Desde que esteja seca. Ah, e uma toalha também.

Ele ficou quieto.

E foi por um tempo mais longo do que eu esperava.

— Ainda está aí? — indaguei.

— Não me sinto confortável em mexer nas suas coisas.

— Não disse que somos adultos? — Fiz uma pausa, sorrindo. — Já viu a calcinha de uma mulher, né?

Quase pude enxergar seus olhos se revirando.

— Eu vou pegar.

— Tudo bem. — Fiz uma pausa. — Sem pressa. Vou começar o banho agora.

— Detalhes, Nicole. Detalhes *demais*.

Escutei os passos dele corredor afora. E então algo sendo passado no chão, talvez um pano? Enquanto ele fazia isso e eu tirava o cansaço do dia do corpo, tentei não pensar no jantar esquisito que tivemos, nos olhares de King e na forma como ele perguntou sobre aplicativos de namoro. Ele queria entender se meu coração estava curado a *esse ponto*?

E então parei para pensar sobre o que tinha acontecido.

Para a maioria das pessoas, talvez manter a esperança no amor depois de ter sido enganada, traída *e* roubada seja muito difícil, muito difícil mesmo. Mas para uma pessoa com uma profissão como a minha, que me permitia lidar com várias pessoas diferentes, várias famílias diferentes, tantas formas de amor, me mostrou que posso seguir em frente com as lições que aprendi do relacionamento anterior e levar comigo todas as novas bandeiras vermelhas que serviram de lição para que eu não me envolva com o tipo errado de homem. *Mas o amor?* O amor não deixa de existir só porque eu gostei de alguém sem caráter. O amor não é *aquela* pessoa. O amor definitivamente não é o Jordan ou qualquer outro ex. O amor é como me senti ou como achei que me senti.

Minha mente agora era completamente diferente do dia do meu não casamento, quando eu jurava que nunca mais ia conseguir olhar para outra pessoa.

Pensei que talvez ainda nem tivesse chegado perto do amor verdadeiro ou da capacidade máxima de amar alguém de forma plena. Se eu tinha me entregado de forma tão altruísta e sincera, essa capacidade era minha, e não do outro.

Como seria se eu amasse um homem que realmente fosse gentil e que de fato cuidasse do nosso relacionamento? Que fosse honesto e amoroso? Que fizesse eu me sentir segura?

— Nicole, peguei as suas roupas — ele disse. — E o chão do corredor está seco. — Ele parou um pouco e pareceu ponderar. — Este banheiro tem um esquema de escoamento de água moderno que já deve estar ativado. Pode ver se o nível da água reduziu?

Lancei um olhar além da banheira, e ele tinha razão. Estava mais seco.

— Sim, reduziu.

— O piso aquecido também vai secar a água que permanecer, mas deve levar alguns minutos. O tempo do seu banho — me garantiu.

— King?

— Hum.

— Como faremos para você me entregar a roupa e a toalha?

— Vamos esperar o chão secar para não abrirmos a porta e molhar o corredor. — Sua voz pareceu calma, tão calma, que soltei um suspiro ao pensar que estava incomodando o homem. Escutei-o se mover e então um baque no chão e contra a porta. — Eu vou ficar sentado aqui do lado de fora até ser seguro abrir a porta e te entregar a toalha e a roupa seca.

— Não precisa fazer isso.

— Eu quero. — Ele fez uma pausa. — A casa está aquecida e o banheiro também, mas você pode pegar uma friagem se não esperarmos.

— E os seus projetos?

— O trabalho sempre pode esperar. A sua saúde, não.

Meu coração deu um pulinho.

— Obrigada — agradeci e ele ficou quieto do outro lado. — King?

— Sim.

— Você acha que só encontramos o amor verdadeiro quando a pessoa que tem o nosso afeto é aquela que vale a pena amar? — Ponderei um pouco. — Aquela com a qual deveríamos passar o resto da nossa vida?

— Acredita nisso?

— Não sei, acho que por isso estou te perguntando.

Ele se mexeu em sua cadeira atrás da porta e demorou um tempo para responder.

— Tenho uma lembrança muito nítida da minha mãe dançando na cozinha com o meu pai a música *Piano In The Dark,* uma das favoritas deles. Sempre, sempre ouviam. Ela estava preparando a sua especialidade, a torta *banoffee*, e o cheiro de banana e caramelo amanteigado estava por toda a cozinha. Eu me lembro de parar na porta e observá-los. Me lembro que em uma parte da música a cantora falava que estava triste. Não fazia sentido para mim. Os dois felizes dançando uma música triste. Acima do cheiro da banana e de caramelo, o que prevalecia eram as risadas, e a minha mãe com as mãos ensaboadas tocando o nariz do meu pai e ele rindo, rindo tanto. — A descrição era tão perfeita que ele quase me levou até eles. — Anos mais tarde, entendi que eles só conseguiram ouvir uma música triste sendo felizes porque o ritmo importava, mas o sentimento da canção, não. O que eles sentiam era maior que a tristeza da letra. — Ele fez uma pausa. — Eu acho que o amor de verdade é isso, Nicole. Não tenho dúvida alguma de que eles foram feitos um para o outro. O amor, para mim, é a certeza. A certeza de estar nos braços de alguém e todos os problemas parecerem pequenos.

— Deve ser lindo. — Fiz uma pausa. — Sentir tanto.

— Vi acontecer com os meus pais. Também com Tim e Vera.

— Parece como uma chance em um milhão.

— Acho que só precisamos de um pouco de sorte — ele disse.

Saí da banheira e o chão já estava quase seco. O piso aquecido era mesmo uma boa ideia, porque não senti frio. Dei dois toques na porta, e disse para King que iria abri-la. Ele se levantou e eu abri uma pequena fresta. Sua mão com a luva me estendeu primeiro a toalha. Eu a envolvi ao redor do meu corpo depressa e abri o resto da porta.

King não desceu os olhos nem por um segundo para o meu corpo, estendeu a minha roupa e desviou o olhar.

— Aqui está — ele disse.

— Obrigada.

Ele assentiu.

— Talvez precise de mais do que sorte — respondi. — Talvez o amor certo apareça como uma falha no tempo, até disfarçado, ou num vislumbre de oportunidade. Como um único tiro que você não pode errar.

Ele me olhou e, juro por Deus, aquele rosto não era justo com nenhum outro homem no mundo.

— É, acho que sim.

Abri um sorriso.

— Boa noite, King.

— Boa noite, Bliss.

CAPÍTULO 22

King

Em algumas sextas-feiras, eu e Tim nos reuníamos em algum pub da cidade, bebíamos o suficiente para esquecer os problemas e fugíamos dos bares lotados em que não conseguíamos nem conversar. Naquela noite, estávamos fazendo exatamente isso, porque me vi mais do que sedento por uma dose de qualquer coisa e a companhia de uma pessoa sensata. Alguém que pudesse colocar juízo na porra da minha cabeça.

— Não vejo um homem angustiado assim desde o dia em que vi meu filho Dean pedir minha nora em casamento — Tim opinou, com a sua clássica cerveja.

Bebi um longo gole do *Moscow Mule* e o gosto da *ginger beer* desceu queimando pela minha garganta.

— Não consigo mais ser indiferente a Nicole — assumi.

Tim me lançou um olhar.

— Claro.

Tomei outro gole.

— Quero tocar piano para ela todas as manhãs enquanto ainda dividimos a casa. Também descobri o dia do seu aniversário e... não sei. Acho que quero que ela tenha uma estadia confortável comigo. Talvez eu me esconda no trabalho por um tempo, porque tenho alguns projetos para entregar, mas com certeza não vai ser o suficiente.

— E por que isso seria um problema?

Passei os dedos entre os fios do meu cabelo solto.

— Exato, por quê? Porque não quero confundi-la. Não quero confundi-la quando estou indo embora.

— Ser gentil não vai confundi-la, Cole.

— Talvez. — Matei o drinque e ergui o dedo, pedindo outro para o barman. Ele assentiu e eu abandonei o copo, relaxando na bancada. — Não sei, Tim. Quero ajudá-la enquanto posso, enquanto ainda estou aqui. Não porque ela me pediu, mas porque quero. Não sei nem se é uma ajuda, eu só... eu só acho que preciso que ela se sinta bem ao meu redor. Estou cansado de usar essa máscara. Porra, estou cansado de empurrar todo mundo para longe enquanto vivo nesse espaço-tempo em que tudo parece...

— Tudo parece o quê?

— Sabe quando você está no aeroporto esperando para embarcar e ainda falta muito tempo antes de entrar no avião? É como um momento em que a sua vida fica suspensa. Você vive em um espaço-tempo de espera que às vezes é angustiante, outras vezes tedioso, mas são minutos inteiros da sua vida que não agregam nada, não fazem diferença. — Fiz uma pausa. — É assim que estou me sentindo, Tim. Na espera pelo embarque. E então eu encontrei Nicole na fila, em destinos opostos. Estamos conversando e temos várias coisas em comum ou parece que temos e eu... — Bufei, sem saber concluir o pensamento. — Essa porra não faz sentido.

Tim deixou a cerveja de lado e se virou para mim. Apoiou o cotovelo na bancada e tocou no meu antebraço.

— Filho?

— Sim.

— Quando você vai parar de se culpar por ainda estar vivo?

Merda.

— Não é isso, Tim.

— Então me explica por que está se privando de fazer algo tão simples como dar bons momentos para uma garota que passou por um inferno; e nós dois concordamos que ela precisa, sim, de um pouco de alegria. E te digo mais: você também.

— Ser amigo dela não vai acontecer.

— Por quê?

Nicole era linda, divertida, a risada dela seria a canção favorita de qualquer gênio da música. Ela tinha traços indígenas tão bonitos que faziam dela uma pintura viva. Seus olhos cor de mel e verdes sempre interrompiam o fluxo do meu pensamento e eu não sei se um dia ela entenderia que merecia alguém melhor do que todos os idiotas que já se envolvera — e certamente merecia alguém melhor do que eu —, mas o destino de Nicole não parecia ser nos braços do ordinário, do complicado ou de uma paixão passageira. Ela merecia alguém que *ficasse* e a ideia de ela encontrar alguém assim, de certa forma, amargava a minha boca.

Então ser amigo dela era impossível.

— Porque não vai — respondi simplesmente. — Eu sabia que conversar com você sobre isso seria difícil. Você quer a minha felicidade acima da lógica, mas pensei que colocaria um pouco de razão na minha cabeça.

— Sou arquiteto e matemático, Cole. — Ele tirou a mão do meu braço e pegou a nova cerveja servida, assim como eu peguei o meu novo drinque. — Entendo de probabilidades melhor do que ninguém.

— E?

— Dividir a casa com uma mulher que, vamos ser sinceros, é bonita demais, já é complicado. Vamos adicionar à Equação Nicole todos os outros atributos dela: inteligência, senso de humor, profissionalismo etc. Agora, vamos levantar os fatores de que faz tempo que você *não* faz sexo, não tem sentimentos por alguém e nunca teve sorte nos relacionamentos. — Ele colocou a mão sob o queixo. — Qual é a probabilidade de acontecer o que você quer?

— E o que eu quero?

— Não sentir nada — respondeu.

Fechei os olhos.

— Sim.

— Então — Tim pontuou e me esperou abrir os olhos. — Não sei se percebe, mas o destino está se desenrolando na sua frente de forma nítida e óbvia.

— Estou no setor de embarque do aeroporto — resmunguei.

— É, amigo. — Tim riu. — Sinto muito. Talvez a vida não esteja gostando muito dos planos que você fez para si mesmo. — Ele me observou. — Talvez descubra que ainda pode ser amigo de Nicole, se você se esforçar. Ou talvez descubra que não foi você quem veio para ajudá-la, mas sim o contrário. Já passou da hora de se conscientizar de que uma vida inteira te espera.

— Eu sei que sim, eu fiz planos...

— *Planos* — Tim zombou. — Não aprendeu nada sobre planos ainda? Não seja tão rígido consigo mesmo. Solte as amarras que te impedem de tocar o piano que quer tocar para ela. Faça isso todas as manhãs e prepare algo para o aniversário da Nicole. O que nos resta, Cole, é a vida. E a vida está acontecendo *agora*. Quer chegar na minha idade se perguntando o que você deveria ter feito quando ainda tinha quarenta anos?

Fiquei em silêncio e arremetei a bebida.

— Sabe por que eu me casei, filho? — ele continuou.

— Porque ama a Vera.

— Sim, eu amo — ele concordou. — É uma forma simplista de ver o casamento, mas me casei com a Vera porque sabia que se eu morresse amanhã ou se ela morresse amanhã, o maior arrependimento da minha vida seria não ter dito "sim" para um amor que esperou por cinquenta anos. Eu me arrependeria se deixasse essa oportunidade passar.

— Você não teme a morte? — indaguei porque Tim falava sobre tudo e eu sabia que a pergunta não o ofenderia. — Não teme perder Vera ou deixá-la sozinha?

— Todos nós vamos morrer um dia, Cole. A morte é inevitável e uma das certezas matemáticas da nossa existência. É inegociável. — Ele tocou o meu ombro de novo e sorriu. — Se a Vera fosse ficar com Deus agora, eu sofreria como um louco, mas pelo menos saberia que a amei com cada fibra do meu ser pelo tempo que nos foi permitido viver esse amor. Imagine se eu nunca pudesse ter dito a ela que a amava? Depois de cinquenta anos carregando-a no coração? Se eu nunca tivesse me tornado seu marido?

— Seria pior.

— Seria. E eu sei que ela pensa da mesma maneira. Quando envelhecemos, a vida se torna o cálculo mais simples. Queremos *viver* o que nos resta. Aproveitar todo e cada momento. Não importa o resultado ou o amanhã; o caminho é a aventura. — Ele sorriu. — Você pode se organizar e preferir isso ao acaso, e eu não acho errado, Cole, mas as coisas pelas quais valem a pena viver chegam sem sobreaviso.

— Tem a ver com o caminho.

— É, filho. — Tim bateu sua garrafa de cerveja no meu copo. — Tem tudo a ver com o caminho.

PARTE 5

"Não, meu bem, não adianta bancar o distante:
lá vem o amor nos dilacerar de novo."

— Caio Fernando Abreu

CAPÍTULO 23

Nicole

É incrível como a vida pode mudar em pouco tempo.

Desde que King e eu nos mudamos da casa de solteiro dele em Kensington para a mansão familiar, estávamos tentando nos acostumar com a imponência do imóvel.

Acho que não só eu, mas King principalmente.

Desde o incidente do banheiro, quase não o vi. A mansão não nos separava, não havia uma edícula para eu ficar, então estávamos morando sob o mesmo teto... temporariamente, claro. Nos primeiros dias, ele trabalhou tanto que mal esbarrei com ele. Trocávamos uma ou outra conversa durante o jantar ou o café da manhã, mas eu percebia que King estava muito ocupado.

Respeitei o seu momento, era o mínimo que eu poderia fazer depois daquele caos no dia da mudança e também depois de ele ter se aberto para mim, ainda que eu ainda percebesse as relutâncias de King ao meu redor.

Ele nunca relaxava, nunca se soltava, nunca se permitia *viver*. Não sei se ele fazia isso para se punir, mas parecia. E não conversamos mais como das últimas vezes.

Aproveitei o tempo para correr com o trabalho. Eu tinha pouco tempo se quisesse vender a casa dele enquanto King ainda estava na Inglaterra, isso porque eu estava contando com essa realidade e toda a burocracia posterior à venda.

Todos os dias, enquanto eu trabalhava, aquele pensamento recorrente e doloroso insistia em aparecer. A venda da casa era a última interação que teria com King. Eu ia voltar para o meu apartamento em breve, King conheceria os possíveis compradores da mansão, venderíamos, assinaríamos os papéis, eu o ajudaria nos últimos trâmites, e então... fim.

Eu não parava de pensar nisso e de sentir uma necessidade estranha de falar o que sentia para King. Era como se um bolo se formasse na minha garganta cada vez que eu o via.

— Chinesa? — ele me perguntou de repente, das escadas, descendo-as rapidamente com os cabelos molhados e soltos após o banho.

Congelei diante dele vestido com uma camisa azul na cor dos seus olhos e a calça jeans preta e justa nas coxas e nos quadris. Então, desviei para os seu rosto, umedecendo os lábios.

— Você nunca usa a cozinha? — questionei.

Ele estava no último degrau quando vacilou por um segundo antes de descê-lo.

— Não.

— Percebi que a cozinha da outra casa era intocada também — pontuei.

— É, eu não cozinho. — Ele pareceu um pouco confuso e tenso com a conversa.

— Vive de comida pronta com esse corpo? — indaguei, chocada. — Olha, sério. Você é um dos favoritos de Deus mesmo. Ele nem vai te culpar por ter roubado a roupa de um padre.

Para a minha surpresa, a tensão se foi e King... *riu*. Ele deu uma risada melodiosa e gostosa que preencheu todos os buracos do meu coração. Deve ter sido a primeira vez que escutei a gargalhada dele.

— Eu compro comida fitness, às vezes. congelada. Tudo o que preciso fazer é usar o micro-ondas. — Ele parou ao meu lado na sala de estar. Seu perfume era uma batalha perdida para o mundo dos feromônios. Tudo naquele homem era uma batalha perdida para a libido de uma mulher. Eu ficava me questionando se ele era abordado na rua ou se alguém chegou a tentar apertar a bunda dele, porque ele tinha... uma *senhora* bunda. — O que foi, Nicole?

— Você malha?

— Sim, todos os dias. Na verdade, todas as madrugadas antes de dormir. Tem uma academia vinte e quatro horas aqui perto.

— Ah. — Sério, aquele corpo era um absurdo. — Claro.

— Por quê?

— Só tentando entender a sua dieta.

Não, só apreciando o corpo dele mesmo.

Um corpo que estaria a milhares de quilômetros de mim em breve.

— Ok, mas o que acha de comida chinesa? — Ergueu uma sobrancelha.

— O que você acha de jantar a *comida da Nicole*? — Abri um sorriso.

Ele piscou várias vezes, como se não esperasse por isso.

— Eu acho que, se *ela* quiser usar a cozinha, tudo bem, mas...

— Não tem *mas*, eu quero cozinhar para nós dois.

E foi aí que tudo deu errado.

Meu braço se ergueu por vontade própria e a minha mão fez uma coisa ridícula e desobediente.

Toquei no rosto do King e, quando percebi, era tarde demais.

Ou eu dava dois tapinhas camaradas ou acariciava a barba por fazer.

As duas coisas seriam estranhas, mas decidi acariciar porque se eu batesse no rosto daquele homem, tinha certeza de que Deus ia ficar bravo comigo. Eu estava prestes a fazer isso, disposta a enfrentar a fúria daquele homem por eu ter sido maluca, quando o universo fez questão de desacelerar o planeta Terra.

King estreitou as pálpebras e me olhou como se jamais esperasse ser tocado dessa forma por mim. Os lábios avermelhados e cheios se abriram e ele respirou devagar quando desviou sua atenção para a minha boca, estacionando os olhos ali.

Tudo parou de girar.

Aqueles olhos azuis, que eram tão azuis que o céu ficaria com inveja, saíram da minha boca por um segundo e viajaram por todo o meu rosto, até segurarem o foco em minhas íris. King me olhou. Daquele jeito que desembrulha os segredos e te deixa nua enquanto ainda está vestida. Eu não sabia se algum homem podia olhar assim para alguma mulher, mas, naquele instante, me senti como se fosse a única no mundo.

O pomo de adão subiu e desceu e eu senti meu coração trotar no peito com a força de mil cavalos em uma corrida desfreada por liberdade, porque não tive que decidir se o acariciava ou se dava uns tapinhas na sua cara. King levou a própria mão enluvada até a minha, pressionando a minha palma contra o seu rosto.

Segundos depois, ele fechou os olhos.

— A sua mão é quente. — Suas pálpebras permaneceram fechadas. — E tão, tão pequena.

Meu Deus.

— Minha avó sempre dizia que mãos quentes fazem boa comida. — Ele abriu os olhos e também deixou escapar um sorriso lindo, com as covinhas e os olhos brilhando.

Não conseguia me mexer.

Aquele homem grande, de voz assustadoramente rouca e quente, tinha um coração gentil. E ele tinha sofrido muito, sofrido tanto que mantinha todas as pessoas longe de si. Mas King era um homem bom, ele era incrível, caridoso e amoroso.

Eu não sabia, como eu podia saber, mas eu só... tinha certeza.

Então, me surpreendendo, ele envolveu a minha mão entre os dedos e a levou para a frente do seu rosto. E, como se não fosse nada, deixou um beijo caloroso e macio nas costas da minha mão. Um beijo bem lento. Daquele tipo que os lordes faziam em séculos passados.

E talvez ele estivesse certo.

Mas naquele momento eu só queria me concentrar na alegria de sentir seus lábios em alguma parte do meu corpo, *qualquer* parte.

Porque eu estava saindo da zona de encantamento por King e caindo em uma zona muito, muito mais perigosa, que desafiava todas as emoções que senti por Jordan. E, na verdade, todas as outras emoções que já senti na minha vida.

— Cozinhe para nós. — Ele desceu a minha mão, sorrindo. — E me diga se posso ajudá-la em algo que não exija muita habilidade.

Assenti, tonta, e então algo escapou dos meus lábios antes que pudesse conter.

— Te chamam de algum nome além de King?

O sorriso ainda permaneceu em seu rosto.

— Tim e Vera me chamam de Cole. E você?

— Lily. — Fiz uma pausa. — É como o meu pai me chama.

— Lily. — Vi a ponta de sua língua subir e descer duas vezes entre os seus dentes e foi a coisa mais linda que já vi.

E eu estava fodida. Tão fodida que nem poderia começar a listar o quão fodida eu estava.

— Prefere que eu a chame assim? — perguntou.

— Só nos dias certos. — Abri um sorriso mole, fraco, incapaz de se manter por mais de meio segundo.

— Vou me lembrar disso.

Cole. Cole. Cole.

Era lindo.

Nicole e Cole. E eu só pensava nisso enquanto empurrava o carrinho do mercado com King ao meu lado. Simplesmente porque *percebi,* quando fui cozinhar, que não havia nada para cozinhar.

E que também Cole não ia a um mercado há mais de cinco anos. Pelo menos não para fazer compra de comida. Às vezes, segundo ele, comprava alguma bebida ou algo do tipo, mas tinha um funcionário que fazia as compras do que ele precisava, quando precisava. Não era muita coisa porque, novamente, ele não chegava perto do fogão.

— O que você gosta de comer? — perguntei, empurrando o carrinho.

Cole estava com as mãos no bolso frontal da calça jeans preta, desconfortável com o nosso passeio súbito.

— Qualquer coisa.

— É sério, Cole.

Ele me lançou um olhar quando o chamei. E abriu um sorriso, como se gostasse. Arrepios subiram na minha nuca e pensei o quanto aquilo era errado, *meu Deus.*

— Gosto de carne e alguns legumes. Queijo. Gosto de massa também, e frutos do mar. Cogumelos... e temperos que consigo sentir o sabor.

Assenti.

— Tipo pimenta?

— Sim. Pimenta, mostarda...

— Vem comigo — pedi.

Peguei um filé mignon para fazer ao molho de mostarda e cogumelos. Ravióli recheado de quatro queijos para preparar outro dia. Folhas. Legumes. Algumas frutas. Escolhi um salmão lindo e camarões. Achei um arroz integral que não assassinaria a sua dieta. Alguns tipos de queijo e frios. Comecei a colocar tudo no carrinho e saímos do mercado com muitas sacolas e esperança. Meia hora mais tarde, eu estava em sua cozinha, com Cole ao meu lado, me observando de esgueira enquanto eu separava os ingredientes para o molho. Ele lançou um olhar para os ingredientes da salada e me olhou de volta.

— Quer me ajudar? — perguntei. — Não precisa, se não quiser.

— Terei que tirar as luvas e colocar as luvas para cozinha, as que você comprou.

Fiz uma pausa. E percebi então *qual* era sua relutância.

— Não precisa me ajudar. Pode ficar só observando. Talvez aprenda alguma coisa para quando for morar na Nova Zelândia.

— Ok.

O que esperava por ele lá? Eu pesquisei Queenstown e era uma das cidades mais lindas do mundo, parecia ter saído direto das mãos de um dos desenhistas da Disney.

— Posso perguntar uma coisa? — indaguei.

Se eu não fizesse isso, não dormiria aquela noite. Nem naquela e nem nas próximas que viriam.

— Você vai perguntar do mesmo jeito.

— Vou.

Ele riu e continuou parado no balcão, olhando para a embalagem com as luvas e também suas mãos cobertas.

— Você pode trocá-las em outro lugar, se isso o fizer se sentir mais confortável.

— Eu sei — ele disse e, então, subiu aquelas íris que misturavam o mar revolto e o céu límpido para mim. — Não é isso o que quer me perguntar.

— Tem razão. — Respirei fundo e me concentrei na bancada. — Tem uma pessoa te esperando na Nova Zelândia?

— Uma pessoa?

— Tipo, um interesse romântico? — *Ai, Deus. Abra o chão sob os meus pés e me engula.* — Alguém que você queira formar uma família?

Cole parou de cogitar se colocava ou não a luva. Ele apoiou o quadril na bancada e cruzou os braços na frente do peito, parecendo curioso.

— Você diz uma mulher?

— Não quis presumir a sua sexualidade.

Seus olhos se abriram só um pouquinho.

— Eu sou hétero.

— Certo. — Fiz uma pausa. — Só me pareceu que você... você sabe, eu supus porque... a casa do seu pai e...

— Não há um interesse romântico me esperando.

— Tem certeza?

Ele não hesitou e me encarou muito, muito sério.

— Acho que eu saberia se eu tivesse alguém, não acha? — Ergueu uma sobrancelha.

Bati em seu ombro com o pano de prato, e soltei uma risada.

Aliviada.

Tão aliviada que o meu coração pareceu voltar a bater; não fazia ideia do quanto saber aquilo era importante. *Por que era importante? E se ele tivesse dez namoradas? E se ele tivesse prometido uma vida para outra mulher? O que eu tinha a ver com isso?* Enfim, *era* importante. E o fato de saber que não havia ninguém acalmou, sim, o meu coração.

— Lily. — Foi a primeira vez que ele me chamou assim e eu imediatamente ergui o rosto do que estava fazendo para vê-lo.

— Sim?

— Você se impressiona muito fácil? — perguntou.

— Em que sentido?

— Tem aversão a certas coisas? Por exemplo... fica com o estômago embrulhado por... marcas e cicatrizes?

Aquela corda que Cole amarrara ao redor do meu coração, que ele puxava toda vez que me lembrava que éramos temporários e que cuidar de mim era um item na lista de tarefas, foi puxada de novo. Mas por uma razão diferente. Algo que envolvia a angústia em seus olhos e o pavor de uma rejeição. Não sei se alguma vez na minha vida vi um homem ser tão vulnerável quanto naquele momento, mas Cole me pareceu muito, muito mais sensível naquele segundo. Lavei as mãos na pia, ainda observando seu rosto, secando-as no pano de prato até me concentrar só nele.

— Não, eu não tenho.

— Tem certeza? Porque quero muito tirar essas luvas na sua frente, mas estamos cozinhando.

— Cole, se quiser me ajudar, então tire as luvas e coloque as de cozinha. Eu posso fechar os olhos, mas se deseja estar aqui, então esteja aqui.

— Não vou tirá-las longe dos seus olhos. Eu quero que me veja.

Eu quero que me veja.

— Tudo bem.

Ele soltou um longo suspiro, como se tivesse vivido isso algumas vezes e colecionasse decepções. Fiquei ali, parada, observando seu rosto, mesmo que eu estivesse vendo, pela visão periférica, que ele estava tirando as luvas devagar. Primeiro, o botão que as mantinha presas ao redor do pulso. Então, ele começou a puxar delicadamente uma, e depois a outra. Devagar, como se estivesse se despindo. Cole não teve coragem de olhar para mim quando as luvas se foram, mas eu mantive os meus olhos acima de seu pescoço até que ele me olhasse.

— Acho que não me importo se você quiser vê-las agora. — Ele parou de falar de repente. — Não podemos fugir do que a vida fez de nós. Só esteja preparada para a deformidade delas.

Cole tinha vergonha, ou talvez constrangimento, porque tudo em sua expressão corporal dizia que ele havia tirado as luvas, mas queria correr para longe de mim.

Ou talvez porque ele quisesse evitar perguntas.

As mãos de Cole tinham queimaduras. Vê-las não me impressionou, mas deu um nó no meu coração ao imaginar a dor que ele sentira, porque elas não tinham apenas queimaduras como uma marca suave e rosada. Havia falhas da pele e possíveis enxertos, que haviam mudado a anatomia natural delas. Seus dedos eram deformados pelo fogo, alguns finos e outros grossos e rígidos sob a camada cicatrizada.

Me lembrei dos desenhos lindos que ele fazia, com aquelas mãos perfeitas.

Sem pensar, segurei-as e admirei-o com calma.

— Se for confortável para você deixar as mãos sem as luvas comigo, deixe-as. O que você enxerga como deformidade, eu enxergo como força. Elas são lindas e criam beleza para o mundo. Principalmente, são parte de quem você é. Cole, não importa o que aconteceu, você está aqui.

Ele ficou em silêncio por um segundo, estudando o meu rosto.

— Agora se prepare porque vou te ensinar a lavar as folhas do jeito certo — avisei-o.

Ele pareceu um pouco tonto.

— Você realmente está bem com tudo isso?

— Claro que sim. Todos nós temos cicatrizes, só que algumas são visíveis a olho nu e outras estão escondidas dentro de nós. Elas são a história da sua vida. É como um mapa que mostra todos os passos percorridos até chegar aqui. A forma como contamos essa narrativa é uma questão de perspectiva. — Sorri. — Talvez você não entenda, talvez não saiba como é bonito só o fato de você existir. Mas um dia, se tiver sorte, vai viver um momento tão incrível que vai te mostrar exatamente isso. E você vai se sentir grato pelas suas cicatrizes, por ter sobrevivido a elas.

— Um momento em que tudo valha a pena?

— É.

Cole assentiu e pegou as luvas de látex.

— Acho que só me resta viver para chegar lá, então.

Sorrindo, liguei o fogo das panelas e comecei a cozinhar.

CAPÍTULO 24

King

Desde que ela viu as minhas mãos, as manhãs se tornaram mais especiais. Eu estava sentado em frente ao piano, sem as luvas, escolhendo o que tocar, enquanto Nicole fazia o café.

Ela teve paciência de me explicar o básico. E até aprendi uma coisa ou outra, mas não o suficiente para arriscar mexer com o fogo. Quando eu estivesse pronto, talvez conseguisse chegar perto do fogão sem temê-lo.

Mas... *a rotina.* Minhas partituras foram substituídas por canções que ela gostava. Descobri que não só tínhamos Sleeping At Last como banda em comum, mas muitas outras. Clássicas dos anos oitenta, principalmente. E então músicas que remetiam à nossa infância. Mesmo com quinze anos de diferença entre nós, o passado era atemporal.

As manhãs eram as minhas favoritas. As manhãs com ela. Não me lembrava da última vez em que acordara feliz. Quero dizer, não me lembrava da última vez em que acordara *conscientemente* feliz de alguma coisa, mas saber que Nicole estaria por perto e que eu tocaria as músicas que ela gostava era bom.

Então troquei a partitura para uma trilha sonora que Nicole ainda não tinha me escutado tocar. *Interstellar*, por Hans Zimmer. Não era uma música fácil de tocar no piano, mas naquela manhã eu quis tentar.

Talvez porque me lembrasse de ser corajoso.

E exigiu toda a coragem do mundo tirar a camisa de manga comprida e vestir uma regata branca que estava esquecida no armário — amarelada e apertada — pelo tanto tempo que esperei para colocá-la. Talvez dez anos. Talvez vinte. Não me lembrava mais quando a comprara.

Acho que a mantinha no armário por esperança.

De vesti-la para alguém que não fosse olhar para mim e enxergar um monstro.

Então, fechei os olhos e deixei a canção me embalar.

As teclas do piano me acompanharam como se a música fizesse parte de mim. Não precisei olhar todo o tempo para a partitura, conhecia aquela canção o suficiente, só espiei uma vez ou outra.

Sentia a presença de Nicole ao meu redor. Ela e o cheiro de seu perfume de jasmim com o frescor do café recém-preparado enquanto o crescendo atingia o ápice. Não parecia haver nada mais mágico do que isso. Com uma música que ouvira tantas vezes, pois ela despertava em mim alguma emoção, qualquer emoção, que valesse a pena. E quando a canção acabou e eu ouvi os aplausos dela, tive coragem de me virar.

Os olhos de Nicole não passearam pelas cicatrizes horríveis das minhas costas, dos meus ombros e braços. O meu peito estava protegido da queimadura, e não sofrera muitas marcas. Eu tentei cobrir o que pude com tatuagens, mas, aos meus olhos, não era natural e eu achava estranho toda vez que me olhava no espelho. Mas Nicole não demonstrou nada quando me viu.

Naquela manhã, Nicole sorriu e se sentou ao meu lado, jogando os braços ao meu redor com carinho, sem medo de me ferir. As cicatrizes não mais consumiam a minha mente com dor e agonia. Eram apenas parte de quem eu era. Claro que, de vez em quando as sentia mais sensíveis, mas não eram... não eram fisicamente dolorosas. Apenas emocionalmente. Pelas lembranças e pelo que elas tiraram de mim.

— Esse é o presente mais bonito que você poderia ter me dado, Cole. — E talvez naquela manhã Nicole estivesse mais linda do que eu jamais a vira. Seu rosto era puro brilho e os olhos estavam contendo as lágrimas. O sorriso era imenso. — Obrigada por tocar para mim.

Era o dia do aniversário dela.

Descobrira o dia quando Nicole deixara escapar. Gravei a data na minha agenda virtual, mesmo que eu sentisse que jamais ia esquecer.

Abri um sorriso e passei a mão pelos cabelos.

— Tem algum compromisso esta noite? Como ver os seus pais?

Ela negou com a cabeça.

— Eles moram no interior, e visitá-los seria complicado nesse momento, porque contei para a minha mãe a situação em que Jordan me deixou, sem deixar nenhum detalhe de fora, e embora ela parecesse entender que não preciso de ajuda, eles querem me convencer de que não precisam da casa e que devo vendê-la antes que eles morram... — Nicole pareceu chateada. — É um exagero, e se eu for para lá, vou me sentir pior.

Assenti.

— Me perdoe por ter dito que você deveria contar a eles.

— Não, foi a melhor coisa a fazer. — E então, só então, ela percorreu os meus braços e ombros, voltando para o meu rosto. — Devia ter dito que era um super-herói quando nos conhecemos.

Eu ri.

— O único super-herói que se parece comigo é o maluco do Deadpoll.

— Ele é bem gatinho. — Ela piscou e me surpreendeu pra caralho quando beijou minha bochecha. — Não tenho compromisso esta noite. Pensei em ficarmos aqui e vermos um filme. O que acha? — Ela me entregou a xícara de café e foi pegar uma para si mesma.

Nicole se recostou na bancada e levou um tempo para eu entender o que estava acontecendo.

Ela estava me olhando e era diferente de todas as outras mulheres que já me admiraram. Algumas tinham pena no olhar, como se eu fosse uma criança ferida ou um passarinho que bateu contra a janela e elas não soubessem como consertar as minhas asas. Outras, me olharam com surpresa, mas principalmente repulsa. Allison escondeu muito como se sentia em relação a mim, mas, desde o começo da nossa relação, fazíamos sexo com as luzes apagadas. Depois de um tempo, ela parou de me tocar. Allison e todas as outras me fizeram acreditar que não haveria uma vida em que uma mulher não fosse me olhar como se eu fosse uma aberração.

Mas lá estava Nicole.

Com um short branco, uma regata verde de gola francesa, os lindos pés pequenos e descalços, olhando para o homem por trás de tantas marcas. Ela traçou os meus músculos, o meu peito. Focou na tatuagem que atravessava meu tórax de uma extremidade a outra. Entreabriu a boca quando desceu para a minha barriga e as minhas coxas espaçadas, e para o volume relaxado por trás da calça de moletom. Ela voltou tão rápido quanto um foguete para os meus olhos, mas a pressa, o desespero de ter sido pega, quase a fez corar.

— Então, está combinado? — ela indagou, bebendo o café e se enfiando atrás da caneca.

Como seria? Fazer sexo com uma mulher com as luzes acesas?

Fazer as minhas mãos percorrerem o seu corpo sem que ela tivesse repulsa e nojo? Como seria sentir, sem as luvas, uma mulher molhada por mim? E sem a camisa? Beijar seu corpo e *sentir* pele na pele? Mesmo que eu tivesse perdido muito da sensibilidade pelos enxertos e cirurgias plásticas, eu sempre tive curiosidade como seria transar com uma mulher de pé, contra o vidro de uma janela, o sol nascendo. Ou numa cama de lençóis claros, tão claros que eu não teria como me esconder.

Todas as minhas imperfeições à mostra.

Ser homem, ser desejado. *Desejá-la*. Descobrir como fico quando não penso demais, apenas ajo. Quando saio dos planejamentos do meu tablet e sigo o instinto. Meu corpo imperfeito que sempre quis sentir o calor de uma mulher sem qualquer ressalva.

— Não — murmurei, rouco.

— O quê? — ela perguntou, um pouco perdida.

Não olhara para Nicole daquele jeito, não *ousara* olhá-la assim. Por tantos motivos, mas, principalmente, por imaginar que, como todas as outras, ela não me aceitaria.

Mas Nicole parecia... querer tirar a minha regata e descobrir mais.

E eu era bom em entender as pessoas, fazia isso com os meus clientes a todo momento. O suficiente para perceber que seus dedos acariciando a caneca pareciam fantasiar com o meu corpo.

— O filme não vai acontecer — falei.

A expressão de Nicole foi de decepção, como se ela não quisesse criar expectativas, mas tivesse as criado mesmo assim.

— Ah, tudo bem. Não se preocupe. Sei o quanto está ocupado.

— Não. Não é isso.

Me levantei do banco do piano, sentindo meu corpo responder àquela ideia de Nicole contra uma das paredes de vidro da mansão. Sob a luz da manhã.

As minhas manhãs com ela.

Foi como se eu tivesse passado pela jaula de uma pantera, arrastando um graveto pelas grades, provocando um ataque. Mas me contive quando parei no meio do caminho, sem saber se eu a beijaria de repente ou se arrancaria as roupas só para descobrir se a sua imaginação havia umedecido o meio de suas pernas.

— Eu preparei algo — consegui dizer. — Temos um... — *Não* era um encontro, mas não era um não *encontro.* — Lugar para ir.

— Ah, é? — Ela pareceu curiosa e interessada. O desejo foi se dissipando de seus olhos, até que ela pudesse se aproximar. Mas eu ainda sentia aquela energia, aquela sensação de ter me jogado na piscina sem poder voltar atrás. — Onde?

— É surpresa.

— O que eu visto?

— Algo... — Olhei para o seu corpo e pensei em todas as coisas que não devia. Umedeci os lábios. — Que te faça feliz.

Nicole soltou uma risada tão espontânea que chegou a cobrir a boca.

— Desculpa — pediu.

— O que foi?

— Nenhum homem jamais fez isso para mim. Quero dizer, uma surpresa. Eu sempre esperei que os meus ex fizessem, mas...

— Nunca aconteceu? — perguntei. Ela concordou com a cabeça e eu abri um sorriso. — Não sou um namorado, mas posso ser o primeiro a te surpreender.

— É. — O olhar de Nicole carregou toda a galáxia e estrelas. — Com certeza.

Nosso tempo estava contado.

E eu não queria que Nicole me visse como um cliente, mas o homem que marcou um período de transformação para ela, assim como ela me permitiu tirar as luvas e a camisa de manga comprida.

Eu queria que ela se lembrasse de mim.

— Esteja pronta às sete, tudo bem?

Ela ficou tão feliz que mal pareceu respirar.

— Obrigada, Cole.

Assenti e finalmente provei o café.

É, as manhãs eram meu momento favorito.

CAPÍTULO 25

Nicole

Meus pais quiseram planejar uma viagem até Londres para o meu aniversário, mas eu garanti a eles que iria até The Cotswolds assim que pudesse.

Eu sabia que eles estavam preocupados comigo, mas, depois que recebi a primeira comissão, a vida voltou a girar. Seria ainda melhor depois de vender as casas com as quais estava trabalhando e eu sabia que ia conseguir. Iria quitar todas as minhas dívidas e recomeçar do zero. Eles tinham certeza do quanto eu era forte e resiliente, mas acho que o coração de uma mãe e de um pai nunca se aquieta até ter cem por cento de certeza de que o filho está bem.

— Problemas? — Cole perguntou enquanto dirigia, me vendo digitar um textão no celular após termos saído do restaurante, depois de jantar.

— Não, só estou contando para os meus pais que vou ficar melhor financeiramente em breve do que jamais estive em toda a minha vida. Mas acho que eles não vão acreditar até que aconteça. — Fechei os olhos. — Eu sempre conto com o futuro como se eu não tivesse dúvida de que fosse acontecer, principalmente as coisas boas. Se eu pensar que tem chance de dar errado, ficaria ansiosa e aí sim daria tudo errado *mesmo*. Acho que tenho fé. Fé em mim. Mas talvez meus pais precisem de mais um pouco do que isso.

— Tenha paciência com eles — Cole disse, as mãos nuas no volante arrancando um sorriso da minha boca. Era impressionante como ele se esforçara para ser capaz com elas. Capaz de desenhar, tocar piano. Apesar de tudo. Era impressionante o quanto ele tinha lutado por si mesmo. — Só querem ter certeza de que ficará tudo bem. Devem estar agora pensando no que fazer para te ajudar, mesmo que não aceite ajuda.

— É, eu sei. Eles me amam e eu os amo. Só é difícil às vezes fazê-los entender que chegou o meu momento de cuidar deles, e não o contrário.

Cole assentiu.

— Acho que o verdadeiro cuidado é recíproco. É quando um dá e o outro recebe, mas também está disposto a receber quando se é dado.

Sua mão saiu do volante e eu achei que estava ficando louca.

Porque ele a colocou no meu joelho nu, por cinco segundos inteirinhos, antes de tirá-la.

Sua pele. *Ele*. Eu nunca o tinha sentido assim, a sua mão em mim, ou o meu corpo tendo tamanha consciência, mas tudo de repente ficou em suspensão e esqueceu de existir.

Eu estava me apaixonando?

— Tudo bem? — ele perguntou e acho que disse uma coisa antes, ou várias coisas, mas aqueles olhos azuis estavam em mim e o cabelo longo e castanho, preso em um coque, estava sendo pintado pela luz da lua.

E eu me lembrei de que era o meu aniversário de trinta anos. Não havia mais ninguém com quem eu quisesse estar. Mas o meu coração não podia querer construir um castelo na areia.

— Sim — respondi, e Cole parou o carro.

Na frente de um dos teatros mais prestigiados de Londres.

— A surpresa é assistirmos a uma peça? — Me virei para ele.

Cole abriu um dos seus sorrisos que estavam ficando tão fáceis de aparecer. Saímos do carro e ele assentiu.

— Quase isso.

Fiquei feliz por ter perguntado como deveria me vestir; eu ia morrer por dentro se colocasse qualquer roupa que não fosse meu vestido preto justo e básico, mas que tinha um trançado de pequenas pedras douradas nas costas nuas. Tinha completado o *look* com saltos dourados e a minha *clutch*. Os saltos machucavam, mas valiam a pena, porque era uma noite especial.

Um rapaz sorriu assim que nos avistou e Cole entregou a chave do carro para ele.

— Sr. King e srta. Bliss? — o rapaz indagou.

— Sim — Cole respondeu.

— Boa noite. — O homem alargou o sorriso. — O espetáculo os espera.

A mão de Cole tocou na base das minhas costas nuas enquanto eu caminhava mais animada do que deveria para dentro do teatro. O saguão era como um museu de história e arte; desde os lustres de cristal até os detalhes. A bilheteria estava fechada, e eu franzi a testa quando paramos diante das imensas portas de madeira que nos levaria à sala principal.

Foi quando Cole parou e apertou a minha cintura, chamando a minha atenção.

— Lily, a sua beleza está longe de depender do uso de saltos altos. Eu não quis dizer nada quando saímos de casa, porque era uma surpresa, e pedi para você vestir o que te fizesse feliz — Cole falou de forma tão gentil, que derreteu alguma coisa dentro de mim. — No entanto, não sei se os saltos foram a melhor escolha, se você já está fazendo caretas a cada passo. Sabe, já te vi fazendo *open houses* o suficiente para entender que, mesmo que te machuquem, você os usa. Eu sabia que hoje você os calçaria. Mas esse encontro não é sobre desconforto.

O rapaz que estava com a chave do carro de Cole nos seguiu até ali. E ele, em algum momento, pegou uma caixa. Eu pisquei várias vezes quando Cole tirou-a das mãos dele com um agradecimento, abriu a tampa e revelou para mim um confortável tênis branco, novo, delicado e com um par de meias ainda no pacote.

Eu nem precisava olhar para saber se era o meu número, porque era.

Espremi os lábios e encarei os olhos de Cole, azuis, lindos.

Esperançosos.

— Se achar melhor, pode calçá-los e se livrar dos saltos — Cole garantiu. — Não se preocupe, eu vi o número que calça um dia desses. Você sempre deixa os sapatos na entrada da casa para não a sujar.

— Mas as pessoas... — Levei a mão até o pescoço porque, por algum motivo, foi difícil respirar.

King abriu o melhor e mais lindo de todos os sorrisos.

— Não há ninguém além de nós.

As imensas portas de madeira se abriram. O teatro estava vazio, iluminado, com as cortinas fechadas e... explicava a razão da bilheteria estar fechada.

— Alugou para *nós*?

— Sim — ele respondeu.

— Cole...

Ele pareceu subitamente desconsertado por mim. Pelo gesto.

— Pode se sentar ali, por favor? — ele pediu.

Trêmula, Cole me indicou uma poltrona do saguão para que eu me sentasse. Assim que me sentei, ele ficou de joelhos aos meus pés. Tirou os tênis da caixa e as meias. Primeiro, tirou o salto e me livrou do desconforto. Depois, me calçou as meias quentinhas. Em seguida, os tênis, fazendo o nó nos cadarços para mim.

Abri um sorriso enorme, e quis chorar.

Porque... quando foi que passei a aceitar menos do que a gentileza de um parceiro? Quando foi que me deixei ser enganada e confiei em alguém que não era capaz de me amar com ações?

— Obrigada.

Ele assentiu e fez um suave carinho na minha panturrilha.

— Vamos. — Entregou os meus saltos para o rapaz, que desapareceu pelo saguão, muito acostumado com o ambiente.

Em vez de ele colocar a mão na minha cintura, eu segurei a dele. Entrelacei os nossos dedos e adentrei a sala principal, caminhando com o tênis novo que parecia me fazer andar sobre as nuvens.

O tapete vermelho estendido até as cadeiras de veludo, os detalhes em ouro das balaustradas e corrimões; tudo era tão lindo. A decoração das paredes e aquele teto me remetia à *Belle Époque*. Era sofisticado. Eu só tinha ido naquele teatro quando era criança, com os meus pais, mas não me lembrava da visão panorâmica do palco e nem da imensidão das paredes.

— Fiquei sabendo que aqui é o melhor lugar. — Ele me encaminhou até as escadas e nós paramos nas cadeiras que tinham vista para o centro do palco. — O que está achando da surpresa até agora?

Cole estava com um terno de três peças azul-marinho e uma camisa branca com alguns botões abertos. Ele parecia mais confortável assim, sem as luvas. Não sei se já o vira mais bonito. Os cabelos amarrados firmemente, o olhar quente e intenso, seu maxilar marcado por uma barba de um alguns dias. Sério, ele era muito lindo. *Que inferno.*

— Ainda estou lutando para acreditar que isso está acontecendo — murmurei.

— Está tão feliz assim?

— Cole, olhe para mim — pedi e ele olhou. — Você fez isso por mim. Se estou emocionada, é por sua causa. É surreal que tenha pensado no meu aniversário dessa forma. Que tenha se preocupado o suficiente para isso.

Ele fez uma pausa e desviou o olhar do meu.

— Pensei em chamar o Tim e a Vera, mas achei que seria melhor se fosse algo que pudesse aproveitar sozinha, por isso aluguei o teatro. — Ele fez uma pausa. — A surpresa não é nada. Penso que, a essa altura, somos mais do que conhecidos.

Amigos?

Eu não ia perguntar, e não perguntei.

— Qual peça vamos assistir? — por fim questionei.

— Em alguns instantes. — Ele ajustou o relógio em seu pulso. — Precisamente, em dois minutos.

— E o que faremos até lá? — Eu sorri.

— Descobrimos mais sobre o outro. — Ele se virou um pouco mais para mim. — Cor favorita?

— Branco. — Fiz uma pausa. — Sobremesa que mais ama?

— Cheesecake. — Ele sorriu. — Lugar dos sonhos para visitar?

— No momento, a Nova Zelândia. — Dei uma piscadinha e ele riu. — Memória mais doce da infância?

— Tocar piano com a minha mãe enquanto meu pai fazia panquecas para o café da manhã. — Seu olhar pareceu nostálgico e doce. — Esporte favorito?

— Basquete. — Pensei um pouco. — Já fez algo que se arrependeu?

— Dormir com mulheres que pediam que eu apagasse as luzes. — O maxilar de Cole pareceu tenso por um segundo ou dois. — Sorvete favorito?

— Eu sinto muito.

Ele negou com a cabeça.

— Qual é a sua resposta?

— Chocomenta — respondi.

— Meu Deus, isso é horrível — ele resmungou.

Minha gargalhada pareceu voar por todo o teatro.

— Um momento que não desejaria esquecer? — perguntei.

Ele semicerrou os olhos.

— O agora.

E foi como se tivéssemos cronometrado. As luzes reduziram e o som das cortinas se abrindo vieram, mas estava tão absorta naqueles olhos azuis que não quis olhar para o palco. Piorou quando Cole segurou o meu queixo entre o polegar e o indicador, desviando sua atenção para a minha boca.

A gente pensa que nunca vai sentir *tanto* na vida, até um momento como aquele acontecer.

— Acho que a atração está no palco. — Ele sorriu.

Não estava, mas eu sabia que seria errado passar toda a peça encarando-o. Então, tive que me forçar a seguir o movimento delicado da sua mão e me direcionar para o ponto certo.

Assim que vi o que era, senti o meu corpo inteiro amolecer.

O palco estavam repleto de pequenas luzes douradas e coloridas, que imitavam os pisca-piscas natalinos. Havia pinheiros ao fundo, cobertos de neve. E na frente do cenário, uma orquestra.

Uma orquestra inteira.

Os violinos, violoncelos, uma harpa, as flautas, o imenso piano e... inúmeros instrumentos que eu jamais saberia nomear.

— Para o seu aniversário, pensei em te levar para uma experiência do que mais ama. Ou duas das coisas que sei que ama. — Ele fez uma pausa. — O Natal no dia do seu aniversário.

— Cole...

— Essa orquestra só toca as músicas da banda Sleeping At Last. Eu os vi uma vez e me perguntei se eles faziam apresentações privadas. Encontrei o contato deles e... aqui estamos. A parte curiosa é que eles só se apresentam uma vez ao ano, geralmente no *Natal*. O que é de um senso de humor incrível, porque estou recriando esse feriado só pra você.

Eu queria beijá-lo.

Não, eu queria arrancar as roupas daquele homem e agradecer com o meu corpo, mas antes que eu pudesse fazer isso ou qualquer coisa, o coro começou a cantar.

September 15, 2017: Cassini — The Grand Finale era a minha favorita da banda, e ela soou pelo teatro, como se eu estivesse diante de anjos. Todos os pelos do meu braço se ergueram e eu me levantei. Eu me levantei assim que o violoncelo começou. Levei as mãos para o rosto e as lágrimas se misturaram com a minha risada, porque era sem dúvida o espetáculo mais lindo que eu já vira na minha vida.

Ele envolveu o braço na minha cintura e me surpreendeu ao me beijar no rosto.

Mas então, se afastou.

No momento do ápice das cordas, Cole saiu de perto de mim.

Ele caminhou até o palco e fez um sinal para o maestro. Cole foi até o piano e se sentou na banqueta. No momento certo, seus dedos deslizaram pelas teclas e ele fechou os olhos, sentindo a música. O violino o acompanhou e me arrepiei inteira de emoção.

— Feliz aniversário, Lily — ele disse ao microfone. — Que você seja feliz todos os dias, que se lembre que ciclos ruins se encerram e que sempre se lembre de que pode realizar alguns pequenos milagres para si mesma. Se lembre disso... e se lembre de mim, mesmo quando eu não estiver mais aqui. Feliz vida nova, srta. Bliss.

Aquele aniversário era o início do meu futuro; ele estava diante de mim e era agridoce. Ele queria que eu me lembrasse das lições que aprendi com ele. E que eu pudesse *me* fazer feliz, em primeiro lugar.

Mas ele não estaria comigo.

Então, quando Cole desceu as escadas depois da primeira música e veio ao meu encontro, joguei os braços ao redor dele e agradeci muitas vezes, infinitas talvez, todas as vezes que eu podia. E doeu, doeu tanto, porque eu não queria perdê-lo.

Tive que lutar muito para me afastar. E Cole pareceu batalhar diante da mesma angústia que a minha. Suas mãos permaneceram na minha cintura enquanto a música ainda nos embalava. Ele apertou o meu vestido, um pouco da minha pele, seus dedos se esgueirando pela peça, me sentindo.

A testa de Cole descansou na minha e seu nariz brincou com a ponta do meu, de um lado para o outro. Seu perfume era perfeito, aquele homem inteiro era perfeito como era. E mesmo que eu tivesse que aceitar que ele ia embora, e processar isso emocionalmente, eu não podia mais impedir o meu coração que, sem explicação alguma, se lançou num desconhecido depois de ter sido machucado por alguém que nunca o mereceu. Mas estávamos ali, naquele momento, sob a luz de um Natal fora de época e sob o som de uma orquestra maravilhosa.

Nos braços um do outro.

— Srta. Bliss — ele murmurou.

— Sim?

— Sou quinze anos mais velho do que você.

— Catorze — eu sussurrei, quase sentindo os seus lábios. *Quase, tão quase.* — Só catorze.

— Estou indo embora.

Merda, como doía.

— Eu sei. — Fiz uma pausa. — E se fôssemos Cole e Lily?

— Como? — ele perguntou, rouco.

Aquele homem me desejava. Eu pude sentir pela maneira que seu corpo estava quente, como ele me puxara para perto, quase me amassando contra os seus músculos.

Umedeci os lábios e respirei fundo.

— O sr. King e a srta. Bliss precisam vender a casa e se despedir, certo? — perguntei baixinho.

— Sim.

— Mas Cole e Lily estão em um teatro, no dia do aniversário da Lily, em um Natal que não existe, ouvindo a orquestra sinfônica de sua banda favorita.

Ele assentiu.

— Me deixe beijá-lo como se não fosse embora, Cole — adicionei.

— Como se fôssemos só Lily e Cole? — ele perguntou, levando a sua mão para a minha nuca, trazendo-me para perto de sua boca.

Seus lábios rasparam nos meus e juro que pulamos para o Ano-Novo.

— Isso, Cole e Lily — murmurei depressa.

— Merda, Nicole.

Seu aperto na minha nuca ficou mais suave, quase como se ele estivesse desistindo, tão frouxo que achei que ele não continuaria. Seu rosto se afastou e traçou as linhas do meu semblante como ele fazia com as suas casas; cheio de dúvidas, autocrítica e relutância. Eu conseguia ver os pensamentos dele mais rápidos do que a luz, buscando todos os motivos que o impediriam de avançar, mas Cole não pareceu encontrá-los naquele segundo.

Ele não achou nada porque senti sua respiração rápida antes de seus lábios, capazes de desmontar distâncias, encontrarem os meus.

Agarrei seus ombros enquanto ficava na ponta dos pés para ter tudo o que ele pudesse me dar.

Se fosse o único beijo de uma vida, eu precisava *sentir*.

Cole me puxou para mais perto, a mão que segurava minha cintura viajou para o meu quadril por dentro do vestido, e o polegar de sua outra mão afundou suavemente a minha bochecha, entreabrindo meus lábios.

Meu Deus.

Sua boca era tão macia e quente. E quando Cole começou a mover os lábios, eu achei que morreria. Acabei soltando um gemido assim que os meu mamilos, na ausência de um sutiã, roçaram em seu tórax. Duros, exigentes, pedindo por algo que começou a pulsar entre as minhas pernas e umedecer a calcinha. Cole pareceu sentir os bicos pontudos, porque desceu a sua mão para a minha bunda nua por dentro da seda, sentindo a calcinha na ponta de seus dedos, roçando-me contra ele, me fazendo provar a resposta do seu corpo a mim.

Grosso. Grande. Pronto. Eu poderia tê-lo dentro de mim se quisesse e, por favor, *eu queria tanto*. Queria ele e aquela boca em todos os lugares. Foi quando senti a sua língua o suficiente para terminar de acabar comigo, me fazendo perceber que nenhum homem que beijei poderia se comparar a ele, porque Cole não apenas me beijava, ele se apropriava de mim.

Ele rodou a ponta da língua ao redor da minha, me puxando para si, e gemeu rouco e grave dentro da minha boca, exigindo tudo o que eu quisesse dar. Mordeu meu lábio inferior, apenas para me provocar com mais de sua língua deliciosa, e o vai e vem de seu corpo. Minhas mãos foram parar nos fios macios do seu cabelo, trazendo-o ainda mais perto.

Era aquilo, uma combustão instantânea.

Eu apenas tive o instinto de não parar de beijá-lo, e não o largar.

Naquele segundo, me perguntei como as revoluções começavam, se eram com um passo como esse. Uma luta contra a ordem das coisas, uma vontade de fazer diferente e de mudar o mundo, porque o nosso beijo pareceu um ato de resistência contra a despedida, o tempo, a distância e o que o destino nos fez ser.

— Não pare de me beijar — pedi, assim que ele reduziu o ritmo.

— O quê? — Cole murmurou contra os meus lábios.

Quando ele me afastou, eu não aguentei.

Era como se eu já ouvisse, antes do tempo, o eco do nosso adeus.

— Acredito que encontrei quem você estava buscando, Cole. — Segurei as lágrimas enquanto sentia os seus lábios. — Acho que temos o comprador para a mansão principal de Kensington.

CAPÍTULO 26

King

O problema dos erros é que às vezes eles são os melhores momentos de sua vida.

E, nesses momentos, saber o que é errado não é suficiente para te parar.

Eu tinha consciência total. E provavelmente era um filho da mãe por saber tão bem o que custaria a Nicole se eu fizesse mais do que beijá-la.

Ela tinha acabado de se recuperar de uma decepção amorosa e ia entrar em outra por minha causa, se ela se permitisse nutrir sentimentos por mim, porque infelizmente nada me impediria de ir para a Nova Zelândia.

E era tão errado que era melhor nem começar a enumerar todas as razões pelas quais eu *não* deveria fazer aquilo.

Mas quando Nicole mencionou o comprador e pediu para eu não parar de beijá-la, cada célula do meu corpo se tornou consciente do tempo.

O tempo que *não* tínhamos.

A orquestra ficou para trás e eu subi as escadas com Nicole, na escuridão do teatro, levando-a até o camarote e fechando as cortinas para nos isolar. Eu não sabia o que faria com ela, mas não a tocaria. Não assim. Não avançaria o que nós dois não estávamos prontos para viver, mas eu poderia... beijá-la.

Beijá-la em todos os lugares.

E foi isso o que fiz, coloquei a mão na sua nuca e ergui uma de suas pernas ao redor do meu quadril. Contra a parede, longe do olhar da orquestra ou dos funcionários do teatro, pressionei os lábios contra os dela e a beijei de verdade. Girei a língua ao redor da sua, provando aquele sabor feminino e tão delicado, sentindo Nicole se esfregar em mim e suas mãos chegarem ao espaço entre nós, abrindo os botões do meu colete, afrouxando a gravata e então abrindo os botões da camisa. Sem nunca parar de beijá-la, senti a pele do seu quadril com uma das mãos, avançando mais e mais, a linha fina da sua calcinha me fazendo rosnar.

Porque, porra, o que é proibido é realmente tão, tão gostoso.

Meu corpo estava pronto e, embora eu quisesse ignorá-lo, parecia implorar para que eu continuasse até estar dentro dela.

Fazia tanto, tanto tempo.

Na verdade, era como se eu nunca tivesse vivido isso, porque com Nicole era diferente.

Ela quis arrancar minhas roupas e quando começou a esfregar sua linda boceta contra o meu pau, mesmo que estivéssemos de roupas, eu quase perdi a porra da cabeça.

Com ela era diferente.

Por quê?

Desci os beijos pelo seu queixo, viajando pelo maxilar, chupando devagar o lóbulo da sua orelha até alcançar o pescoço. Nicole gemeu assim que eu lambi a sua jugular, sentindo o pulsar rápido, até descer para o espaço entre o pescoço e o ombro, onde deixei uma suave mordida. Ela agarrou meus bíceps e esfregou-se em mim um pouco mais.

Arfando, gemendo, me pedindo dentro dela.

Ofegante, Nicole tocou as laterais do meu rosto e me fez olhá-la. Ela umedeceu os lábios, como se quisesse manter o meu sabor ali, e se afastou por um segundo; seu olhar marejado e um pouco perdido, como se ela não conseguisse pensar direito.

— Você vai parar?

— Não vou — prometi.

— Eu preciso, Cole. Preciso de você dentro de mim. Nem que seja apenas uma vez.

— Você sabe que não posso.

— E então?

Beijei sua boca em resposta, beijei-a a ponto de doer os nossos lábios, prendendo as mãos dela na parede, acima de sua cabeça. Nicole gemeu e pareceu me beijar com ainda mais vontade, percebendo que teríamos apenas uma prévia do que poderíamos ser.

Seríamos a metade de algo que desejamos por inteiro.

Mas, enquanto o mundo entre nós ficava tão pequeno e irrisório, descobri que existem coisas que valem a pena. Naquele momento em que eu sugava o lábio inferior de Nicole para a minha boca, e puxava a saia do seu vestido para cima, abrindo espaço entre nós o suficiente para eu afastar a calcinha e sentir os lábios de sua boceta molhados por mim, eu soube que valeria a pena. *Por nós dois.* Mesmo que nos dilacerássemos no processo, eu queria. Queria viver o amor, nem que tudo o que a vida me desse fosse a metade do que todas as outras pessoas têm.

Nicole gritou, sua voz abafada pelo som do violoncelo, assim que toquei seu clitóris inchado e macio. *Tão, tão molhada.* Ela abriu ainda mais as pernas para mim quando eu senti os seus lábios, espaçando-os para conseguir pegar todo aquele mel para mim. Agarrando os meus ombros, Nicole me olhou e pareceu mais perdida na luxúria do que na dor, o coração dela provavelmente batendo tão insano quanto o meu.

E ela ia dizer alguma coisa, *qualquer coisa,* mas eu a peguei e a encostei em uma das poltronas do camarote, me ajoelhei aos seus pés e segurei cada uma de suas coxas, descansando a parte de trás delas no apoio de braço.

As luzes bruxuleantes do teatro dançaram pela sua umidade, pela sua boceta tão pequena e perfeita. E as minhas mãos, marcadas pela vida antes dela, que começaram a rodar aquele ponto minúsculo, pareceram erradas ali.

Tudo parecia errado enquanto dava prazer a Nicole porque, novamente, me lembrei de que ela era quinze anos mais nova — catorze —, com uma vida pela frente, com amores para viver melhores do que um que partiria o seu coração.

Mas calei a minha própria mente quando me inclinei sobre Nicole, chegando com meus lábios em sua boca, beijando-a enquanto eu rodava um dedo em seu clitóris. Ela me agradeceu gemendo, passando a mão pela minha pele, e pelos espaços que conseguiu abrir os botões, o que de alguma forma parecia excitá-la ainda mais.

Me sentir.

Com o quadril de encontro à minha mão, Nicole começou a ir e vir e eu a beijei ainda mais profundamente. Senti o veludo de sua língua, o céu áspero de sua boca, o desejo de uma mulher na ponta dos meus dedos, e ela mordeu o meu lábio inferior quando eu fiz os movimentos certos.

— Baixe esse vestido pra mim — pedi, contra seus lábios inchados dos meus beijos.

— O quê?

— As alças. Quero te beijar em todos os lugares.

— Cole... *meu Deus.*

Ela fez o que pedi e tive que me afastar por dois segundos só para *vê-la.* O traçado de seus seios, o formato, os mamilos duros e as auréolas pequenas.

Tudo era tão Nicole.

Eu queria desenhá-la.

Queria desenhá-la nua mesmo que minha especialidade não fosse o corpo humano. Só para passar horas observando-a e adorando-a com os meus lápis e amando-a com os meus olhos.

Me abaixei para os seus mamilos e os abocanhei. Nicole soltou meus cabelos e, como se fosse um desejo antigo, agarrou-os, passando os dedos pelos fios, me trazendo mais para si. Ela me deixou sugar os seus bicos, senti-los, lambê-los. E ficou mais ofegante, gemendo com mais força, à medida que eu provocava o seu clitóris e a sentia escorregar prazer em meus dedos. Descendo os beijos entre os seus seios, por sua barriga, dando uma suave mordida no seu quadril, e depois beijando-a mais e mais para baixo, até alcançar o seu ponto túrgido e macio, provocando-o com a língua, para cima e para baixo.

Nicole se inquietou na poltrona.

Senti um impulso no meu pau, como se precisasse de mais do que aquilo, mas o ignorei. A rigidez, a umidade na glande, a vontade de me afundar naquela boceta bem devagarzinho e com paciência. Ignorei tudo porque naquela noite eu tinha que dar o que Nicole merecia.

Um banquete, música de qualidade e ser o meu jantar.

Nicole estremeceu quando coloquei suas pernas nos meus ombros e umedeci a boca, espaçando os lábios molhados de sua boceta para atingir todas as terminações nervosas certas. Talvez o meu erro, naquele momento, tenha sido olhar em seus olhos e não mais evitá-los, porque, merda, Nicole era linda.

Linda de um jeito que doía olhar, que fez parecer pecado desejá-la.

Ela era deliciosa, e talvez eu ficasse viciado nela, no cheiro dela, no sabor dela, no calor dela. E me tocaria várias e várias vezes pensando naquele momento, porque quando coloquei um dos meus dedos dentro do seu calor e acelerei a língua, ela gemeu como se eu a estivesse desmontando.

O que ninguém diz sobre um homem aos pedaços como eu é que sei mais do que os que sempre tiveram tudo.

Então, Nicole tremeu e sua boceta começou a apertar o meu dedo e soltá-lo várias e várias vezes, enquanto ela gozava. Agarrou os próprios seios e fez questão de olhar para mim enquanto eu tirava tudo; cada imensa e minúscula onda do seu prazer, uma vez e então depois duas, seguidas e mais seguidas vezes, fazendo-a apertar suas coxas ao redor do meu rosto e dançar contra a minha língua. Nicole revirou os olhos e vibrou em mim, agarrando meu cabelo e me olhando como se quisesse guardar para sempre aquele momento.

Mas então, depois de alguns segundos, como se não estivesse satisfeita, ela me puxou e me beijou, e começou a querer tirar mais as minhas roupas.

— Preciso de você — murmurou.

Peguei sua mão e levei até os meus lábios, separando nossas bocas. Beijei a palma de sua mão, então o dorso, a ponta de seus dedos, seu pulso... até ter coragem de olhá-la.

— Não.

— Você precisa de mim — ela disse, porque era óbvia a minha ereção.

Suspirei fundo.

— É, eu preciso. Mas também preciso que nós dois sobrevivamos um ao outro.

Um olhar de compreensão passou por seus olhos; então tocou o meu rosto e abriu um sorriso fraco.

— Entendo. — Ela se inclinou e beijou os meus lábios. — Posso então te pedir uma coisa?

— Sim.

— Acha que pode me tocar antes de ir embora?

Engoli em seco e não respondi. Nicole entendeu que me custaria muito, muito dizer em voz alta. Lutar contra tudo aquilo e ceder antes de ir. Seria o pior dos presentes de despedida, talvez mais para mim do que para Nicole. Eu seria apenas um cara que ela conheceu, e ela seria a única mulher que me veria sob a luz.

— Pense nisso. — Ela sorriu. — Acho que podemos ter um *pouquinho* de amor antes de você partir.

Não era como se ela estivesse dizendo que me amava ou que estava apaixonada por mim. Estávamos brincando com a condição que nos colocamos, com o destino que a vida nos apresentou.

— Nos apaixonarmos pela metade? — indaguei, sorrindo, acariciando o seu rosto corado e suado.

— É, eu acho que podemos ser a metade do amor eterno. — Ela deu de ombros. — Ou algo assim.

— Para sermos a metade do amor eterno, primeiro precisamos da metade do infinito — pontuei.

— Parece muita coisa.

— É, e o nosso tempo é curto — falei, tentando ser leve.

— Ah, não importa. — Nicole deu de ombros. — O para sempre é questão de perspectiva mesmo.

— Considero que meus pais se amaram para sempre, mesmo com apenas uma década de casados.

— Viu? — Ela sorriu. — Não temos cinco anos, que seria a metade da eternidade dos seus pais, mas temos cinquenta minutos ou algo assim.

— Pode ser.

— Melhor do que nada, né?

— Na verdade, Nicole, é o melhor de tudo. — Abri um sorriso. — Agora deixe-me beijá-la mais um pouco até os nossos cinquenta minutos acabarem.

CAPÍTULO 27

Nicole

— Tem algo para me contar? — minha mãe perguntou ao telefone.

— Como assim?

— O que *está acontecendo*, Nicole? — Ela deu a bronca falando baixinho, quase como se não quisesse que meu pai ouvisse.

— Nada.

Ela exalou tão fundo que sua respiração quase chegou em mim.

— Há algumas ligações, você me contou tudo o sobre aquele desgraçado do Jordan.

— Sim.

— E que agora seu apartamento está em reforma, que está morando com esse cliente, esse *homem* que nem conhecemos, em vez de vir para a nossa casa. Mas parece que ele está te ajudando.

— Sim.

— Você também me contou que em breve venderá a casa dele e então ele irá embora. Para a *Nova Zelândia*. — Ela frisou o país como se quisesse me fazer entender o problema. — E que ele te protegeu do Jordan, te deu um lugar para ficar. Comprou as comidas que você gosta, foi gentil com você.

— E então?

— Eu que te pergunto, minha filha. *E então?* Esse homem saiu da gentileza e fechou um teatro para o seu aniversário. Ele contratou uma orquestra inteira só para você. E eu te pergunto, de novo, o que está acontecendo? Porque estou falando e nem parece que você está me ouvindo.

— Mãe...

— Você está apaixonada.

Congelei na hora e então tentei respirar fundo, falhando, porque quase engasguei.

— Foi uma noite linda. — Aquela frase, dita pela minha boca como se eu tivesse que ultrapassar mil camadas de devaneio para poder dizê-la, pareceu me tirar do piloto automático. — Mãe, preciso ir, posso te ligar mais tarde? Não se importa?

Ela ponderou um pouco e, como me conhecia, sabia que eu precisava de um tempo para pensar.

— Pode, filha.

— Acho que vou fazer uma visitinha em breve, tudo bem? — adicionei.

— Que bom, meu amor! — Felicidade tinha voz, e era a da minha mãe. — Venha, venha! Só me avise o dia, porque vou preparar aquela torta de carne com queijo que você adora.

— Te amo, mãe — murmurei.

Ela suspirou fundo.

— Sempre, minha Nicole.

Me joguei na cama e fechei os olhos.

Na noite passada, Cole não parou de me beijar e continuou me beijando por cinquenta minutos que duraram cinquenta vidas. Seus lábios, seu corpo, a sensação de sua pele, de seus dedos me tocando foram o paraíso.

As coisas que dissemos... a impressão era que nunca tinham sido ditas por nós. Como uma falha dimensional de uma nova realidade.

Saí do camarote tonta e tive que ir ao banheiro por alguns minutos para corrigir o caos que Cole me causou. Quando o procurei, ele estava no assento que havia escolhido para nós e eu me sentei ao seu lado como se nada tivesse acontecido.

Bebemos champanhe e ficamos em completo silêncio, enquanto eu me agarrava a nota atrás de nota, melodia a melodia, para não ter que perguntar a ele a exata coisa que minha mãe disse ao telefone.

E então?

A pergunta me acompanhou de volta para casa por todo o tempo dentro daquele carro com o perfume de Cole. Ficou comigo enquanto observava suas mãos nuas no volante, sem nunca descerem da direção para tocarem minha perna. Fui carregada pelo silêncio que parecia nos empurrar para longe um do outro como se não soubéssemos o que fazer em seguida.

Permaneceu quando cheguei na mansão, coloquei as chaves no aparador e descalcei os tênis novos. Soou como uma sirene aos meus ouvidos quando Cole se aproximou, tocou meu rosto e beijou minha testa, murmurando um boa-noite.

Amarrou o meu coração, puxando-o apertado, no momento em que cheguei ao meu quarto, aquela decoração impecável rosa-chá com detalhes em bege e dourado que, de alguma forma, me remetiam ao gosto pessoal de Cole.

E terminou de me foder quando encontrei, sobre a cama, trinta pacotes e uma carta.

Nicole,

Escolhi 30 presentes para os seus 30 anos de vida.

Feliz aniversário, linda.

Espero que saiba que cada órbita completa da Terra ao redor do Sol desde que você nasceu foram as mais especiais desde que o mundo virou mundo.

Sinceramente,

Cole

Abri todos os pacotes. Alguns eram grandes, outros pequenos. Outros médios. Todos embrulhados com papéis coloridos e festivos, laços exagerados e aroma de loja cara. Ganhei joias Tiffany & Co — pulseiras de ouro, brincos e colares. Alguns vestidos, pares de sapatos novos. Itens para cuidados pessoais, como sabonetes de luxo, creme para o corpo e shampoos. Ele me deu alguns livros sobre corretagem de imóveis e Londres, além de um mais que especial sobre a arquitetura da cidade em que meus pais moravam.

Ele também me deu o novo disco de vinil do Sleeping At Last, que eu abracei por longos minutos.

Mas então, subitamente, guardei tudo depressa no armário e fechei a porta, como se isso fosse me distanciar do problema.

Eu falei para ele que poderíamos durar aqueles cinquenta minutos.

Eu *pedi* para ele me tocar antes de partir.

Mas depois de senti-lo, eu queria mais.

O problema é que aquele foi o melhor beijo da minha vida e o melhor orgasmo. Cole não ia ser uma coisinha rápida e um caso, ele ia ser algo muito maior e já estava se tornando algo muito maior, para ser sincera.

Eu estava apavorada.

Porque tinha marcado um encontro de Cole com o sr. Dupont, o homem para o qual sentia que valeria a pena vender a mansão de Kensington, para a tarde do dia seguinte ao meu aniversário.

E eu tinha que ser profissional e fingir que tudo estava bem, mesmo que não estivesse. Eu não ia poder fugir do Cole só porque ele tinha planos em outro país e só porque eu era uma idiota que não sabia lidar com um sexo oral inesquecível no teatro mais prestigiado de Londres.

Eu *ainda* precisava vender a casa e *ainda* precisava me despedir de King, porque ninguém planeja conhecer um homem incrível depois que um ex filha da puta rouba o seu dinheiro.

Ninguém espera que isso aconteça.

Só... *acontece.*

E eu tinha que aceitar que *aquele* homem não ia ser meu, e que eu precisava, sim, vender a casa. Ainda tinha dívidas. Nossa vida não podia parar só porque esbarramos um no outro.

Certo?

Claro que sim.

Mas eu precisava de um tempo.

Peguei o celular e digitei a primeira coisa que me veio à cabeça.

Eu: Mãe, estou indo para The Cotswolds neste final de semana.

— Sr. Dupont, este é o sr. King. Sr. King, conheça o sr. Dupont — falei, cruzando os braços na frente dos seios, sem olhar para Cole.

Acho que nunca, de forma consciente, evitei tanto olhar para o rosto de alguém. Mas estávamos em público, e Cole estava lindo. Não o tipo de lindo que você encontra no Tinder. O tipo de lindo que fotógrafos profissionais desmaiam quando encontram. O tipo de *lindo* que todas as mulheres, em um raio de dez metros, não conseguiam parar de olhar.

King usava uma camisa de linho verde, da cor dos meus olhos e os cabelos soltos. Ele estava sem as luvas, com as mangas puxadas até os cotovelos por causa do vislumbre do sol que tivemos em Londres. As mulheres olhavam para Cole. Não com repulsa ou curiosidade, mas como se a confiança dele em usar as mangas dobradas e as mãos nuas fosse ainda mais atraente do que se ele as estivesse escondendo.

É claro que ele não percebeu.

Porque seus olhos estavam em mim, talvez se perguntando por que eu escolhera me sentar ao lado do sr. Dupont ao invés de ao lado dele.

— Sr. King — ele falou o nome de Cole com um sotaque adorável. — Me chamo Dupont. Auguste Dupont. Por favor, me chame apenas de Auguste, *oui*?

O local escolhido pelo sr. Dupont era uma cafeteria clássica francesa. A mais movimentada de Londres, e com tantas mulheres por metro quadrado que fiquei me perguntando se a grande maioria dos franceses, não importava a idade, gostavam de ambientes cercados de... *l'amour.*

Cole estendeu a mão e Dupont a pegou.

— *Parfait. Enchanté. Avant de commencer, j'aimerais savoir si tu préfères qu'on parle en français ou en anglais?*

Tudo bem, Cole conseguiu me fazer olhá-lo.

Ele falava francês?

Não do tipo eu-sei-falar-bom-dia, mas falo-francês-de-um-jeito-sexy que faz uma mulher se perguntar se ainda existe algum traço de dignidade ao cair no flerte por causa do idioma. Isso pareceu também derreter o coração de Dupont, porque ele segurou a mão de Cole com muito, muito carinho e então abriu um largo sorriso.

— Podemos falar em inglês — Dupont garantiu e, em seguida, deu uma risada. — Estou na *Inglatérre* há mais de vinte anos, mas é inevitável não me surpreender quando encontro alguém que fala a minha língua.

— Minha avó falava francês e foi bem rigorosa quanto a eu aprender o idioma. — Cole sorriu.

Ele *sorriu*. Para um possível *comprador*.

— Ah, *fantastique*! — Auguste riu e, em seguida, começou a tossir.

Ele pegou um lenço de dentro do terno e cobriu a boca, tomando um longo tempo para se recuperar. Eu e Cole trocamos olhares e eu vi o músculo do seu maxilar dar um salto enquanto ele descia para os meus lábios e, então, para o suave decote entre os meus seios. Ele se remexeu na cadeira e voltou a olhar para Dupont.

— Tive sorte de estar zanzando pelas redes sociais em uma madrugada de insônia. Foi o destino que me permitiu ver o anúncio da srta. Bliss. Demorei um tempo para entender como poderia ligar para ela, e onde estava o número de seu telefone, mas a encontrei. Sabe, aprendi a mexer nos aplicativos há uns três anos e ainda é difícil.

Ele dobrou o lenço e o guardou de volta, soltando uma leve risada, com outra tosse. Mais leve dessa vez.

— Foi paixão à primeira vista, sr. King, ainda mais depois de ver tudo o que você construiu. Quando conversei com a srta. Bliss, compreendi o sentido da beleza da mansão de Kensington. Ela disse que o proprietário a construíra inspirado pelo sonho do pai. O senhor a criou a partir de um esboço que seu pai desenhou. Ambos arquitetos, ligados por uma paixão única e pelo sangue. Com suas mãos e seu coração, King, o senhor a fez. Se me permite dizer, a casa não vale milhões, ela *não tem* preço. Ela poderia valer trinta, quarenta milhões e ainda assim seria pouco. Porque eu consigo entender o que é construir algo para a família.

Ele pegou nas mãos de King de novo, e Cole pareceu se surpreender.

— São seis quartos amplos para crianças e adultos e a arquitetura é incrível, desde a disposição do espaço até a decoração. No jardim, dá para colocar todos os tipos de brinquedos e também há espaço suficiente para adaptar uma área de lazer para os adultos, com churrasqueira para festas e uma namoradeira para a privacidade do casal. Mas além da descrição óbvia, o senhor escolheu cores delicadas e suaves, em tons pastel, para a casa parecer um lar para qualquer pessoa que tivesse um pouco de sensibilidade. E fez tudo isso por puro talento e amor. — O sr. Dupont soltou as mãos de King e pareceu emocionado quando me olhou. — Essa casa, eu a quero. Não importa o preço que me pedirem, eu a quero.

— Posso fazer uma pergunta? — Cole olhou para o sr. Auguste e pareceu fascinado por um momento.

— Aos meus oitenta e um anos, filho, pode perguntar o que quiser.

— Esta casa é para a sua família?

Auguste assentiu.

— É a herança que eu quero deixar para eles. Ao menos uma parte. A mansão em que moro é velha, sem futuro, apesar de ter muita alma e histórias para contar. Não quero que fiquem relembrando minha presença depois que eu morrer. É mórbido e parece que a pessoa nunca se foi. Quero que eles tenham um recomeço e sejam felizes. — Ele fez uma pausa. — Os médicos me deram um ano. Tenho câncer no pulmão, estágio IV.

Lancei um olhar para Cole, sentindo um nó se formar na garganta mesmo já sabendo de toda a história, me perguntando se era esse tipo de amor que Cole queria que habitasse as paredes de Kensington.

Eu não tinha dúvida.

Porque era o tipo de amor que faz uma pessoa, aos oitenta e um anos, sair do conforto do lar para resolver a burocracia do futuro de quem mais ama antes de partir. O tipo de amor que entende que, quando a pessoa morrer, os entes que ela mais ama no mundo vão sofrer. O tipo de amor que faz a pessoa desejar que suas pessoas amadas sigam em frente.

— Eles sabem? — Cole engoliu em seco.

— Saberão quando eu comprar a casa. — Auguste sorriu. — Parece que nós dois temos pressa, sr. King. O senhor, para ir para a Nova Zelândia, como a srta. Bliss me contou. E eu, bem, tenho pressa para resolver tudo antes de descansar.

King assentiu e me lançou outro olhar. Cheio de... alguma coisa que não pude entender. O azul de sua íris pareceu ainda mais azul e o maxilar estava tão tenso que eu não sabia o que ele estava sentindo. Raiva? Dor? Surpresa? Choque?

— Se quiser, pode levar a sua família para nos visitar esta semana — Cole falou.

Auguste assentiu.

— Vamos conversar sobre a burocracia depois. — O sr. Dupont deu a impressão, por um momento, que estava com dificuldade para se levantar, e eu e King prontamente nos levantamos para ajudá-lo. Ele riu e, em seguida, teve outra crise de tosse.

Percebi, com muita dor, que seu lenço era vermelho para disfarçar o sangue.

— O senhor veio de carro? — King perguntou.

— De táxi. Eu não quis fazer muito alarde e chamar o motorista. — Ele deu de ombros assim que ficou bem o bastante para ficar em pé por si mesmo.

— Vou te levar até a sua casa. — Ouvi a voz masculina e grave de Cole, aquele timbre que não aceitava discussões.

— *Stupéfiant!* Será ótimo ter um pouco mais da companhia de vocês. — Ele fez uma pausa e então sorriu. — A propósito, não sabia que eram um casal.

Era uma situação extraordinária e tragicamente linda, mas, naquele instante e por um segundo, eu até me esqueci da venda da casa.

— Não somos — eu disse.

— Ah. — Ele riu. — *Pardon.* Fui casado por quarenta e quatro anos e eu olhava minha esposa dessa maneira. Mas devo ter me enganado. Bem, vamos, vamos. Não quero tomar o tempo de vocês.

Ele saiu na nossa frente, parecendo mais saudável do que nunca. King ficou para trás comigo e tocou suavemente a minha cintura.

— É ele, Nicole — afirmou, sem acrescentar mais nada, caminhando a passos largos para longe da cafeteria, alcançando Dupont.

Naquele segundo sozinha, levei a mão até o coração, que bateu com dor, me perguntando como eu poderia me sentir tão feliz e tão miserável ao mesmo tempo.

CAPÍTULO 28

King

Não é de se admirar que Nicole estivesse estranha depois da surpresa no teatro, aquele sexo oral que mais se assemelhou a um meteoro prestes a atingir o planeta e, assim que ela chegou em casa, os trinta presentes acompanhados de um bilhete *um pouco* emotivo.

Eu tinha exagerado.

Exagerei demais para um cara que não tinha intenção alguma de permanecer. *Que merda eu estava fazendo? E aquela conversa maluca do Tim? Por que eu ia continuar confundindo a Nicole se estava com a passagem comprada para Queenstown?*

Eu ia embora, porra.

— O apartamento da menina está pronto, Cole — Tim disse, entrando no meu escritório de repente. — Consertaram o encanamento e ainda acharam uma falha na fiação elétrica, que foi consertada também. Repintaram as paredes e deram um trato na decoração, mantendo o estilo dela, claro. Como você pediu. — Tim se aproximou e me mostrou algumas fotos.

Eu sabia o quanto Nicole havia adorado a paleta de cores da casa de Kensington, e usei algumas variações que tinham certa semelhança, mas não o suficiente para Nicole se sentir angustiada cada vez que olhasse para o apartamento.

E esse era *outro* exagero.

Reformar a casa inteira dela de um jeito que eu sabia que ela adoraria. Me meter na vida dela. Continuar fazendo isso, me afundando mais, participando de uma forma que, quando eu fosse me retirar de sua vida, como uma adaga sendo puxada depois de penetrar a carne, eu a faria sangrar. E eu também sangraria.

Então, por quê?

— Peça para eles voltarem como era. Exceto os canos e a parte elétrica. Volte para a decoração antiga da srta. Bliss.

Tim se sentou na minha frente, parecendo surpreso.

— Posso saber o motivo?

— Passei da conta, Tim.

— Tem razão, mas já está feito. — Ele deixou o celular em cima da mesa e me encarou. Balancei a cabeça e soltei um suspiro. — Voltar para a decoração antiga vai levar tempo, e imagino que Nicole queira voltar para a casa dela antes de vender a mansão de Kensington. Você está prestes a fechar um acordo, Cole, e o sr. Dupont está com pressa. Não foi o que você falou?

— Foi.

— Já está feito — ele repetiu. — A não ser que ache uma boa ideia colocá-la em um hotel enquanto ela espera a casa ficar pronta. De novo. Uma casa que é tão importante e ela ficou assustada e com medo de perdê-la. Ela precisa do dinheiro, de um lar. Ela precisa de estabilidade. — Tim colocou as mãos sobre a mesa. — E você também.

Virei o relógio no meu pulso para ver as horas.

— Você tem razão. Ontem ouvi a conversa de Nicole com o banco, dizendo que vai colocar a casa à venda assim que o mercado imobiliário da região melhorar, o que logo deve acontecer, já que estão finalizando a construção de um shopping. Talvez, no final de tudo, ela consiga sair por cima. Então, acho que há males que vêm para o bem. Ela está otimista de que vai vender outras casas e finalmente ter liberdade financeira. Enfim. — Confirmei o horário uma segunda vez. — Já são duas da tarde. Tenho que ir. Nicole está organizando uma pequena recepção para a família de Dupont. Vamos conhecê-los hoje.

— Acha que é uma boa ideia participar?

Me levantei da cadeira e dei dois passos, antes de me virar para Tim.

— Não posso fugir. É a família certa e eu quero conhecê-los.

— A situação toda é muito emotiva para você — Tim opinou.

— O que quer dizer?

— Você não tem lidado com as suas emoções desde que parou a terapia.

— Isso faz vinte anos — resmunguei. — Eu nem te conhecia. Ainda morava na Nova Zelândia.

Tim se recostou na cadeira.

— É o que estou dizendo.

— Eu *falo* sobre emoções — rebati.

— Não, Cole, você não fala.

— Não tenho tempo para isso. Preciso ir.

— Converse com a Nicole, filho. — Ele se levantou e mirou aqueles olhos gentis em mim.

— Por quê?

— Porque o nosso coração só consegue voltar a bater quando achamos alguém capaz de nos ouvir dizer o que mais dói em ser quem somos, sem ir embora.

— Sou eu quem está indo. — Engoli em seco.

— Tem razão. Você está saindo de cena antes de ouvir a resposta que ela tem para dar. Sem deixá-la escolher. E sem deixá-la falar se vale a pena ou não ficar com você e enfrentar o que for.

— Estou indo — avisei, e não esperei Tim dizer mais nada.

Saí antes que fizesse a besteira de acreditar que havia esperança.

A casa de Kensington cheirava a cupcakes e pizza. Assim que abri a porta, fui transportado para uma atmosfera diferente. Duas garotinhas passaram correndo por mim, e uma delas me usou para se esconder, ficando entre as minhas pernas, mostrando a língua, dizendo que a outra nunca a pegaria.

A pequena que tinha se escondido correu para longe, mas a que estava de frente, permaneceu. Ali. Estática. Me observando, sabendo que eu era um estranho.

— Quem é você? — perguntou.

— Cole. — Me abaixei para ficar na sua altura. Ela tinha duas tranças, uma de cada lado da cabeça, bochechas coradas e um olhar longo e afiado. — E você?

— Aisha.

— Certo, Aisha. Onde está a moça que organizou isso tudo?

— Quem?

— Uma moça bonita, mais ou menos assim. — Mostrei a altura dela. — Com olhos meio verdes e cabelo castanho.

Ela me estendeu a mão.

— Ah, a tia Lily. Eu te levo, tio Cole. — E começou a me puxar para dentro da minha própria casa.

O que foi muito especial por dois motivos.

Primeiro porque a casa já parecia ser dela.

Segundo porque eu estava sem luvas e ela não se importou com isso.

No jardim de inverno, percebi que havia mais crianças. Uma estava ocupada demais vendo as flores com a irmã. E havia um rapazinho que, sozinho, estava se divertindo no jardim principal. Fiz as contas. Quatro meninas e um menino para uma mansão de seis quartos, sendo que um seria para o casal.

Era perfeito.

Encontrei um casal rindo na cozinha, acompanhados de Dupont e Nicole. Meus olhos imediatamente foram para ela, que desceu a atenção para a minha mão entrelaçada com a de uma criança, e Nicole sorriu.

— Entregue! — Aisha disse, como se eu fosse uma missão que ela completou, e foi correr atrás da irmã.

— Ah, você chegou! — Auguste se levantou devagar, e eu balancei a mão negando o gesto. Me aproximei dele e o homem me abraçou, dando dois tapas nas minhas costas. — Filhos, esse é o Cole. O proprietário da casa.

— Olá. — Estendi a mão. O homem, que deveria ter por volta de cinquenta anos, a pegou com um aperto firme, e a esposa, parecendo ter uns quarenta, apertou com delicadeza. Ambos abriram um sorriso enorme para mim, mas pareceram alheios ao que se tratava. — Boa tarde.

— Boa tarde — disseram juntos.

Foi o homem quem tomou a frente.

— Minha esposa, Amy. E eu sou Gregory. Então, vocês são o casal amigo de Auguste? Cole e Nicole? Uma bela dupla de nomes, que curioso.

Nicole me lançou um longo olhar, como se me pedisse para entrar na dança.

— Somos — concordei. — E, na verdade...

— *Na verdade*, eles acabaram de me conhecer — Auguste disse e soltou um suspiro. — Filhos, o que acharam dessa casa?

Gregory olhou para Amy e pareceu bem surpreso.

— É bonita — Amy opinou.

— Sim, é linda. — Gregory franziu o cenho. — Mas... espero que não seja mais um investimento, Auguste. Sabe que está cada vez mais cansativo para o senhor trabalhar tanto. Eu e Amy falamos sempre para você...

— Não é para mim, é para vocês.

Gregory soltou uma risada.

— Claro que não, Auguste. Não vou deixá-lo gastar uma libra comigo e com a Amy. Eu já disse que tudo o que fez por nós dois...

Auguste foi até eles com tanta calma, mas com a voz embargada de emoção.

— Vinte anos atrás, vocês chegaram na minha casa, tarde da noite e debaixo de uma tempestade, pedindo uma oportunidade de emprego. Gregory, você aparou a minha grama e me proporcionou as melhores conversas da minha vida, como um filho talvez nunca fosse fazer. Amy, com seu jeito delicado, cuidou do meu estômago e do meu coração com tanta gentileza que não sei como retribuir. Vocês, mesmo não sendo meus filhos de sangue, são meus filhos de alma. E me deram *cinco* netos. — A voz dele estremeceu. — Eu, que pensei que a minha vida ia acabar depois da morte da Geneviève, sem filhos, sem futuro, sem família, conheci vocês, que bateram à minha porta como se eu fosse uma salvação. Mas o que vocês não sabem é que naquela noite eu estava com uma espingarda debaixo do meu queixo, pronto para acabar com tudo. Eu só estou aqui, rico e doente, aos oitenta e um anos, porque *vocês* me *deram* a vida.

Levou alguns segundos para eles processarem, mas Amy subitamente envolveu os braços ao redor de Auguste e começou a soluçar. Gregory ficou estático, completamente congelado, as lágrimas descendo por seu rosto o único indício de que ele ainda estava ali, com a gente. Senti a presença de Nicole ao meu lado, e assistia toda a cena como se eu não estivesse, de fato, ali.

Me lembrei dos meus pais. E dos meus avós. De tudo o que perdi.

A mão de Nicole se entrelaçou com a minha.

— Você está doente? — Gregory perguntou.

— Muito doente. É terminal. Eu sinto muito.

— Quanto tempo? — Amy se afastou dele, a voz tremendo a cada soluço. — Quanto tempo temos com o senhor?

— Um ano. — Ele sorriu, em meio às lágrimas. — Por favor, me deixem dar tudo para vocês e para os meus outros funcionários. Vocês são a minha família. Vocês são tudo o que me manteve são nos últimos anos desde que decidi sair da França e me mudar para a Inglaterra.

Nicole me tirou dali, pé ante pé. Era uma conversa que eles deveriam ter sozinhos. As crianças estavam distraídas demais para notarem os adultos, e quando eu me sentei na sala de estar com Nicole à minha frente, foi difícil respirar.

— Está tudo bem — ela murmurou, e eu percebi que não sabia o que fazer. Se me levantava e corria um maratona, ou se me encolhia no chão e abraçava as minhas pernas. — Está tudo bem, Cole.

Eu não conseguia respirar.

Tim tinha razão.

Eu não enfrentava as minhas emoções e, com isso, não seguia em frente. Eu não dizia toda a verdade, era sempre pela metade. Eu não era vulnerável. E não era verdadeiro. Ser chamado de Cole era só um lembrete da máscara que sempre usei, das luvas que calcei, da vida que ocultei porque doía pra caralho voltar para o passado.

— Meu nome é Nicholas. — Olhei para ela e vi o filete de surpresa tremular em seus olhos. — Nicholas King. Cole é apenas o apelido que suporto que me chamem sem me lembrar dos meus pais. Eles sempre me chamavam. *Nicholas. Nicholas. Nicholas.* Foi a última coisa que ouvi antes de eles morrerem. Eu os perdi, Lily. Eu perdi os dois. E até hoje não consegui viver um dia sem me lembrar do quão horrível foi vê-los partir.

PARTE 6

"Eu tenho sido menos da metade de mim mesmo por
mais da metade da minha vida. Acorde!
Apaixone-se outra vez. Declare guerra à gravidade.
Há tantas coisas pelas quais vale a pena lutar, você verá."

— Nine, Sleeping At Last

CAPÍTULO 29

Nicole

— Tem certeza? — ele perguntou, com o braço dobrado sobre o capô de seu carro.

Seus cabelos estavam soltos e ainda mais longos do que quando nos conhecemos. Ele estava lindo. Com aquela camiseta branca, dava para ver todas as suas tatuagens e cicatrizes. Parecia mais um homem que você encontra na capa de uma revista do que na vida real.

Nicholas King.

Até cheguei a digitar seu nome completo na barra de pesquisas, e *nada* apareceu. Acho que esperava encontrar respostas. Mesmo que não fosse certo, esperava encontrar as coisas que ele ainda guardava no silêncio.

Minha curiosidade sobre o seu passado, sobre a sua história, na verdade estava mais ligada à vontade de entendê-lo do que de saber realmente o que acontecera. É claro que gostaria de saber como os seus pais faleceram, como ele adquiriu aquelas cicatrizes, mas...

Como disséramos um para o outro no dia do meu aniversário, tínhamos pouco tempo. Pouco tempo para viver aquilo do jeito certo. Ou para sermos qualquer coisa além do que já éramos.

Auguste assinou o contrato no começo daquela semana, e ele nem quis fazer uma inspeção, porque confiou na documentação que Nicholas apresentou. Minha casa estava pronta e lindamente reformada. Tudo o que faltava agora era eu fazer as malas, Nicholas se mudar para um hotel e o dinheiro cair na conta dele.

— Acho que não cheguei a agradecer por tudo o que fez — murmurei, com a voz baixa.

— Não foi nada, Nicole.

— Foi mais do que qualquer ser humano já fez por mim. — Senti a emoção dançar no meu peito. Aquela era, provavelmente, a primeira e última viagem que faríamos juntos. — Então, deixe-me retribuir. Essa viagem vai ser ótima e, sim, tenho certeza de que quero te levar.

— Posso dirigir.

— Eu já fiz o caminho milhares de vezes. Acredite em mim, eu posso nos levar.

Ele sorriu.

— Então vamos.

Eu estava com as chaves do seu Rolls-Royce e dirigiria até a casa dos meus pais em Cotswolds. Era uma das regiões mais lindas da Inglaterra, e fiquei surpresa quando contei para Nicholas que ia ver os meus pais e ele disse que nunca tinha visitado a região.

— Vou conhecer os seus pais — ele disse, ao meu lado, enquanto eu tentava me acostumar a dirigir um carro tão impressionante.

Abri um sorriso e dei seta para a direita.

— Acho que vai te fazer bem ver uma boa paisagem, comer comida caseira e conhecer um lugar que parece ter saído de um cenário de filme. Não há nada como a torta de carne e queijo da minha mãe. Você vai se sentir feliz na companhia deles, Nicholas. Eu sei que vai.

Estávamos mantendo em silêncio a crise de ansiedade que ele teve ao ver a situação da família Dupont. O quanto mexeu com ele a realidade de Auguste, mas principalmente reconhecer a morte e aceitá-la.

Eu tinha tentado conversar com Nicholas sobre isso desde que ele ficara mal o suficiente para precisar sair da própria casa, mas não tive muito sucesso.

— Seus pais moram em uma casa de pedra com um jardim florido e chaminé? — ele perguntou.

Eu dei uma risada alta porque era exatamente isso.

— Sim.

— É. — Nicholas abriu o vidro do carro, colocou o cotovelo na porta e começou a batucar os dedos do lado de fora, na lataria. Vi os seus bíceps e engoli em seco. — Faz sentido.

— Faz?

Ele me lançou um olhar, senti a sua atenção na lateral do meu rosto e apertei um pouco mais o volante.

— Não imagino os seus pais sendo qualquer outra coisa além de pessoas incrivelmente bonitas e talentosas. — Ele fez uma pausa. — A quem você puxou?

— Minha bisavó era indígena da tribo norte-americana Sioux. Ela se apaixonou perdidamente por um inglês de olhos verdes e saiu dos Estados Unidos. Minha avó e minha mãe possuem os traços genéticos dela bem mais proeminentes. Eu sou mais misturada. Meu pai também tem olhos verdes e é inteiramente inglês. Dos pés à cabeça. Você verá.

— O que eles fazem?

— Ambos estão aposentados, embora acho que nunca vão deixar a inspiração de lado. Eu queria ter herdado o dom deles, mas não tive a mesma sorte. Minha mãe é decoradora de ambientes, e acho que ela fica trocando a decoração da casa deles a cada semestre só para se manter ocupada. E o meu pai é pintor. Ele pinta quadros tão bonitos que até dói o coração. Lutou muito para a sua arte ser reconhecida, mas agora está em paz. E sei que continua pintando, mesmo com a vista cansada.

— Então, eu tenho razão.

Abri um sorriso.

— Sobre o quê?

— Quando olho pra você, nem parece que você é real, Nicole. Como pode? Ser *real*? Todas as cores mais bonitas do universo juntas, existindo? — Ele fez uma pausa. — Então, faz mesmo sentido eles viverem em paz, com um campo florido e chaminé, porque eles já criaram a melhor obra deles.

Parei o carro onde deu, porque precisava olhar para ele.

— Me acha linda assim?

Ele abriu um sorriso largo.

— E tem alguém nesse mundo que não te acha linda, Lily?

— Eu mesma.

Fiz o homem gargalhar.

— Você é linda. E isso torna tudo tão, tão difícil.

Seus olhos desceram para os meus lábios, e eu me lembrei do beijo.

Me lembrei de suas mãos em mim.

Do seu corpo junto ao meu.

De tudo o que poderíamos fazer se ele *ficasse*.

— Você pode *não* olhar para mim enquanto dirijo?

— Por quê?

— Preciso me concentrar — gemi. — Toda vez que olho pra você, me lembro que a gente se beijou. Me lembro de como me senti enquanto você me beijava.

Nicholas engoliu em seco.

— Vou me comportar.

Eu não queria que ele se comportasse. Ou queria. Não sei.

Em silêncio, passamos pelos subúrbios de Londres, as casas típicas e as ruas arborizadas, até começarmos a nos afastar da cidade. Não levou muito tempo para nos depararmos com os campos mais abertos e verdejantes, as pequenas fazendas e os vilarejos.

Saímos da loucura urbana de Londres e o ar já era mais limpo, o vento mais gelado e Cole até fechou os olhos por alguns segundos e relaxou. Quando pensei que ele estava tirando um cochilo, ouvi a sua voz grave atravessar o meu coração.

— Obrigado, Nicole.

— Pelo quê? — murmurei.

— Por me levar até a casa dos seus pais.

— Não é nada. É só um passeio.

Ouvi Nicholas se mexer no banco do passageiro.

— Custa muito pegar alguém pela mão, alguém que não vai permanecer, e levar para dentro do seu mundo. Me levar para conhecer os seus pais é mais doloroso do que jamais vamos dizer em voz alta um para o outro. Mas estamos fazendo mesmo assim.

Engoli em seco e senti um nó se formar bem no meio do meu peito.

— Talvez os momentos que mais nos machucam lembrar são as que menos desejamos esquecer.

Sua mão veio na minha perna e ele soltou um longo suspiro.

— Acho que as lembranças mais felizes são as que menos desejamos esquecer, não importa o quanto elas sejam apenas o que são. Lembranças.

— Vamos nos divertir com os meus pais, Cole.

Ele concordou com a cabeça.

— Vamos, sim.

As estradas próximas de The Cotswolds eram sinuosas e, a cada curva, revelava uma nova paisagem. Eu não tinha visto que Nicholas levara uma câmera, então ele começou a dar alguns cliques conforme eu dirigia. Desde as colinas suaves aos campos ondulantes, que eram tão únicos. Passamos por alguns vilarejos construídos com pedras douradas; a arquitetura da região era muito única, como se tivéssemos caído em uma Inglaterra medieval num piscar de olhos.

Dirigindo mais devagar, entrei em alguns vilarejos só para que Nicholas pudesse fotografar. Passamos por campos cercados por muros de pedra seca até pelas antigas igrejas e monumentos históricos. Arrisquei que o motor do carro de Nicholas fosse bom o bastante para uma subida, e não estava errada. Mesmo que a vista fosse ainda mais espetacular ao pôr do sol e estávamos no pico do meio-dia, achei que era uma paisagem digna de ser vista em qualquer horário e momento. Segui as placas para Cleeve Hill, o lugar mais alto de toda a cordilheira de Cotswolds. Eu já tinha visitado o local algumas vezes com os meus pais, e havia um estacionamento específico para quem quisesse visitar sem caminhar demais. Então fui até lá, estacionei o carro e andamos um pouquinho até o pico mais alto.

Assim que Nicholas viu o banco de madeira para duas pessoas, como uma namoradeira na beira do cume, ele passou a mão pelos cabelos bagunçados pelo vento e abriu o sorriso mais bonito da face da Terra.

— Meu Deus, Nicole.

— Lindo, não é?

Fiz uma pausa, porque o sol na lateral de seu rosto, os cabelos castanhos e soltos ao vento e aqueles olhos azuis que pareciam o próprio mar do Caribe realmente deixavam Nicholas tão lindo, tão insuportavelmente lindo, e estendi a mão.

Ele a pegou, como se não soubesse o que fazer, e eu ri.

— Na verdade quero a câmera, se não se importar.

Nicholas pareceu incerto por um instante.

— Ok. — E me entregou.

Tirei algumas fotos dele. Tirei fotos de Nicholas na paisagem, e consegui capturar o olhar que, por um momento, ele deu para mim. Um olhar que era só para mim, em que aquele gelo ao redor de seus olhos parecia um fogo azul e os meus pés pareciam estar em terreno perigoso.

Um pouco tonta pela altitude ou por ele, devolvi a câmera, e foi a vez de ele tirar fotos de mim. Abri um sorriso e me deixei ser fotografada. Rindo, fazendo palhaçada, mostrando a língua para ele e fazendo caretas. Quando, no meio da risada, Nicholas me pegou pela cintura e me puxou para ele, virando a câmera para nós e colando os nossos rostos, eu congelei.

— Sorria — ele pediu, baixinho.

Senti a barba de Nicholas perto do meu rosto, seu braço ao meu redor, seu cheiro e o seu calor. O sol estava no auge, mas o tempo estava gelado. O vento batia em nós como se não se cansasse de nos esfriar e uma mecha do seu cabelo tocou o meu lábio inferior. Eu me sentia quente por dentro, acolhida. Como quando nos sentamos em uma poltrona com a nossa manta favorita, na companhia do livro preferido de todos os tempos.

— Nicole?

— Sim. — Assenti. — Estou sorrindo. Viu? Já estou sorrindo.

Ele fez cócegas na minha cintura e eu gargalhei.

O flash veio e ele tirou uma foto a mais ou outra, e então várias. Como se não quisesse perder aquele momento também. Nicholas só me afastou quando achou que estava pronto para isso. Então ele estendeu a mão, por causa do terreno instável, e caminhamos de mãos dadas até nos sentarmos no banco.

— Parece uma pintura — ele notou.

— É. — Continuamos de mãos dadas, e Nicholas brincou com as pontas dos meus dedos como se fossem as teclas de um piano. — É exatamente o tipo de coisa que o meu pai ama. É como se ele estivesse vivendo em um de seus quadros. Essas cidades são tão pequenas, dá pra cruzar de ponta a ponta em um passeio a pé. Minha mãe tem a sua própria horta e eles visitam Londres sempre que precisam de alguma coisa específica, mas a paz de morar aqui faz tudo valer a pena.

— É lindo.

Assenti.

— É, sim.

— Eu precisava vir aqui. — Ele pegou a minha mão e colocou na frente dos lábios, soprando um ar quente. Seus lábios tão macios deslizaram pela minha pele e eu fiquei arrepiada. — Sinto que precisava vir aqui, viver esse momento com você.

— Foi por isso que eu te trouxe. — Abri um sorriso. — Vamos ficar aqui mais um tempinho.

— Sim. — Ele relaxou as costas no banco e soltou a minha mão, me puxando pelo ombro e me aproximando dele. — Vamos ficar aqui só mais um pouco.

E nós ficamos.

Diante de nós havia um imenso tapete em diferentes tons de verde, cheio de campos, fazendas e as aldeias ao fundo. O sol parecia beijar as colinas e as casas de pedras douradas à distância pareciam ser ouro puro de onde estávamos. A cidade de Cheltenham aparecia bem ao longe, enquanto as colinas de Malvern nos cercava. Tudo isso complementado pelo canto dos pássaros, a respiração de Nicholas e a conexão profunda com a natureza. Eu estava nos braços dele, mas parecia muito como se a própria natureza estivesse nos abraçando.

Com a sensação de que horas haviam se passado, o suficiente para a minha bunda ficar dura e congelarmos no lugar, decidimos que era hora de seguir para os meus pais, porque ainda havia estrada para pegar e eu estava faminta.

Percebendo o meu cansaço, Nicholas pegou a chave do carro, e eu fui explicando o caminho até que chegássemos à vila Bibury. Seguimos em direção a Cheltenham, pegando a A435. E depois Nicholas ficou tranquilo ao avistar as placas até Bibury, porque eu não precisava mais guiá-lo.

— A vila é muito pequena — avisei quando estávamos perto. — Não deve ter mais do que setecentos habitantes.

— Tudo bem.

Tínhamos levado uma pequena mala porque nosso plano era passar o final de semana com os meus pais. Eles estavam mais do que felizes que me veriam e que eu levaria um *amigo*. A casa era pequena, mas aconchegante, e eu esperava que Nicholas não quisesse ir para um hotel, eu esperava que os meus pais o amassem e que ele gostasse do meu pai e da minha mãe...

Não que isso fizesse algum sentido.

Comecei a ficar nervosa quando dobramos a última curva da estreita estrada e nos deparamos com Bibury. Nicholas desacelerou o carro, porque o caminho era ainda mais estreito e os paralelepípedos nos faziam quase pular no banco, para cima e para baixo. Cheguei a fechar os olhos, com medo que ele estivesse odiando, mas a sua voz me abraçou como um cobertor.

— Eu amo isso — Nicholas disse. — As pedras e esses telhados inclinados. É tão bonito.

— Sim. — Apontei para o outro lado. — Aquele é o rio Coln. Estamos em Arlington Row.

— Parece uma viagem no tempo — Nicholas murmurou.

Sorri.

— Dobre à esquerda, por favor — fui dando instruções até que Nicholas chegasse na rua dos meus pais. — A casa deles é a com o jardim de flores vermelhas, laranja e cor-de-rosa.

— Quatro depois dessa?

— Isso.

E era como eu descrevera para Nicholas. A chaminé estava soltando fumaça, e a porta da frente estava aberta. Uma canção mais antiga do que nós dois tocava ao fundo, alta o suficiente para ouvirmos dali; embora a cidade parecesse tão silenciosa que dava para escutar até o farfalhar das árvores. Nicholas parou o carro, acho que mais impressionado do que esperava.

Um dos cavaletes do meu pai estava no jardim, com um banquinho na frente, como se alguns minutos antes ele estivesse pintando, mas precisou deixar de lado para realizar outra atividade. A pintura inacabada era de Arlington Row, a fileira de casas de pedra tradicionais que beiravam o rio Coln.

Nicholas soltou um suspiro enorme e eu ouvi o grito da minha mãe avisando ao meu pai de que tínhamos chegado antes que eu pudesse vê-la. Ela correu até mim, limpando as mãos no avental de cozinha, e passou os braços ao meu redor, quase me derrubando.

— Filha!

Não nos víamos desde o casamento, e o peso disso pareceu insuportável naquele segundo. Mas me afastei da minha mãe, da minha adorada mãe, e beijei seu rosto.

— Mamãe. — Olhei para ela e abri um sorriso. — Como é bom estar aqui. Esse é Nicholas. Esta é a minha mãe. O apelido dela é Fliss...

— Me chame de Fliss. Todo mundo me chama assim. — Ela passou os braços ao redor do Nicholas e ele pareceu surpreso. — Ai, como é bom conhecê-lo!

— Digo o mesmo, senhora... Fliss.

— Só Fliss, querido.

— Só Fliss, então. — Ele abriu um largo sorriso.

E eu vi o brilho nos olhos castanhos da minha mãe. O brilho de carinho e gentileza que sempre esperei que ela tivesse em relação a todos os meus namorados e relacionamentos anteriores. Mas com Nicholas foi como se tivesse lido todas as cartas de tarot da vida dele e enxergado todos os passos que ele precisou dar até estar ali. Como se o tivesse visto *de verdade*. E aquela relutância da minha mãe sobre ele, que ouvi ao telefone, suavizou.

Porque se tem uma coisa que existe de verdade é o superpoder das mães em saber quando alguém é genuíno ou não. Ela havia tentado me avisar sobre Jordan, ela e o meu pai tentaram, mas eu só achei que mamãe estava me superprotegendo e o que meu pai estava com ciúmes. No entanto, agora, com Nicholas, mesmo que estivessem se vendo pela primeira vez, a reação era centenas de vezes melhor do que todos os anos em que tentei convencê-la a adorar Jordan ou qualquer outro. Foi como se ela já o conhecesse.

— Entrem, entrem. — Ela começou a dar tapinhas nas nossas costas.

Então meu pai apareceu com a sua camiseta branca favorita, que de branca não tinha nada, cheia de resquícios de seus quadros com pinceladas de todas as cores. Seus olhos vieram primeiro para mim e ele abriu um sorriso tão bonito que o meu coração ficou pequenininho. Caminhou em minha direção, mancando por causa da prótese na perna, e eu avancei os passos que restavam até estar com ele.

— Minha menininha. Minha Lily. — Ele passou os braços ao meu redor e me apertou, me erguendo do chão, mesmo que não pudesse fazer isso.

— Pai, não faça isso — resmunguei e beijei seu rosto quando me colocou no chão. — Que saudade! Está tudo bem?

— Tudo, tudo. — Ele fez um carinho na minha bochecha e focou em Nicholas, se afastando um pouco de mim para olhá-lo bem. Ele chegou a pegar o óculos que estavam pendurados na gola da camiseta e piscou várias vezes para enxergá-lo. — É você? O amigo da minha filha?

Eu olhei sobre o ombro para Nicholas, ansiosa por esse encontro, esperando um sorriso ou ouvir o cumprimento em relação ao meu pai.

Mas não foi o que vi.

O sangue desapareceu das suas bochechas e o corpo enorme de Nicholas vacilou de tal forma que seus joelhos colidiram com a grama antes que minha mãe pudesse acudi-lo. Com o coração batendo na garganta, corri alguns passos até ele, tocando seu rosto, preocupada de ser outra crise de ansiedade, pedindo para que ele contasse a respiração, mas me surpreendi quando lágrimas, grossas e súbitas, escorreram pelos meus dedos.

— O que foi? — sussurrei.

Ele parecia estar em sofrimento, não com ansiedade.

E Nicholas não estava olhando para mim, e sim fixamente para o meu pai.

O choro desatou como sangue jorrando de uma ferida aberta. Não eram mais lágrimas geladas, mas um lamento que vinha do fundo da sua garganta, como se todas as emoções que ele tinha guardado por anos tivessem se rompido. Desesperada, olhei para a minha mãe, em um pedido de ajuda, mas ela estava congelada, assustada com a reação dele. Meu pai observava tudo com a testa franzida, sem compreender. Eu estava olhando para ele quando ouvi a voz de Nicholas, depois de segundos que pareceram horas.

— Tio Ray? — A voz máscula, de repente, se tornou tão jovem quanto a de uma criança.

Nicholas tropeçou na sua própria respiração e eu virei para ele, para enxergar os lábios trêmulos e os olhos azuis cristalinos.

— Tio Ray? — repetiu, a voz nada além de cacos quebrados no chão.

Mancando, meu pai se aproximou, com certa dúvida no olhar. Mas Nicholas, parecendo determinado, se levantou, se apoiando em mim, tentando controlar o rompante de lágrimas.

Papai olhou para os braços de Nicholas, então para o pescoço dele, as mãos e os cabelos castanhos. Ele olhou para o rosto dele centenas e centenas de vezes.

Meu coração caiu no chão quando ele tocou o rosto de Nicholas com as duas mãos.

— Nicholas? — A voz do meu pai tremeu tanto, tremeu como eu nunca ouvira antes.

— Ai, meu Deus — minha mãe murmurou. — Ele é a cara do Nolan... — E ela começou a chorar. — Como não percebi?

— Mãe? — Mas todo mundo me ignorou.

Foi quando as mãos de Nicholas tocaram o meu pai e pararam onde ele tinha marcas de dedos e das mãos de uma criança, que meu coração entendeu.

Nicholas King não era um homem qualquer.

Ele era o garoto que o meu pai quase morreu para salvar.

CAPÍTULO 30

Londres, Inglaterra

No passado

Nolan

— Está cheio esta noite — disse Aroha, minha esposa, acariciando a barriga pontuda. E eu abri um sorriso enorme enquanto Nicholas, nosso filho, mastigava a pipoca no meio de nós dois.

Era noite de cinema das famílias de Londres, um clube de pessoas da vizinhança que se reuniam aos domingos no cinema do bairro para ver um bom filme e jogar conversa fora no final da sessão.

Eu adorava ir com Aroha desde que Nicholas alcançou idade o suficiente para compreender o que era um filme. E naquele dia, veríamos De volta para o futuro. Nicholas estava mais do que animado, porque perguntou a semana inteira sobre o filme, fez contagem regressiva e até pulou na nossa cama de manhã.

Baguncei o seu cabelo castanho rebelde e ele me mostrou os dentes sujos de milho. Gargalhei e beijei a sua testa, quando senti uma presença ao meu lado.

Ray e sua noiva, Florence, se sentaram perto de nós e nos cumprimentaram. Eles tinham entrado para o cineclube havia pouco mais de três meses, então nos conhecíamos o suficiente para ser divertido, mas ainda não tínhamos chegado nas partes dolorosas de uma grande e profunda amizade.

Trocávamos algumas conversas no salão depois dos filmes, falávamos sobre amenidades e até dividimos alguns jantares recepcionados pela minha família. Eu os adorava, queria conhecê-los mais, porque parecia ser um casal artístico e inspirador. Pessoas do tipo que você quer manter por perto.

Ray me contara que desejava se casar com Florence só depois que tivesse condições de comprar uma casa, mas que o noivado formalizava o relacionamento. Florence parecia disposta a esperar, já que filhos não estavam nos planos deles tão cedo. Era justo. Deviam estar com pouco mais de vinte anos, sendo dez anos ou mais jovens do que eu e minha esposa.

Tinham um futuro brilhante pela frente.

Nicholas, no entanto, parecia mais íntimo de Ray do que eu jamais poderia imaginar. Era incrível o quanto ele era sociável, mas era ainda mais incrível o quanto ele amava falar de desenhos, cores e imagens. Então ele subiu em mim para chegar mais perto de Ray, com o saco de pipoca e tudo.

— Tio Ray... Eu fiz esse desenho pra você e a tia Florence.

— Me dê a pipoca, filho — Aroha pediu.

— Aqui, mamãe. — Ele deu para ela e então puxou algo de dentro do bolso da bermuda marrom. — Olha, tio Ray.

— Boa noite, Aroha e Nolan — Ray nos cumprimentou, rindo, porque Nicholas era sempre apressado.

— Boa noite, Ray e Aroha — eu e minha esposa dissemos.

Mas ele deu atenção para o meu garoto, pegando a folha e abrindo.

— Isto está lindo, Nicholas. Gostei que você pintou o cachorro de azul.

— É, eu nunca vi um cachorro azul. Aí eu queria ver. Então, pintei. Mamãe disse que não existem cachorros azuis.

— Mas essa é a graça de pintar, não precisa ser de verdade. — Ray se inclinou e cochichou com o meu filho. — Você pode fazer uma vaca ser laranja. E a banana ser cor-de-rosa e o tronco de uma árvore ser branco como as nuvens.

— Sim! — Nicholas adorou o que ouvira, porque envolveu os braços ao redor do meu pescoço e eu gargalhei quando ele pareceu ignorar a minha existência, como se eu fosse uma parede que ele pudesse escalar para chegar perto de Ray. — Você pintou pra mim?

— Na verdade, fiz ainda melhor — Ray garantiu.

Desde que se tornaram melhores amigos, conversavam sobre desenhos e pintura. Eu suspeitava que Nicholas ficava mais ansioso para ver o Ray do que para assistir aos filmes.

— Se um dia você e Florence tiverem um menino, eles podem ser melhores amigos — comentei.

Ray riu e deu de ombros enquanto pegava uma maleta e procurava algo lá dentro.

— Seria ainda melhor se eu tivesse uma garotinha e eles se apaixonassem, não acha?

Meu sorriso ficou ainda mais largo.

— É, isso seria ainda mais interessante — concordei.

— Desde que o seu garoto não parta o coração dela — Ray brincou, me lançando um olhar sobre o ombro.

— Vou ensiná-lo a nunca fazer isso, Ray — prometi.

Ray cutucou a esposa, e ela mostrou uma caixa relativamente grande para um garotinho. Meu filho abriu o embrulho colorido e então se deparou com quatro telas em branco de diversos tamanhos, inúmeros tubos de tinta, um godê e pincéis. Ouvi a expressão de surpresa do meu filho, que começou a rir de felicidade.

— Tio Ray! Tio Ray! Tio Ray! Eu não acredito!

— São várias cores para você fazer muita coisa bonita pra mim e para a tia Florence. Combinado?

— Combinado!

— Como se diz, filho? — perguntei.

Ele pensou por um segundo.

— Obrigado, tio Ray. Obrigado, tia Florence.

— De nada, querido — Florence garantiu e Ray sorriu.

— O filme vai começar — minha esposa avisou.

— Ai, eu acho que esqueci a bolsa no carro, querido — Florence disse.

— Precisa dela agora? — Ray indagou.

— Sim. — Ela fez uma careta. — É rápido. Volto antes que perceba. E também vou guardar o presente para um certo garotinho não querer abrir e sujar todo o cinema de tinta. — Ela piscou para o meu filho. — Vamos te dar na saída, tudo bem?

— Eba, sim! — meu pequeno disse.

Beijou os lábios do noivo e saiu discretamente antes do filme iniciar, segurando o presente.

Nicholas ficou no meu colo porque queria conversar com Ray, e então minha esposa pulou uma cadeira e se sentou ao meu lado. Envolvi seus ombros com um dos meus braços enquanto ela acariciava a barriga, carregando nosso outro filho.

Nicholas pareceu relaxar assim que as luzes se apagaram e o projetor começou a mostrar as primeiras cenas. Ele descansou as costas no meu peito e pareou o rosto ao lado do meu. Estava assim, abraçado com o meu filho, quando minha esposa se remexeu ao meu lado.

— Tudo bem? — sussurrei.

— Acho que preciso ir ao banheiro.

— Eu vou com você.

— Não precisa, amor.

— Precisa, sim. Você está no final da gestação. Vamos juntos. — Percebi que Nicholas tinha cochilado em cima de mim, depois de pouquíssimo tempo de tela.

Eu ia acordá-lo e levá-lo conosco, mas ouvi a voz de Ray baixinho ao meu lado.

— Nolan, eu cuido dele.

— Tem certeza? — perguntei.

— Claro.

— Ele falou tanto desse filme e agora, quando finalmente chegou a hora de assistir, ele dormiu — eu murmurei.

Ray riu baixinho.

— Crianças. Está tudo bem — garantiu. — Cuidarei dele com a minha vida.

— Aroha, tudo bem? — perguntei a minha esposa.

Minha esposa assentiu, fazendo uma careta. E eu achei que era melhor irmos logo ao banheiro. Ela se levantou primeiro, e eu acordei Nicholas. Ele ficou de pé, coçando os olhos, e assim que me levantei, ele se sentou na minha poltrona. As pessoas não reclamaram da interação, porque estávamos nas cadeiras mais altas, do fundo. Ao lado de Nicholas, com meu filho ainda sonolento, toquei o seu rosto para que ele prestasse atenção.

— Filho, eu e mamãe vamos ao banheiro. Estaremos só a alguns passos daqui, o banheiro é bem perto.

E era. Tinha escolhido o assento nos fundos justamente porque era próximo ao banheiro; se Aroha precisasse de alguma coisa, seria mais fácil.

Ele assentiu e bocejou.

— Pode ficar com o tio Ray? — perguntei.

— Posso, papai.

— Eu te amo. — Beijei a sua testa. — Já volto.

Fui com a Aroha ao banheiro, de olho na minha esposa e no meu filho, que continuou dormindo na poltrona enquanto Ray cuidava dele. Aroha vomitou e começou a se sentir muito enjoada. Acariciei suas costas, sem tirar os olhos do nosso filho, pensando que estava na hora de irmos embora.

— Vamos pra casa — avisei.

— Droga, o filme mal começou — ela rebateu.

— Nicholas está dormindo, a gente vê o filme outro dia. Farei um chá quente pra você assim que chegarmos.

— Eu te amo — ela me disse, o olhar marejado por ter vomitado toda a pipoca.

Aroha significa amor na língua maori. E ela era, de verdade, todas as partes do meu coração existindo e vivendo.

Eu tinha muita sorte.

Tanta sorte, que a vida decidiu que eu não deveria mais tê-la.

Um clarão cobriu a minha visão periférica, laranja e amarelo, como as chamas do inferno. A tela do filme foi coberta pela labareda. Então o teto e as poltronas, explodindo e desmoronando a estrutura do cinema antigo. As paredes, a vida.

Mais rápido do que uma batida do coração.

Mas foi o suficiente para eu ver Ray se jogar sobre Nicholas e se deitar no chão, o suficiente para gritar o nome do meu filho com toda a força — eu e a minha esposa — no milésimo de segundo antes de ser engolido pelo teto que desabou sobre nós.

CAPÍTULO 31

Dias de hoje

Nicholas

As cicatrizes de Ray eram as lembranças de como ele protegera a minha vida mais de trinta anos antes. Minhas cicatrizes eram os lugares em que o fogo nos abraçou apesar disso.

Minhas mãos de criança, queimadas, deformadas porque eu tinha tentado segurar sua nuca e proteger sua cabeça das chamas, ainda estavam na nuca de Ray, como uma tatuagem do desespero. Minhas costas eram uma lembrança constante da temperatura do chão antes do resgate chegar. Meus braços, a dor que nós dois sentimos por vivermos aquilo juntos.

O sofrimento implacável da maior agonia que o ser humano pode sentir.

Ray, fisicamente, perdera muito mais do que eu.

Perdera os cabelos, e teve costas, ombros e uma parte do rosto queimadas. Perdeu uma perna, pois uma fileira inteira de poltronas do cinema caíra sobre ele, que aguentou o impacto, porque isso nos manteria vivos.

Acordamos e desacordamos inspirando fumaça, abraçados um ao outro, o show de horrores em fuligem preta que ardia os olhos, as narinas e os pulmões. Eu me lembro de não conseguir chorar. Só gritar. Gritei, na verdade, até ser insuportável falar. Meus pulmões ficaram cansados. Me lembrei do beijo que a morte quase me deu pouco antes de um bombeiro conseguir colocar a máscara de oxigênio em mim. E em Ray. Me lembro de ouvi-lo pedir para que eu continuasse respirando devagar e com calma.

"Estou aqui, Nicholas. O tio Ray está aqui".

Fomos resgatados quando já era tarde demais. Nossos pedaços e o cheiro de carne queimada — nossa, dos outros — espalhados pelo chão. Em algum momento, lembro-me de ter visto uma flor destroçada no chão

— tão machucada pelo fogo quanto nós. Sem dúvida, um presente do amor de alguém que já não estava mais lá. E foi assim que a minha inocência se foi.

A verdade é que eu nem compreendia muito bem o que era dor, até vivê-la. Seria bom se fosse só a dor momentânea, mas ninguém fala da dor que você sofre depois da tragédia. Dos meses de recuperação, cirurgias, fisioterapias. Os enxertos. As longas e cansativas sessões com psicólogos. A forma como nem a morfina consegue te impedir de sofrer. A existência dói. Respirar dói. Ser um nada dói. E você se pergunta o porquê.

— Nicholas... — Ouvi Ray dizer o meu nome, quando fomos praticamente arrastados por Nicole e sua mãe para o sofá da sala.

Meus olhos passearam por Ray. A prótese no lugar da sua perna esquerda, as marcas que dava para ver além da camisa suja de tinta.

O rosto forjado pela dor.

O amor nos seus olhos que fazia eu me lembrar dos meus pais.

Era por isso que Nicole nunca sentira repúdio das minhas marcas. Minhas cicatrizes eram uma extensão das cicatrizes de Ray, e do abraço de esperança sob a ira do inferno.

Meu primeiro instinto foi fugir. Eu queria fugir, eu queria correr. Não dele, mas de enfrentar tudo aquilo. Só que ele não merecia isso. Ray não causara a minha dor, ele *salvara* a minha vida. Uma vida que me perguntei várias vezes qual era o sentido, mas lá estava eu. No sofá da casa do homem que dissera que cuidaria de mim, e cuidou. Como um livro que o destino escreveu sem me perguntar se eu queria fazer parte.

— O nome da minha filha... — Ray murmurou, as primeiras palavras desde o silêncio que tinha se assentado entre nós. As lágrimas desceram por seu rosto e o lábio inferior dele tremeu. — O nome da minha filha é em homenagem ao seu.

Olhei para Nicole, e engoli em seco. A mão dela se envolveu na minha, trêmula, enquanto Florence nos olhava como se não pudesse acreditar. Ray secou as lágrimas com as costas da mão e respirou dolorosamente.

— Filha, esse é o Nicholas. O garotinho que eu te disse que salvei muito antes de você nascer e que é o motivo de você se chamar Nicole. Nós... nós íamos ao cineclube toda semana, trocávamos desenhos e tinta.

Fomos melhores amigos por... por alguns meses. — O pai de Nicole secou as lágrimas de novo. — Eu fiquei com Nicholas por muito tempo no hospital. Passamos por toda a dor juntos, os enxertos, as cirurgias. A fisioterapia. As notícias horríveis e as boas também. Cuidei dele até seus avós conseguirem viajar para a Inglaterra.

— Meu avó tinha acabado de operar o coração, e minha avó não podia vir de imediato. Eles já eram idosos quando eu ainda era criança. Não havia outros familiares de confiança dos meus pais, então minha guarda era da família da minha mãe — completei.

— Eu não conhecia o lado neozelandês do Nicholas. Na verdade, como eu disse, nos conhecíamos fazia poucos meses. E ele foi liberado antes de mim. Certa manhã, eu acordei e ele não estava mais no hospital. Os médicos disseram que os avós o tinham buscado para se mudar para a Nova Zelândia.

— Perdemos contato — eu disse.

— Mas eu sempre me lembrei de você, filho. Só não sabia como te encontrar.

O silêncio na sala de estar não foi maior do que as batidas do meu coração. Eu me sentia tão feliz em ver Ray, mas era tão doloroso ver tudo o que custou a ele para me salvar. Torci as minhas mãos, e esperei.

— Como... — Florence precisou pigarrear para conseguir falar. — Como vocês se conheceram mesmo?

— No dia do meu casamento. — A voz da Nicole tremeu. — Nos conhecemos no dia do meu casamento, mãe.

Ray não conseguia parar de me olhar e eu não conseguia parar de olhar para ele. Eu nunca pensei o que diria se reencontrasse o homem que salvou a minha vida, porque não achei que esse dia chegaria. Mas lá estava ele, ao lado da garota para quem eu estava entregando o meu coração.

— Não sei o que dizer, mas, ao mesmo tempo, há tanto para falar — Ray disse. — Eu tenho tantas perguntas. Te procurei a cada ano de formas diferentes, e nunca te encontrei. — Ray fez uma pausa. — Como foram esses últimos anos para você, filho? Como ficaram os seus avós? Como... passou todo esse tempo?

— Antes de qualquer coisa...

Olhei para as minhas mãos feridas unidas às mãos da Nicole, tão lindas e delicadas. Senti o nó se formar novamente em minha garganta ao voltar a atenção para Ray. Me feria olhá-lo, porque era uma lembrança de tudo o que ele fizera para eu estar vivo. Nunca consegui entender se era digno o bastante de ser salvo ou se também não deveria ter ido para aquele banheiro e ser soterrado com os meus pais e o bebê.

— Queria dizer que fui embora para a casa dos meus avós de repente. O irmão da minha avó viajou até a Inglaterra para me buscar, e então fui para Queenstown sem poder me despedir do senhor. — Mirei minha atenção em seus olhos. — Nunca tive a chance de agradecê-lo por salvar a minha vida.

— Nicholas... — ele disse.

— Todas as noites, antes de dormir, tenho flashes do incêndio. Me lembro de você usando o seu corpo para me manter vivo, arrancando a própria camiseta para cobrir a minha boca e filtrar a fumaça. Eu me lembro de só ouvir a sua voz, porque era tudo tão, tão escuro. — Senti o lábio inferior tremer. — Todas as noites, antes de dormir, me pergunto por que fez isso por um garoto que mal conhecia, e me questiono se eu era digno de todas as cicatrizes que você carregou no futuro. Me pergunto por que não fui levado com os meus pais, e se o que aconteceu tem algum sentido, qualquer sentido. — Respirei fundo. — Apesar de tudo, tento ser grato por ainda estar vivo. Quase sempre eu sou grato.

Ele assentiu, parecendo entender o que eu queria dizer. Ouvi Nicole fungar ao meu lado, enquanto Florence não tirava os olhos de mim; um pouco orgulhosa, um pouco machucada, um pouco feliz.

— Você era a única criança no cinema naquela noite. — Ray desviou o olhar e focou em um vaso de flores que estava sobre a mesa de jantar. — Eu sei porque procurei saber, depois do acidente, quantas pessoas foram vítimas da péssima arquitetura do lugar. Era antigo, eu sei, mas deveria ter sido restaurado.

Assenti. Anos depois, vi que os proprietários foram considerados culpados e cumpriram pena. E prometi a mim mesmo que nunca construiria um lugar com tamanha periculosidade.

— Você, Nicholas, era o único garotinho. Acho que tinha quase seis anos na época. — Assenti e ele continuou: — E eu pensei por que a vida faria mal para uma criança. Também questionei qual era o sentido daquilo. Eu, como todo adulto, tinha lá os meus pecados, mas uma criança inocente perdeu os pais naquela noite, os pais, o irmão e a *pele*. Eu assisti as suas dores enquanto sofria as minhas. E todas as noites eu brigava com Deus. Briguei tanto com Deus que tenho certeza de que ele me escutou.

Florence segurou uma das mãos do marido.

— Eu falava para Deus que, já que Ele quis levar para o seu lado o bebê, a sua mãe e o seu pai, que Ele te recompensasse com fortuna, felicidade, amor. Principalmente amor. Que você pudesse ser amado como é, e como eu sou pela minha filha e esposa.

Senti as lágrimas nos meus olhos e pigarreei.

— Eu nunca parei de pedir — ele continuou. — Todas as noites eu pedia que o amor te encontrasse. Não importava como. Você foi um garotinho tão corajoso, protegendo a minha cabeça com as suas mãos, querendo que eu permanecesse vivo e com você, enquanto tudo em você doía. Nós dois presos naquele abraço mortal, e você ainda encontrou, à sua maneira uma forma de cuidar de mim. Você era especial, Nicholas. Você é. Sempre foi. Desde a nossa primeira conversa, com você e os seus pais, eu soube o quanto eram magníficos. Eu sabia que a minha missão naquela noite era te manter vivo, porque não era para eu ter ido ao cinema assistir *De volta para o futuro*.

— Eu que quis ir — Florence disse, com a voz embargada. — Eu quis assistir.

— Não se culpe — pedi a ela.

— Não. — Os olhos da mãe de Nicole foram gentis. — Ele te salvou e eu me orgulho muito disso.

— E é esse o propósito, filho. Viver. Amar. Poder ser amado. A vida não é definida pelas dores que vivemos. Elas contam a nossa história daquela noite. E a nossa história é que lutamos um pelo outro e por nós mesmos. A nossa história é que somos dignos, porque ainda estamos aqui. E os seus pais, filho. Eles iam querer que você fosse feliz.

— Os meus pais me deram uma dose extra de amor naquele dia. Como se soubessem que não seriam eternos. Eu… eu me culpo por estar vivo —

assumi, as lágrimas escorrendo pelo meu rosto ao falar isso em voz alta. — Me culpo pelas cicatrizes que você carrega.

— Eu teria desistido se não fosse para te manter acordado, Nicholas. Para te manter respirando.

— Eu acho que vocês se salvaram — Fliss garantiu. — E é tudo o que importa. Nicholas, obrigada por devolver o meu marido para mim. Hoje temos uma linda filha, uma vida incrível e tranquila. Fazemos o que desejamos e sabemos o que é o amor todos os dias por sua causa.

Eu não me sentia daquele jeito.

Não sentia que tinha sido capaz de salvar qualquer pessoa, ainda mais sendo uma criança impotente. Por anos eu me achei um fardo e me culpei por estar vivo. Meus pais eram vida, eram amor. E o bebê que a minha mãe gerava nem pôde abrir os olhos e sentir o abraço de nossos pais. Eu não entendia a razão de ser *eu* a sobreviver. Mas, olhando para os dois ali, a sinceridade em seus olhos, percebi o quanto estava errado.

Sendo um adulto consciente, reconhecia que o esforço de Ray para me manter vivo o manteve acordado. Sua força para permanecer com a perna sob os bancos para que o peso não caísse em nós, também. Ao me ver em seus braços, eu senti o desespero dele para me tirar dali. Lembro de seus gritos quando os bombeiros chegaram, dizendo que tinha uma criança ali.

Ray estava encravado na minha existência, e eu na dele.

Ou talvez as cicatrizes só estivessem ali porque ainda tínhamos uma vida para viver.

Minha avó dizia que só carregam cicatrizes as pessoas que um dia precisaram ser corajosas o suficiente para enfrentarem o medo. E ela cantava músicas em maori pedindo a minha cura. Levou um tempo para eu entender que ela não fazia isso pelas marcas que nós podíamos ver.

— Eu... — Nicole apertou minha mão por um segundo. — Acho que vou preparar um chá pra gente.

Ela tinha ficado em silêncio por quase toda a interação, e eu não tive coragem de olhá-la porque aquilo era mais do que apenas ser vulnerável na frente de uma mulher. Era mostrar o meu passado que eu pensei que Nicole nunca precisaria saber e que estava entrelaçado ao seu.

Era compreender que… *tínhamos que ser*.

Como as cartas jogadas pelo destino que o Tim sempre dizia.

Um jogo que ninguém nunca explicou quais eram as regras.

— Eu te ajudo, filha — a mãe dela murmurou, e eu assisti as duas se levantando devagar, como se estivessem tentando ficar em pé em um brinquedo que não parava de girar.

Meus olhos voltaram para Ray. E eu o vi tocar a perna, soltar um suspiro longo, bem lento. *O meu salvador*, então, me olhou como se realmente nunca tivesse parado de me procurar. Se levantou e pediu licença por alguns minutos. Escutei algo sendo remexido a um cômodo de distância e, então, meu coração parou de bater quando ele voltou, carregando nas mãos trêmulas a caixa ainda com o embrulho do presente que ele me dera naquela noite.

— Fliss e eu guardamos por todos esses anos. — Ele fungou, me entregando a caixa que, agora, não parecia tão imensa quanto na minha memória.

Os tubos de tinta, as telas brancas, o godê para pintura.

Meu lábio inferior tremeu de novo.

As lágrimas que vieram não pertenciam ao Nicholas adulto, mas sim ao Nicholas criança. Porque aquele garoto cheio de sonhos, cor, criatividade e arte… conseguiu, sim, ter sucesso ao levar um lar seguro para as pessoas e comércios com saídas de incêndio extras além do que mandava a lei, mas porque aquele garoto pôde ver o que o homem fez com o seu destino. Era como se eu tivesse jogado fora quase quatro décadas, preso no cume de um peão que nunca me deixou parar.

Eu queria encerrar o looping de culpa e amargura, e foi nesse momento que as lágrimas e o soluço voltaram. Talvez por toda a dor que eu ainda carregava, todas as cicatrizes que ninguém podia ver, a não ser Ray. Ele entendia. Ele foi o único adulto que assistiu ao meu coração se partindo mais pelos meus pais do que pela dor física.

— Eu posso te abraçar, filho? — Sua voz saiu baixa, quase tímida.

— Eu preciso muito do seu abraço — admiti, me levantando.

— Por favor. — Ele fungou. — Vem cá, filho.

CAPÍTULO 32

Nicole

Quando voltei para a sala depois de chorar muito na cozinha com a minha mãe, Nicholas estava abraçando o meu pai.

Soube imediatamente que jamais esqueceria aquela imagem.

Nicholas era muito mais alto, então parecia que ele estava cobrindo meu pai como uma onda do mar que se esqueceu de parar de crescer. Seus braços o abrigavam como não puderam fazer na infância, e ele sustentava boa parte do peso do meu pai, quase como se quisesse tirá-lo do chão. Meu pai deu tapinhas nas costas de Nicholas como se ele ainda fosse um menino. Repetidas vezes, murmurando que tudo ia ficar bem, enquanto ambos choravam.

De alguma forma, apesar de todos os enxertos e do trabalho excelente dos cirurgiões, as cicatrizes do meu pai e de Nicholas ainda se conectavam em alguns pontos. Desde a forma como foram feitas, causadas pelo mesmo fogo, até o jeito como se uniam. Não importava que Nicholas tivesse crescido e se tornado adulto, e que seu corpo ficou alto, forte e com grandes músculos. Naquele abraço, era possível ver que eles dividiram o mesmo inferno.

Não sei se algum dia meu coração sentiu tanto amor, tanta admiração, tanta dor. Mas enquanto eu segurava a bandeja com as xícaras e o bule do tradicional chá preto, parada entre o arco que dividia a cozinha da sala de estar e jantar, me perguntei se eu conseguiria deixar Nicholas ir embora. Se eu conseguiria deixá-lo entrar naquele avião. Faltavam poucas semanas, e ele se mudaria para outro continente. Aquilo não dependia de mim, mas a minha vontade era de pular no pescoço dele e pedir para que ficasse.

Todas as noites eu pedia que o amor te encontrasse.

As palavras do meu pai, as orações dele para Nicholas. Nicholas *ser* o Nicholas da história que me foi contada várias e várias vezes, sobre o garotinho que gostava de tintas e desenho e que salvara a vida do meu pai. Sobre o meu nome ser Nicole em homenagem à coragem dele.

Sobre eu ser… sobre eu *estar aqui* por causa *dele*.

Então, como… ele poderia ir embora?

— Filha — mamãe murmurou ao meu lado, porque eu não tinha percebido o quão longe meus pensamentos tinham me levado.

O abraço de Nicholas e do meu pai tinha terminado, e o olhar de Cole estava em mim, tentando entender o rumo dos meus pensamentos.

— Deixa eu te ajudar — ele disse, dando um passo à frente, pegando a bandeja e colocando-a no lugar certo.

— Já que estamos todos em família. — Minha mãe suspirou. — Me pergunto se vocês aceitam uma torta de carne e queijo? Já está pronta, então, só preciso aquecê-la. Eu sei que já passou muito da hora de almoçar, mas só o chá parece pouco. Vocês precisam comer alguma coisa, já que viajaram por tanto tempo.

— Nicole estava faminta — Nicholas garantiu. — Seria perfeito, a pressão dela cai se ela passa muito tempo sem comer.

O Nicholas. *Aquele Nicholas.* O único Nicholas.

— Ah. — Minha mãe riu. — Você percebeu.

— É, acho que sim.

Seus olhos traçaram o meu rosto como se precisassem mesmo entender o que eu estava pensando. Ele se concentrou nos meus olhos, querendo qualquer dica que a minha alma o quisesse dar.

— Vamos, então — meu pai avisou, nos levando para a mesa, tentando dissipar o momento e trazer alegria. Eu tinha puxado isso dele. Mas, naquele momento, me sentia sem forças. — Querida, vou ajudá-la.

Normalmente, eu ajudaria a minha mãe, mas o meu pai foi sensível o bastante para entender que eu precisava de um momento ou vários momentos a sós com Nicholas.

Não fazia ideia de quanto tempo levaria para superar isso.

Superar *ele*.

— Senta aqui, linda — Nicholas pediu, me levando até o sofá.

Ouvi e vi a movimentação dos meus pais na cozinha, o chá na mesa de centro, bem na nossa frente; o chá que ninguém ia tomar. Tudo parecia meio perdido, como se não conseguíssemos tomar uma decisão e seguir com ela. Nossas mentes estavam aéreas demais para que fizéssemos qualquer coisa. Mas, sim. Nicholas tinha razão. Eu estava com fome. Mesmo que não soubesse como conseguiria comer.

— Como está se sentindo? — perguntei, observando suas mãos nuas em cima das coxas.

E como ele tinha sido incrível por aparecer na casa dos meus pais sem as luvas, permitindo-se ser ele mesmo. Mas não só isso, como desde que ele se revelara para mim, pareceu certo revelar-se para o mundo. Eu estava tão animada para ele ver o meu pai, ver as cicatrizes, pensando que seria mais um passo de aceitação e perdão, mas eu jamais imaginaria o quão conectados, de fato, eles estavam.

— Nicole, todas as casualidades que nos trouxeram até aqui nem parecem casualidades, pra começo de conversa. Acho que eu nunca deveria ter me mudado para a Nova Zelândia. Eu tinha que ter ficado na Inglaterra. Eu continuaria sendo amigo dos seus pais, cuidaria de você como um irmão mais velho faria. Um irmão *muito* mais velho. E, assim, eu não teria que tropeçar nas suas pernas no dia do seu casamento. A ironia é que eu poderia ser, de verdade, o homem que te levaria ao altar.

— Você está brincando, Nicholas?

— Tentando.

Abri um sorriso.

— Não, eu não acho — opinei. — Se você tivesse ficado na Inglaterra, seria adotado por uma família. E nossos destinos, de todo jeito, iam se separar.

— Tem razão. — Nicholas respirou fundo. — Bem, se separariam até certo momento, né? Eu realmente sinto que eu precisava te encontrar.

— Sente isso de verdade?

— Não importasse o quê, Nicole. Nossas vidas iam se chocar. É como se uma força além de nós estivesse nos empurrando esse tempo todo. Não consegue sentir? — Ele colocou uma mecha do meu cabelo atrás da orelha, e umedeceu os lábios.

Meu corpo se tornou tão consciente dele que fiquei sem ar. Nicholas, ele me atraía como um ímã, como uma força energética e universal perfeita.

Então por que você está indo embora?

— Pense nas estrelas como grandes bolas de fogo flutuando no espaço, brilhando sem parar, alheias umas às outras. Às vezes, duas delas se aproximam por causa da atração gravitacional. Essa aproximação pode ter diferentes resultados. Em alguns casos, a fusão estelar. Elas se aproximam tanto que acabam se combinando em um abraço eterno. Em outros, ocorre uma explosão impactante, um choque violento, que leva a uma grande descarga de energia — ele falou e fez uma pausa. — É raro, porque o espaço entre elas tende a ser imenso, mas quando acontece, alteram o tamanho, a forma ou até mesmo o destino uma das outras.

Senti o meu coração valsar.

— Você é a minha fusão ou explosão?

— Nós colidimos, Nicole. Disso, eu não tenho dúvida.

Ele acariciou o meu maxilar com a ponta do polegar, me traçando com delicadeza, da forma como sombreava com o lápis 6-B.

E não me respondeu se íamos nos abraçar.

Ou destruirmos um ao outro.

— A mesa está posta — minha mãe disse, o que me fez lembrar de quando eu era criança e ela falava a mesma frase depois da escola. — Venham se sentar.

Meu estômago fez um som audível ao sentir o cheiro da torta da minha mãe.

Nicholas sorriu.

E fiquei me perguntando quando ele me diria a razão pela qual tinha que ir embora.

CAPÍTULO 33

Nicholas

Depois da torta salgada e da *tortelette* de maçã como sobremesa, Nicole nos levou até os fundos da propriedade. Durante a conversa, ela tomou conhecimento dos traumas que compartilhávamos — nem eu nem o pai dela conseguimos assistir a um filme de novo ou ir ao cinema. Ou chegar perto do fogo. Mas então Nicole comentou que o dia estava lindo e o sol estava gostoso, e que precisávamos aproveitar a companhia um do outro.

Ela estava certa. *Precisávamos* aproveitar. Era bom dividir as dores, mas poderíamos dividir também as alegrias. Abrimos uma cerveja gelada no jardim dos fundos da casa da família Bliss, protegidos da natureza a céu aberto pela sombra das árvores floridas e do pessegueiro que chegava a alcançar a casa vizinha.

A grama se estendia pelo chão aos nossos pés. Ao fundo havia a edícula dedicada à pintura, como uma pequena galeria. A mesa de piquenique a que estávamos sentados, tomando nossa cerveja, ficava perto da churrasqueira e do forno a lenha. Dava para ouvir o som de pássaros diferentes; parecendo cochichar ao mesmo tempo. Aquelas aves, sem dúvida, estavam aproveitando o rio Coln e as árvores frutíferas da região.

Enquanto me acostumava com o cenário colorido, o céu azul, o sol gentil — tudo tão diferente de Londres — foi inevitável não pensar em Queenstown, na vida que me esperava lá.

Eu estava *tão* perto.

Olhei a mensagem no celular que havia recebido antes de viajarmos para The Cotswolds. Na verdade, poucas horas antes de viajarmos. A mensagem que me tornava o homem mais feliz e realizado do mundo, mas por que parecia *agridoce*?

Talvez porque eu não pudesse levar Nicole comigo? Tim e Vera? Ray e Florence? Porque eu não podia fazê-los mudar suas vidas por mim? E porque eu não podia propor a Nicole...

A situação parecia impossível.

Nicole tinha acabado de fazer trinta anos, ela tinha catorze anos de vida a mais do que eu para *viver* e fazer as próprias descobertas; um tempo em que decidimos coisas importantes, como se vamos continuar na profissão que escolhemos, se queremos fazer um mochilão pela Europa, se vamos nos casar, se vamos ter filhos ou adotá-los, ou se vamos apenas cuidar de dez gatos. Essas conversas, que acontecem da gente com a gente mesmo entre os vinte e trinta anos, são as que nos permitem saber, primeiro, o que queremos. Nicole não tivera tempo para isso. Tinha acabado de sair um relacionamento horrível, poucos meses antes. De um quase casamento. Então, eu não podia presumir que ela estava apaixonada por mim o suficiente para deixarmos de ser metade de alguma coisa e nos tornamos inteiros.

Embora eu quisesse.

Eu tinha percebido o quanto a queria enquanto Nicole dirigia o meu carro e seus dedos abraçavam confortavelmente o volante. Seus cabelos balançavam e ela cantarolava uma música qualquer. Ela *estava* feliz. E percebi, naquele momento, que não queria escrever mais uma página da minha vida sem que Nicole estivesse escrevendo a dela ao meu lado. Aquela era uma sensação imensa que vinha crescendo dentro de mim antes mesmo de viajarmos, a mesma que me fez ligar de Dubai para Tim para saber se ela estava bem. Antes mesmo de eu saber que estávamos conectados dessa maneira.

Nicole tinha algo que me fazia esquecer nossa diferença de idade, as minhas cicatrizes e os meus traumas. As dores relacionadas ao meu passado ficavam insignificantes quando eu olhava para ela.

E isso me permitia imaginar.

Sonhar com um futuro em que eu fosse digno de seu "sim".

Um futuro em que ela estivesse pronta para mim.

Ouvi Ray rir de algo com Nicole, e então Florence gargalhar junto. Gostaria de ter rido com eles. Mas eu estava ocupado olhando para ela.

Admirando. Pensando em todas as coisas práticas, e também as não tão práticas.

Queria tocá-la.

Queria beijá-la de novo.

Queria a resposta de uma pergunta que ainda não tivera coragem de fazer.

— Eu não sei se na Nova Zelândia tem isso — Nicole disse, ainda rindo, até que a gargalhada de todos morresse e eu sentisse o clima mudando no ar.

Silêncio.

— Nicole disse que você está se mudando para a Nova Zelândia — Ray apontou.

— Sim. — Engoli em seco e finalmente tive forças para tirar os olhos dela, me concentrando em seu pai. E na conversa. — Tenho assuntos lá. — Decidi que era seguro dizer apenas isso, porque ainda não tinha conversado com Nicole sobre os meus motivos. — Me mudo, na verdade, em duas semanas. O contrato com o comprador da casa já foi assinado, o pagamento deve cair muito em breve. Nicole fez tudo ser o menos complicado possível. E acho que tivemos sorte desta vez.

Ray assentiu, pensativo. Florence levou a mão ao peito, como se quisesse mantê-lo lá. E Nicole me observou com os olhos semicerrados por um segundo, como se eu tivesse dito algo que beliscara o seu coração, mas em seguida ela abriu um sorriso largo que me confundiu.

— Estou pensando... acho que podemos visitar Nicholas em Queenstown. — Ela envolveu as mãos ao redor de si mesma, como se estivesse com frio. — O que acham?

— Parece bom — Ray murmurou.

— Sim... — Florence pareceu um pouco perdida. — Mas por que...

— O dia não está lindo? — a filha interrompeu a mãe. — O que acham de fazermos um piquenique ao pôr do sol? Talvez, amanhã, possamos ir bem cedinho para o Cotswold Water Park e aproveitar a feira em Cirencester. Eu disse para Nicholas que poderíamos nadar e aproveitar a feira, que ainda está acontecendo. Até trouxemos roupa de banho. — Ela parecia agitada. —

É a uns quarenta minutos daqui.

— Claro, filha. Vamos fazer tudo o que você quiser. — Ray acariciou as costas dela. E continuou olhando para Nicole, então para Florence, e depois para mim. Algo pareceu fazer sentido para Ray, porque seu semblante mudou. — Vocês são mais do que amigos?

— Ray... — a mãe de Nicole começou. — Querido, eles são adultos. Você não pode fazer esse tipo de pergunta. Se eles quiserem contar algo para nós, vão dizer. Nicole fez *trinta* anos!

— A questão é que essa é uma situação extraordinária e que me permite fazer esse tipo de pergunta, não é? Nicole não te traria aqui se fosse apenas um amigo. — Ray se empertigou. — Vocês estão namorando?

— Nós somos amigos — Nicole disse, um pouco sem fôlego. — Eu achei que faria bem para mim e para o Nicholas vir para cá, porque é um lugar lindo. E porque o homem que está comprando a casa está morrendo e nós sentimos a dor como se ele fosse um conhecido nosso, mesmo sem termos qualquer elo com ele. De repente tudo pareceu finito demais. A casa sendo vendida, Nicholas indo embora, o sr. Dupont...

— Quem é o sr. Dupont? — Florence indagou.

— O comprador. — Ela respirou fundo. — Enfim, a *vida* pareceu finita demais. Acho que a gente só queria fazer uma viagem relaxante, eu só não imaginava que seria um reencontro.

— Isso não responde a pergunta — Ray disse. — Me desculpe, eu amo a minha filha demais. E talvez esteja sendo invasivo, errado, mas pensar em Nicole sofrendo de novo... eu só preciso entender o que está acontecendo.

— Vocês não precisam responder — Florence disse. — Querido, pare com isso!

— Na verdade. — Bebi um gole da cerveja e a coloquei sobre a mesa. Sem hesitar. Encarando os olhos verdes do pai de Nicole, tão parecidos com os dela. — Estou apaixonado pela sua filha.

Silêncio, exceto pelos pássaros que começaram a se comunicar com ainda mais vigor, indo de uma árvore para outra, como se não quisessem estar por perto em um momento como aquele.

E eu nem precisei pensar, porque era a verdade.

Estava apaixonado por ela, e não havia motivos para não ser sincero. Não tive coragem de olhar para Nicole, mas continuei observando Ray e Florence, que pareciam carregar um brilho diferente no olhar.

— Mas Nicole está certa. Não temos nada. Não *poderíamos ter* nada, se eu só ficarei mais catorze dias aqui na Inglaterra. O meu tempo está acabando, e não é justo que eu diga a Nicole que estou apaixonado por ela assim. Não agora, e talvez nunca. Certamente, não na frente dos pais dela, quando tiro dela o direito de resposta. Mas é como me sinto. E sei que vocês iam querer saber a verdade. Estou apaixonado, mas não temos nada.

— Você precisa mesmo ir, filho? — Florence perguntou baixinho.

— Sim, preciso.

— Então, o piquenique ao pôr do sol? — Nicole tentou. — Sério, gente. Me ajuda aqui. Eu não posso lidar com isso nesse momento.

— Piquenique ao pôr do sol — concordei.

E finalmente olhei para ela.

Corada, perdida, passional. *Por mim?*

— Eu já volto. — Ela se levantou, e desapareceu para dentro da casa.

Me ergui um pouco da cadeira, mas a mão de Florence tocou a minha, me impedindo de ir atrás dela.

— Dê um tempo a ela.

— Eu não deveria ter me declarado dessa forma — sussurrei.

— Ela ainda não sabia? — Florence questionou.

Neguei com a cabeça.

— Como você disse, não havia momento certo para dizer — Ray murmurou.

— Eu te falei, querido, você forçou demais a situação. — Florence pareceu chateada.

Olhei para os dois.

— Estou apaixonado por ela. E nunca me apaixonei por alguém. Não assim.

Os olhos de Ray brilharam. Reconhecimento. Uma lembrança. Algo que eu não sabia, mas ele sim. Florence também, porque a mão que estava sobre a minha segurou-me um pouco mais forte.

— Eu posso te pedir para não machucar o coração dela? — Ray murmurou.

— Quebrarei o meu em mil partes se precisar, mas vou manter o da Nicole intacto.

— Como? — Florence indagou. — Como você vai fazer isso se está indo embora?

Adagas. Flechas. Dor. Tudo me atravessou como mil pontas afiadas sem qualquer outro destino além do meu peito.

— Vou descobrir. — Bebi outro gole da cerveja. — Machucá-la não é uma opção.

— Posso entrar? — Bati duas vezes à porta de madeira entreaberta, e vi que Nicole procurava algo, jogando as peças de roupa para trás, em direção à cama.

— Pode. — Ela continuou a saga de procurar alguma coisa na cômoda.

A casa era relativamente pequena. Eram só dois quartos. Um para ela, e um para os pais. O quarto de Nicole estava decorado, mas nada chamativo.

Era no simples que havia beleza.

A paleta de cores escolhida foi o tom verde-oliva, puxado para o cinza, e paredes brancas. Havia uma estante de livros à esquerda, uma cômoda à direita, uma cama no meio, de costas para a janela. Sobre uma espécie de aparador, vi vários porta-retratos de diversos tamanhos.

Todas eram fotos de Nicole na infância e adolescência.

Dançando balé em uma apresentação da escola; recebendo o diploma na formatura; em um coral da igreja; com um urso de pelúcia enorme na frente de uma árvore de Natal; no colo de duas pessoas mais velhas, que supus serem os avós; uma foto da família em um acampamento de férias.

E a minha mais nova favorita: Nicole brincando com uma boneca da qual, aparentemente, ela havia acabado de arrancar a cabeça.

Algo quase voou na minha cara, uma calcinha. Eu a peguei no ar e Nicole me olhou sobre o ombro enquanto eu abria a peça diante dos meus olhos, puxando com um indicador cada alça para um lado, vendo Nicole corar além do tecido rendado e rosa.

— Gostou? — Ela colocou as duas mãos na cintura. — Quer de presente?

— Muita gentileza sua. Obrigado. — Guardei a calcinha no bolso da minha calça e abri um sorriso.

Nicole olhou para a minha calça, com os lábios entreabertos, chocada.

— Você está irritada comigo? — perguntei, caminhando em direção a ela.

Nicole deu um passo para trás e se concentrou nos meus olhos.

— Acho que sim.

— Acha? — Dei outro passo.

— Você está apaixonado por mim? — perguntou, suas costas tocando a gaveta.

Envolvi os dedos no puxador e empurrei a gaveta com suavidade até que fechasse, levando Nicole para trás, e me colando ao seu corpo.

Desci o olhar para a sua boca.

— Tem dúvida?

— Sim, tenho. Muitas. *Todas* as dúvidas do mundo. E parece que cada um desses pontos de interrogação enormes estão girando dentro da minha cabeça de um jeito que me deixa sem saber o que perguntar primeiro. — Ela respirou fundo e escorregou sua atenção para os meus lábios. — Por que está fazendo isso comigo, Nicholas?

Segurei sua cintura, e levei uma das mãos até o seu rosto. Tracei o seu lábio inferior com a ponta do polegar, vendo o olhar de Nicole se semicerrando para mim. A respiração dela ficou mais curta, e o coração bateu forte contra o meu peito.

— Não é justo te tocar se não sei se vamos poder ficar juntos. — Fiz uma pausa. — Sem saber se você vai me querer.

— Eu quero.

— Não. — Beijei a sua boca, tão suave, que eu mal senti a maciez de seus lábios. Foi um dançar de boca, para cima e para baixo, até olhar para ela de novo. — Não assim.

— Podemos ter um relacionamento à distância.

Balancei a cabeça em negativa.

— Se for para ser seu, eu quero ser por inteiro. Não vamos ter um relacionamento à distância.

Fogo dançou no mar verde e revolto de seus olhos. Nicole tocou o meu pescoço com a ponta dos dedos e desceu pela minha garganta, sentindo o meu pomo de adão subir e descer. Ela entreabriu os lábios, querendo ser beijada.

— O que você quer de mim? — ela murmurou.

— Eu quero que você me queira sem que isso custe os seus sonhos.

— E como vamos saber?

— Me faça as perguntas certas, Nicole — pedi.

Ela abriu um pouco mais os olhos.

— Ainda não estou pronta — confessou. — Mas também estou apaixonada por você.

Foi a primeira vez, em quarenta e quatro anos, que ouvi isso de uma mulher.

— Nicole.

— Estou falando sério.

Engoli em seco.

— Sabe o que eu quero fazer agora?

Ela piscou enquanto eu depositava pequenos beijos nos seus lábios.

— O quê?

— Eu quero fechar essa porta e te levar para essa cama. Foder você. Fazer sexo com você. Fazer amor com você. Todas as coisas que eu estava segurando, todo o afeto que guardei dentro de mim para alguém que achei que nunca chegaria. Eu quero muito te sentir gozando em volta do meu pau enquanto diz o meu nome. Nicholas. Não Cole, não King. Nicholas. O *seu* Nicholas.

E talvez eu queira isso pelo resto dos meus dias. Mas era peso demais. Muito peso para alguém que quase subira no altar, meses atrás, querendo pertencer a outra pessoa.

— Mas a gente tem que esperar. Temos que esperar até estarmos prontos — adicionei.

— Acha que pode esperar enquanto me beija?

Respondi com os meus lábios caindo sobre os seus em um baque delicioso, com pressa, com vontade, com toda a bagunça emocional que só ela me despertava.

Nicole me deu espaço como se não quisesse esperar, me beijando e me sentindo profundamente, girando a sua língua ao redor da minha como se quisesse rodar pelo meu céu e inferno.

Suas mãos me tocaram, deslizando pelo meu peito, com Nicole gemendo e me entregando cada pedaço de si. Ela desceu as mãos para a minha barriga, subindo a regata, me arrepiando inteiro. Empurrei o quadril para frente, sem parar de consumi-la. Uma das minhas mãos foi para a sua bunda, apertando-a. Com a outra segurei a sua nuca até subir meus dedos pelos seus cabelos, ouvindo Nicole tremer sob o meu toque.

Beijar com um sentimento que não é unilateral, beijar uma pessoa que realmente te quer com cada fibra que ela tem — isso é diferente. A vontade colide mais forte do que a batalha das estrelas, e você se perde no que é seu e no que é do outro. Porque você quer entregar tudo, quer receber tudo. Você não espera que mais ninguém entenda, e se o mundo acabar naquele segundo, nada importa.

Sentir aquela língua aveludada ao redor da minha, o gosto da maçã caramelizada de sua boca, a sensação de que eu não queria beijar mais ninguém até o fim dos meus dias — era perfeito.

E foi aí que senti os raios do sol sobre nós dois, enquanto não parava de beijar a mulher pela qual estava me apaixonando sem qualquer sombra, sem qualquer escuridão. Só a luz. A luz forte da verdade. Uma garota que cada vez mais, a cada segundo que passava, acreditava que nascera para ser minha, e que todas as dores que me foram causadas surgiram só para que eu pudesse encontrá-la.

— Nicholas... — ela murmurou entre os meus lábios, assim que reduzi o ritmo.

Estávamos ofegantes.

Bagunçados.

Apaixonados.

E perdidos no jogo do destino.

— Piquenique ao pôr do sol? — sussurrei.

— O quê?

— Vamos fazer um piquenique quando o sol estiver se pondo?

— Sim.

Beijei-a de novo, mas com lentidão e suavidade.

— Vamos, Nicole. — Deslizei os lábios pela linha do seu maxilar. — Vamos ficar com os seus pais.

— Sim... — sussurrou. — Vamos, sim. Me beija... só mais uma vez?

— Só mais uma.

— Talvez duas — ela pediu antes de eu obedecê-la.

Talvez duas vidas.

Porque uma só não parecia suficiente.

CAPÍTULO 34

Cotswold Water Park, Inglaterra

Nicole

No dia seguinte, tínhamos um roteiro para aproveitar.

Tomamos café da manhã bem cedo e fomos para a estrada. Nicholas colocou minhas músicas favoritas e foi como se eu estivesse finalmente em paz.

Ainda me sentia assim, horas mais tarde, com a barriga cheia de quiches, sanduíches e *scones* de creme de leite e geleia de morango, sentada à beira do lago, com os braços esticados atrás de mim.

O dia estava tão bonito que nem parecia ser de verdade. O céu estava aberto, sem uma nuvem sequer, os pássaros cantavam em uma sinfonia perfeita e o lago era bem mais límpido do que eu me lembrava.

O Water Park estava vazio, ao menos na área em que escolhemos ficar; o que era ótimo. Talvez as pessoas já estivessem aproveitando o evento da cidade de Cirencester, que eu e Nicholas planejávamos ir à noite.

Como meus pais tinham o costume de visitar o parque, já conheciam os melhores lugares para ir e o que fazer. Diziam que era o melhor ponto de Cotswolds para namorar porque era o maior sistema de lagos de todo Reino Unido. Então visitavam o parque quase todo mês para, segundo eles, "se reapaixonar". Gostavam de passar o dia entre piquenique, caminhadas, jogos de golfe, observando os pássaros e até fazendo alguns curtos passeios de barco. Meu pai evitava, por razões óbvias, as atividades mais radicais, mas eu sabia que eles aproveitavam à sua maneira.

Havia algumas coisas interessantes para fazer com Nicholas, mas acho que de adrenalina alta já bastava a nossa vida. Então, acomodada na toalha de piquenique, observando a minha mãe na água com o meu pai e Nicholas, eu pensei que a vida era boa.

Era boa, sim.

E ele estava apaixonado por mim.

— Por que não vem pra água? — ele chamou, a voz rouca e alta, passando as mãos pelo cabelo longo e solto, me deixando cada vez mais perto da fantasia do Tarzan.

Tudo em Nicholas estava sorrindo.

E, apesar de seu rosto ser lindo, havia aquele monumento bem na minha frente: o corpo dele. Sem camisa. Pela primeira vez.

Molhado.

Ah, pelo amor de Deus.

Eu podia ver os ombros largos e fortes por trás das cicatrizes, que desciam para os braços grandes, e algumas tatuagens que eu ainda não tinha visto: um pequeno barco, uma ave. E a bandeira da Inglaterra dividida pela bandeira da Nova Zelândia na cintura. Havia uma marca em sua costela, talvez de nascença. Levemente marrom, como um beijo de um anjo que esqueceu de tirar o batom. E a árvore neozelandesa em seu tórax, que eu já conhecia.

Seu peito era tão forte, ele devia exercitá-lo muito. Eu podia ver os mamilos pequenos, a barriga formada por seis gomos, e a trilha da mais pura felicidade que descia do umbigo até a bermuda. Nicholas tinha o V mais profundo que já vi na cintura de um homem, muito bem marcado. A bermuda azul estava agarrada ao seu quadril. Completamente molhada. E mesmo sendo de um tom de azul-claro, a qualidade era boa, porque eu só podia ver um certo contorno ali... nada modesto, por sinal. Mas eu não podia ver, *ver*, sabe?

Tudo bem, era um passeio em família.

E quem estava desesperada para transar, não é mesmo?

Não era como se ele fosse transar comigo.

Talvez, se eu ficasse nua...

— Nicole? — Minha mãe usou aquele tom de voz que toda mãe usa quando está perdendo a paciência. — Vem nadar!

— Estou indo.

Meu Deus.

Tirei o vestido, o chapéu e os óculos escuros e ajeitei o maiô que, sendo sincera, tinha escolhido a dedo para valorizar o meu corpo — era o que eu estava procurando na cômoda no dia anterior, porque apesar de eu ter levado outras opções, me lembrara *daquela peça*. Eu costumava deixar algumas roupas na casa da minha mãe. E enfim o encontrara. O modelo era preto e justo, com aberturas nas laterais que revelavam parte da minha cintura e do meu quadril, e não marcava aquela barriguinha na frente que deixa toda mulher maluca.

Então, andei até a beira do lago, sentindo os olhos de Nicholas em mim, mas eu estava muito nervosa para pensar em sua atenção no meu corpo, nas minhas estrias e minha flacidez. Eu era inimiga da vida *fitness* — comia de forma saudável até a página dois, e não pisava em uma academia havia anos, embora às vezes tentasse dar uma corridinha —, então, basicamente, era um pouco difícil me comparar a um homem que parecia respirar levantamento de peso. E eu estava pensando em tudo isso... até sentir sua mão alcançar a minha, me fazendo olhar para ele enquanto eu descia devagar pelo lago íngreme.

— Te peguei — ele disse.

E o olhar dele.

Nicholas inteiro.

Era difícil acreditar que ele existia. Talvez ele fosse uma falha da criação humana, como se Deus tivesse usado o código do The Sims de dinheiro infinito, só que para beleza, e sem querer foi generoso *demais*.

— Eu... — Abri a boca para dizer, mas minha mãe me interrompeu.

— Filha, seu pai e eu estávamos pensando... acho que vamos para casa.

— Isso — meu pai concordou.

— Estamos cansados e vocês são jovens. Há muitas coisas para fazer por aqui, vocês podem pegar o carro e se divertir no evento da cidade de Cirencester até tarde da noite, como vocês pensaram. Então, por favor, façam isso. Ouvi dizer que vai ter música ao vivo e, esse ano, montaram até um pequeno parque de diversões. É lindo, lindo. Tem até maçã do amor. Eu já comi com o seu pai. Não é, querido?

— Claro, Fliss — respondeu papai.

— Então você pode ir com o Nicholas — minha mãe continuou. — Reservei um apart-hotel para vocês, na rede De Vere, que é bem próximo daqui.

— Mãe, acabamos de chegar.

— Estamos aqui há quatro horas, já comemos e nos divertimos — ela continuou falando. — Já até demos uma olhadinha nas passagens de ônibus para voltarmos...

— Não, sra. Bliss. Faço questão de levá-los — Nicholas garantiu.

— Não — meu pai rebateu. — A viagem é tão curta. Nós já viemos para esse parque tantas vezes, queríamos apenas fazer um pouco de companhia para vocês. Não aguentamos ficar o dia inteiro, como antes.

— O que disse sobre o hotel, mãe? — perguntei.

— É um quarto. Deixei a chave na sua bolsa. — Ela me olhou ultrajada. — Por que está fazendo essa careta, filha?

— *Um* quarto?

— Era o que tinha. — Ela deu de ombros.

Estreitei o olhar.

Porque o semblante da minha mãe era de quem tinha feito um planejamento estratégico inteiro e eu ainda não tinha sacado. Não até aquele momento. Eles tinham fingido que passariam o dia conosco, para nos fazer ir ao parque. O parque que *namorados* iam. Namorados e pessoas casadas há *quarenta anos.*

— É a melhor suíte do De Vere... — Ela começou a sair do lago e a puxar o meu pai. Pegou a cesta de piquenique e deixou as toalhas e mais algumas bolsas. — Eu te ligo quando chegarmos em casa. Vamos nos secar ao sol e pegar o ônibus em uma hora.

— Vocês têm certeza de que está tudo bem, Ray e Florence? — Nicholas perguntou.

Senti sua mão na minha cintura.

— Sim, claro. — Meu pai abriu um sorriso radiante e parou ali, por um segundo, antes de balançar a cabeça e seguir a esposa. — Cuide dela, filho.

Num piscar de olhos, estávamos sozinhos. Com o lago ao nosso dispor e a vida sem planos. Quer dizer, eu ainda queria ir ao festival com ele.

Ficamos um tempo em silêncio, absorvendo, nadando. Mas, em dado momento, Nicholas me surpreendeu e me puxou pela cintura, colando seu corpo no meu. *Molhado. Eu já disse que estávamos molhados?*

Seus lábios rasparam na minha boca, enquanto ele sorria. Sentir a pele dele sem muitas camadas de roupas entre nós me deixava arrepiada. Seus músculos pareceram me abraçar, todo o seu corpo pareceu me abraçar. Ele era tão gostoso e eu queria tanto ter Nicholas dentro de mim.

— Quer aproveitar mais o lago?

— Talvez só mais um pouco — murmurei, um pouco tonta. — Podemos tomar sol, ir para o hotel, tirar essa roupa molhada...

— Hum. — A voz de Nicholas ficou mais rouca.

Era isso ou um gemido tinha acabado de escapar.

— O que foi?

— Acho que gosto muito mesmo desse plano.

Eu ri.

— Tiramos a roupa, tomamos banho — continuei.

— Porra.

— Você não é de falar muitos palavrões — eu comentei.

— Continue, Nicole.

— E então nos arrumamos para o festival.

— Pena, achei que tiraríamos a roupa e não sairíamos mais do quarto.

Envolvi meus braços ao redor da sua nuca. Meu coração batia muito, muito forte.

— Está dizendo que me quer? — sussurrei.

Passei as pernas ao redor da cintura dele, e Nicholas começou a me levar mais para o fundo do lago, enquanto pensava na resposta. As mãos dele foram para a minha bunda, e ele apertou com força, me trazendo para perto e me esfregando nele.

— Eu te quero todos os dias, Nicole. E estou ficando cansado de brincar, de só provocar. Não tenho muita paciência pra isso. Normalmente, fodo com força e bem gostoso, mas com você... — Seus lábios foram para o lóbulo da minha orelha, e ele mordeu um pouquinho. Bem suave. Meus mamilos ficaram duros e empurrei o quadril para frente, precisando mais do que aquilo. — Com você estou indo com tanta calma, parece que você é preciosa demais para eu tocar.

— Não sou preciosa demais. Você pode me foder. Ou pode me foder preciosamente.

Ele riu, grave e rouco, tão lindo. Me levando para o seu pau e me mostrando o quão duro ele estava. Como se Nicholas soubesse o quanto eu precisava dele, ele me afastou do seu quadril, tirou uma das mãos da minha bunda e foi para a parte da frente do meu maiô, afastando o tecido para o lado. Gemi quando seus dedos deslizaram pelo meu clitóris só um pouquinho, antes de ele sentir o quanto eu já estava pronta. Ele deslizou dois dedos para dentro de mim. Arfei quando o senti ir e vir, tocando em todos os pontos certos.

— Te foder preciosamente. — Ele riu de novo, e eu rebolei devagar na sua mão. — Gosto da ideia.

— Por que comigo você não... avança? Por que... — *AiMeuDeus.* Gemi quando ele começou um vai e vem mais depressa, me fazendo quase chegar lá muito, muito rápido. — Por que está me fazendo esperar?

— Estamos apaixonados, Nicole.

E ele não me deixou responder, porque circulou o meu clitóris com a ponta do polegar, fazendo aquele formigamento conhecido subir e descer e inchar os lábios. Eu estava com tanto tesão, mas não podia deixar de olhar os seus olhos. Aquele mar azul dentro de um lago. As tempestades de Nicholas. As tormentas que ele carregava. O amor que surgia na superfície, apesar disso. E o meu desejo por ele que não acabava jamais. Ele acelerou e acelerou, me beijando como se tudo aquilo fosse uma prévia, nunca por inteiro.

Até que explodi em milhares de partículas e ele me segurou bem forte com um abraço, afundando os dedos o máximo que conseguia, enquanto eu vibrava e gemia o seu nome, sem me preocupar se alguém nos veria, porque eu não queria parar. Então, gozei. Talvez três vezes seguidas, olhando para Nicholas e beijando sua boca, me segurando nele como se precisasse de mais.

Não era suficiente.

O pouco, aquele toque, suas mãos.

Não bastavam.

— Eu quero te tocar sabendo que não vai ser a primeira e última vez — ele sussurrou na minha orelha, enquanto eu ainda estava lutando por ar. — Não quero um sexo de despedida, eu quero um sexo de quem vai permanecer. E não *posso* permanecer, Nicole. Não posso ser seu se você não souber o que vai te custar ser minha.

A pergunta que eu queria fazer chegou na ponta da minha língua, mas esperei meu fluxo sanguíneo voltar ao normal, minha respiração, a sensação de Nicholas em mim, até os seus dedos saírem de dentro do meu corpo e eu poder encará-lo com seriedade.

Segurei as laterais do seu rosto e vi toda a paixão que sentia por ele, lentamente, se transformar em amor. Como o desabrochar da primavera, que não sabe se ainda é inverno ou se já pode começar a florescer.

Mesmo sem conhecer toda a vida de Nicholas, queria amar aquele homem. Sabia que podia amá-lo, porque o meu coração nunca batera daquele jeito. Sabia que já o amava, pelo simples fato de que, agora, eu queria saber.

Eu *precisava* saber.

Tinha que parar de fugir da pergunta.

Beijei seus lábios um segundo antes de questionar o que poderia nos separar para sempre.

— Qual é o verdadeiro motivo de você querer ir embora?

PARTE 7

"Uma mulher como você e um homem como eu não se esbarram muitas vezes na face da Terra."

— Joseph Conrad

CAPÍTULO 35

Nicholas

Não era um motivo absurdo. Não precisava fugir da Inglaterra porque matei alguém. Não tinha uma esposa me esperando na Nova Zelândia. Não havia familiares por lá, além dos meus falecidos avós. E da sepultura dos meus pais, que foram enterrados lado a lado, porque era o que nós sabíamos, eu e os meus avós, que eles iriam querer. Não havia nada, exceto tudo. O futuro que eu planejara. A beleza do lugar e a paz de viver em uma cidade pequena e acolhedora.

E, como eu disse, a perspectiva do amanhã.

Um futuro que eu jamais poderia saber como soaria para Nicole, até que ela perguntasse. Até que ela tivesse o real interesse em entender. Porque eu não me envergonhava, muito pelo contrário, só temia que ela dissesse que era demais.

Nos levei para longe do lago, que de repente pareceu mais frio. Fomos para a margem, nos secamos, e enquanto ainda estávamos nos vestindo, lancei um olhar para Nicole.

— Talvez não goste do que vou dizer.

— Acho que você deveria tentar — ela murmurou, colocando o vestido, os olhos curiosos, incertos e com medo do que minha revelação significaria para nós. — Vem. Senta aqui. Vamos ter essa conversa com calma e vamos ser gentis com o coração um do outro, tudo bem?

— É uma coisa boa. Para mim.

— Eu sei. — Ela abriu um sorriso. — Ou você não iria embora.

Assenti.

Nos sentamos na toalha do piquenique. Eu ainda conseguia sentir em meu corpo vestígios de quase ter transado com ela a céu aberto. Tudo em mim estava quente, acelerado. Correndo na direção dela. E parecia que, se eu falasse algo que Nicole não estivesse esperando, eu ia me chocar contra uma parede em alta velocidade.

Mas talvez minha apreensão não fosse por nós, e sim o risco que eu estava correndo de que a minha vida não se encaixasse com a de Nicole.

Soltei um suspiro, passei a mão pelos cabelos, sentindo as gotas d'água descendo pela minha nuca e costas. Também sentindo o olhar de Nicole em mim.

— Já faz quase dois anos que iniciei um processo burocrático na Nova Zelândia — comecei. E eu senti um sorriso largo escapar dos meus lábios, porque esse era o meu maior sonho. E toda vez que eu conseguia falar desse sonho, o que não acontecia com frequência, somente com Tim e Vera, eu me iluminava inteiro por dentro. E apesar de toda apreensão, não pude deixar de sorrir para ela, porque ia dividir algo muito intrínseco sobre quem eu era. — Eu quero ser pai, Nicole.

O vento tocou o seu rosto, e os cabelos de Nicole, mesmo molhados, voaram. Ela não se preocupou com eles, assim como não me importei com os meus. Seu rosto expressava mais choque do que eu esperava. Ela pareceu ficar até um pouco tonta, porque levou a mão para o chão e segurou a toalha sob nós com um pouco mais de força.

— Você quer. — Ela fez uma pausa. — Ser pai — afirmou.

— Eu quero *muito* ser pai.

— Tudo bem.

Soltei um suspiro.

— Esse sonho caminha comigo desde que me entendo por gente e no início da fase adulta ficou ainda mais forte. — Umedeci os lábios, me lembrando dos meus vinte e poucos anos. — Desde então, tenho estudado para me tornar um profissional competente, um cara que ninguém poderia refutar o trabalho, academicamente falando. Meu currículo tinha que ser perfeito, porque eu precisava fazer uma pequena fortuna. Eu queria dar o melhor para os meus filhos. Moldei a minha vida para isso acontecer.

Nicole assentiu.

— Meus avós faleceram com cerca de dois anos de diferença um do outro, quando eu estava me organizando para construir uma carreira lá, na Nova Zelândia. Mas com o luto e a instabilidade do mercado, ficou difícil permanecer. Então decidi vir para a Inglaterra fazer o doutorado. Conheci Tim. Ele me apresentou a alguns profissionais que entendiam de criação de marca, marketing, empresa e tudo sobre o sucesso que um arquiteto pode fazer no ramo. Em meio aos contatos certos e a minha criatividade, consegui formar uma carteira de clientes invejável em pouquíssimo tempo. Então, o dinheiro, o que eu queria prover para ser pai, já existia. Faltava outra coisa.

— Uma família — Nicole adicionou.

— Dado o meu histórico, eu sabia que não encontraria uma pessoa para dividir esse sonho comigo. As mulheres que se aproximaram de mim queriam status, presença. Dinheiro. Claro, sem saber que eu era um homem marcado por cicatrizes. Quando entendiam quem eu era, que por mais que o fogo tenha saído da minha pele, a chama ainda permanecia em mim, me queimando emocionalmente, deixava de ser interessante. Mesmo trabalhando a mente na terapia, não tem como uma pessoa se curar da maior dor que um ser humano pode sentir, Nicole. Você apenas continua, *apesar* da dor. E continuar, pelo jeito, não era o bastante. Porque elas podiam *ver*.

Ela soltou um suspiro e me deixou continuar.

— Eu também não era agradável de ser visto, o que fazia de mim insuficiente para desfilarem comigo nas festas de família ou nas reuniões empresariais. Me pediram para eu me cobrir mais e mais. Meu corpo não era bom o bastante para fotos seminuas nas Maldivas... claro, essas mulheres não disseram para mim que sentiam nojo e repulsa. Ou, pior do que isso, vergonha. Mas estava lá. Nos olhares, nas insinuações de como eu deveria me vestir, nas luzes apagadas. Até que se tornou insuportável. Sendo sincero, eu não ia querer que nenhuma dessas mulheres fosse a mãe dos meus filhos.

— Entendo — ela concordou.

— E então, aos quarenta anos, me vi ainda sonhando com algo que parecia distante e até impossível. E não estou ficando mais novo. Não era justo adiar esse sonho só pela espera de uma pessoa que eu sabia que seria quase impossível encontrar. O cenário ideal não existe, então comecei a criá-lo. — Fiz uma pausa. — Em Queenstown estou construindo a outra casa que era o sonho dos meus pais. Possui mais quartos do que um homem solteiro precisa, mas pretendo enchê-la de crianças. Eu *vou* enchê-la de crianças. — Meu sorriso ficou ainda mais largo. — Quando contratei você para vender minhas propriedades, a clínica tinha acabado de me ligar e dado todos os sinais verdes. Finalmente ia acontecer. Toda a parte burocrática e legal tinha sido aprovada.

Nicole pareceu tentar compreender o que eu estava dizendo, porque sua mão foi para a minha coxa e ela piscou várias vezes.

— Clínica? — sussurrou.

— Sim. Uma clínica de fertilização. — Tentei não interpretar o seu olhar, e decidi continuar falando. — Eles iniciaram o processo de fertilização in vitro, com a doação de óvulos e gestação de substituição. Leva meses até elaborarem o cronograma de tratamento, depois que a parte legal foi toda definida, além da sincronização de ciclos e outros processos. Mas eu tive a notícia de que deu certo, o embrião foi fecundado.

— Você vai ser pai. — A voz dela não foi nada além de um sussurro levado pelo vento.

— Eu vou, Nicole. — Eu não conseguia parar de sorrir, por mais aterrorizante que fosse explicar tudo para ela. Nunca imaginei que temeria ser julgado, mas a opinião de Nicole era importante para mim. — E também quero adotar depois de já ter tido sucesso com a fertilização. Penso em ter cinco filhos. — Ri, pensando na loucura que isso seria. — Mas, é isso. Falei brincando esse número para os meus pais quando perguntaram quantos irmãos eu queria ter e ainda é o meu desejo, mas de outra forma. E acho que minha família merece. Os King merecem. Eu mereço dar para essas crianças todo o amor que guardei dentro de mim, esperando elas chegarem. Eu mereço ser amado de forma genuína mais uma vez. Eu mereço construir uma família. E mesmo que seja difícil entender isso as vezes, eu sei que mereço, acima de tudo, ainda estar vivo e respirando.

Não sei em que momento Nicole se jogou nos meus braços, mas arfei pela surpresa enquanto ela sorria com o rosto grudado no meu. Ela estava rindo, por alguma razão que não entendia, e senti suas costas subirem e descerem embaixo da minha mão. Nicole não apenas estava rindo, ela estava eufórica. Ela se afastou de mim, segurou as laterais do meu rosto e abriu um sorriso que certamente meu cérebro jamais esquecerá.

— Você vai ser pai! — Ela riu de novo. — Ai, meu Deus. *Parabéns,* Nicholas. Você vai ser um papai maravilhoso!

— Vou?

— Claro que vai! — Ela beijou minha bochecha, e então minha testa. E, quando se afastou, vi que seus olhos estavam um pouco marejados. — Você com certeza merece tudo o que deseja.

Umedeci os lábios, meu coração batendo forte. Porque chegamos naquela parte da conversa em que minha história seria uma bifurcação para nós dois ou uma via de mão única.

— Nicole...

Ela se ajeitou de uma maneira que se sentou entre as minhas pernas, de frente para mim. Cada uma de suas pernas na lateral dos meus quadris, seus braços descansando em meus ombros. Seu olhar gentil, tão amoroso. O afeto que nunca recebi de ninguém.

— Esse é o meu nome. Por causa do seu. É estranho? É, né? — Ela pareceu distraída por um segundo.

— Nicole.

— Sim.

— Há alguns meses, você estava de casamento marcado, quase prometendo ficar para sempre com outra pessoa. Eu caí em cima de você e te ajudei a sair daquela situação... depois nos reencontramos por causa do Tim.

— Por causa do Tim?

— É, ele te procurou on-line depois de ligar para o resort e conseguir algumas informações sobre você. Não me pergunte como. Ele ficou curioso com a sua história e queria saber se você estava bem. Então colocou o seu telefone em uma lista de imobiliárias, porque sabia que eu queria vender as casas, e aqui estamos.

— Ah, agora faz sentido. Como um milionário ia me encontrar assim? Do nada?

Eu ri e coloquei uma mecha de seu cabelo atrás da orelha.

— O que estou tentando dizer é que você tinha planos com outra pessoa.

— Então você apareceu.

— Sim, eu apareci — concordei. — E a minha vida já está pré-definida para o restante dos meus dias. Não espero que você entenda isso, não espero que embarque nisso comigo. Não espero que se case comigo só porque vou ser pai e que esteja nessa etapa do relacionamento, porque, na verdade, nós não estamos, certo?

— Você está me pedindo em casamento?

— Não, Nicole. Eu só estou tentando te dizer que você não precisa ficar comigo e com o pacote completo.

— O bebê. Você. Me mudar para a Nova Zelândia?

— Você tem duas escolhas, Nicole — falei. — Estar comigo ou não estar. Estou apaixonado por você e eu quero você. Mas preciso saber se está disposta. É como eu falei, não posso ser seu antes que você entenda o que me acompanha.

— Sim, é justo.

— Mas a primeira opção, a opção em que você fica comigo, não é preto no branco e não vem acompanhada de responsabilidades. — Suspirei fundo. — Caso queira ficar comigo, não preciso e não quero que você sinta que tem que ser mãe só porque vou me tornar pai. Não estamos na etapa do relacionamento em que, subitamente, pulamos o namoro e o casamento e nos tornamos pais. Só porque sou mais velho do que você e já cheguei lá, não quer dizer que você tenha que me acompanhar. Consegue entender?

Ela concordou, mas parecia feliz. *Tão feliz*. Como se o fato de eu ter dito que a queria fosse novidade. Beijei seus lábios, porque talvez fosse. Eu já tivera aquela conversa comigo mesmo por tantas vezes, que me esquecia que talvez Nicole ainda não entendesse a profundidade das minhas emoções.

— Você me quer — ela sussurrou.

— Sim, linda. — Beijei seus lábios uma, duas vezes. — Eu te quero. Mas tem outra coisa... vê se para de nublar a minha mente com esse seu corpo e os seus beijos.

— Tudo bem — ela murmurou de volta, e afastou um pouco o rosto.

Tudo em Nicole parecia brilhar.

Ela era linda. Tão linda.

— Também não espero que você mude sua vida e fique comigo na Nova Zelândia.

— E como faríamos isso?

— Preciso pensar.

— Também não quero que você abdique dos seus planos.

— Se você disser sim para mim, estar com você também fará parte dos meus planos, Nicole. *Você* será o meu plano. Você e o bebê. Eu só preciso que me diga, depois de pensar e ponderar, se existe uma chance para nós dois.

— Tudo bem, mas preciso transar com você primeiro.

Meus lábios se entreabriram levemente.

— O quê?

— Preciso transar primeiro, Nicholas. Antes de decidir se eu te quero. Como você *quer* que eu aceite ser sua... *alguma coisa*... se eu nem fiz o *test drive* ainda? Preciso de provas. Preciso da experiência completa. Seus dedos são ótimos e sua língua é perfeita, mas eu preciso, de verdade, que o seu pau funcione, amor. — Ela fez uma pausa e ponderou. — Com todo respeito, claro.

A gargalhada que saiu de mim varreu todo e qualquer traço de medo, angústia e preocupação. Eu soube, naquele instante, enquanto ria com a Nicole, que ficaríamos bem. Mesmo se tivéssemos que adaptar uma rotina entre os dois países, desde que Nicole quisesse ser minha, nós daríamos um jeito. Nós poderíamos fazer tudo dar certo, porque eu sentia que o universo havia me queimado só para que eu pudesse renascer nos braços dela.

— Se você quiser, será a minha namorada primeiro.

— Então... noiva?

— E esposa — concordei. — Mas não acho que precisamos ter pressa.

— É, eu acho que não.

Tracei o seu maxilar com a ponta do meu polegar imperfeito, que Nicole não parecia sequer se dar conta. Ou realmente se importar.

— Acha que pode pensar nisso por mim, Nicole? — Olhei os traços do seu rosto. A cor rica de sua pele, os olhos verdes e cor de mel brilhantes, os cílios mais escuros que os cabelos, os lábios avermelhados. — Acha que pode me dar uma resposta antes da minha viagem?

O olhar dela pareceu doce quando assentiu.

— Posso.

— Ótimo.

Nicole acariciou meu cabelo e então abriu um sorriso largo.

— Até agora, eu não sabia que você tinha cogitado ficar comigo, ficar comigo de verdade.

— Achei que tivesse ficado óbvio no teatro.

Ela riu.

— Há coisas que precisam ser ditas com todas as letras.

— Vou me lembrar disso — prometi.

CAPÍTULO 36

Nicole

Enquanto caminhávamos de mãos dadas pela feira de Cirencester, com crianças correndo entre as nossas pernas, a roda gigante cintilando cores primárias e a música clássica saindo dos carrosséis de unicórnios, pensei que, sem sombra de dúvidas, *ser mãe* estava nos planos.

Com Jordan era um sonho distante porque, toda vez que eu tocava no assunto, ele dizia que precisávamos estar prontos. Eu concordava. Achava que tínhamos que ter estabilidade financeira, um lar, antes de trazermos uma criança ao mundo.

Mas eu *sempre tive* vontade de ser mãe.

Quando Nicholas me contou sobre o bebê, sobre todas as voltas que ele teve que dar para conseguir ser pai, tudo o que eu vi nesses últimos meses, de repente, fez sentido.

A escolha de Queenstown, por ser a cidade natal da mãe e a cidade em que fora criado. O distanciamento emocional, como se ele nunca tivesse de fato presente, mas em outro lugar. O fato de ele ter evitado a nossa primeira vez, para que eu tivesse direito de escolha quanto a me envolver ou não com ele, sabendo tudo o que significava estar com ele. E eu entendi o que ele quis dizer na nossa última conversa, entendi que ele não queria me colocar no papel de mãe e esposa só porque ele tinha escolhido isso para si mesmo.

Poderíamos ir com calma.

É claro.

Mas é que foi tão fácil pegar a alegria de Nicholas e fazê-la um pouco minha porque eu vi a coisa mais natural e bonita surgir dentro dele. Era algo que eu não conhecia. Algo que já estava ali. E tornava a sua personalidade protetora, o cuidado dele, tudo o que ele era... certo. Eu o queria.

Eu queria uma vida com ele, mesmo sem saber como faríamos isso. Porque eu não poderia deixar os meus pais e ir para a Nova Zelândia. Eu tinha a minha imobiliária e novos clientes. Eu tinha algumas casas em andamento para venda, além da venda da minha propriedade quando o mercado melhorasse. Tinha algumas dívidas para pagar, inclusive a reforma do apartamento. Por outro lado, não queria deixar Cole sozinho. Eu queria conhecer o bebê. E acho que... queria participar do processo ao lado dele.

— O que acha de irmos na roda gigante? — ele perguntou.

E de repente, eu parei de pensar em tudo aquilo, porque nunca imaginei que ele falasse algo assim. Eu ri e ponderei.

— É bem romântico, mas e se formos no carrossel?

Nicholas piscou, um pouco surpreso.

— Eu tenho quarenta e quatro anos, Nicole.

— E tem idade máxima pra subir? — Eu o puxei e olhei o aviso colado do lado de fora. — Viu? Idade mínima cinco anos. Altura mínima um metro. Peso máximo cento e vinte quilos. Acho que você pesa uns...

— Peso noventa e oito.

— Então, viu? — Sorri.

Ele fez uma careta.

— Eu não acredito que vou no carrossel por sua causa.

Vitoriosa, dei pulinhos enquanto o levava para a fila. Na nossa frente havia dois casais de namorados e uma família com dois adolescentes e duas crianças pequenas. Puxei Nicholas para perto e envolvi sua cintura. Meu nariz alcançou a ponta do seu queixo com a barba por fazer, causando cócegas, quando ele se abaixou para me olhar, e eu sorri.

— Assim que você subir no carrossel... — falei.

— Hum.

— E montar no unicórnio.

— Sei.

— Eu vou tirar uma foto e colocar na minha casa. Como um quadro.

Nicholas soltou uma gargalhada tão gostosa que as pessoas nos olharam.

— Você pode fazer isso, mas tenho certeza de que eu poderia fazer a maior loucura da minha vida neste momento e que nada vai se comparar à adrenalina de reencontrar o homem que me salvou. — Cole fez uma pausa. — E que ele é o seu pai.

— Nossa história é meio maluca, Nicholas.

— Não, amor. — Ele beijou os meus lábios e o seu sotaque neozelandês, misturado ao inglês, me chamando de amor, fez todas as borboletas mortas na minha barriga ressuscitarem, voarem e atingirem o ponto mais alto do céu. — A nossa história é a melhor de todas.

Eu queria responder a ele que sim; tínhamos a melhor história, não amanhã, mas naquele momento, só que nós fomos chamados. Pressionei os lábios para não rir ao ver um homem de quase dois metros de altura encarando um unicórnio pequeno, se perguntando como ele ia subir ali. Eu montei rapidinho, e peguei o celular, fazendo fotos.

— Monte, amor.

— Seria melhor se você estivesse dizendo isso nua, no quarto.

Um homem tossiu, e eu ri.

— Eu posso dizer, mas você precisa *viver*. Suba no unicórnio e se divirta.

Nicholas soltou alguns palavrões, e mais uma dezena de resmungos, mas passou a perna pelo brinquedo e colocou os pés no suporte, os joelhos completamente dobrados porque ele mal cabia ali. Decidi mudar de foto para vídeo quando Nicholas agarrou a haste e me lançou um olhar.

— Eu juro por Deus que se você mostrar isso para a minha criança quando ela ou ele estiver na fase adolescente, em que tudo é uma piada, eu te expulso de casa.

— Prometo não mostrar.

Ele abriu um sorriso largo, a música começou a tocar e o brinquedo a subir e descer, enquanto meu coração ficou em um estado louco porque... Nicholas tinha me colocado no *futuro*. Na agenda dele e no planejamento de longo prazo. Eu estava *lá*. Estava lá nos pensamentos e no coração dele. E eu estava lá antes de ele ouvir a minha resposta, porque aquele homem que subiu num carrossel ridículo por minha causa realmente me queria.

— Está pensando? — ele disse, me lançando um olhar.

— Sim.

— Não vou pressionar por uma resposta.

— Eu sei que não. — Abri um sorriso tenso. — Quando você volta para a Nova Zelândia? O dia exato?

Ele me deu alguns detalhes da sua viagem para dali duas semanas, enquanto ainda estávamos no brinquedo. E eu assenti, sentindo algo apertar o meu peito.

— Como vamos fazer isso? — perguntei.

— O primeiro passo é decidir se me quer.

Havia tantas cores formando uma moldura ao redor dele, contrastando com ele. Nicholas estava completamente vestido de preto. Com uma camiseta de mangas curtas, a gola em V. A calça preta. As tatuagens, sua pele, seus olhos azuis e aquele cabelo lindo e rebelde. Ele parecia tão decidido naquele unicórnio branco, lilás, azul e cor-de-rosa, que tive vontade de rir, de chorar. A resposta estava na ponta da minha língua.

— Você sabe que eu te...

— Mas não porque gosta de mim e está apaixonada por mim — ele disse.

— Pelo quê, então?

— Por acreditar que os nossos sentimentos são fortes o bastante para enfrentarmos o que for. Não é só me querer e gostar de mim, é ter fé de que o relacionamento vai sobreviver se tivermos que viver tempestades. — Ele fez uma pausa. — Como eu disse, você acabou de sair de um noivado com o Jordan, e não espero que embarque nessa comigo, mas, Nicole, eu estou pronto. De verdade. Eu estou, linda.

Quando eu estava tentando decidir qual profissão seguir, entre ser corretora de imóveis ou... qualquer outra coisa, minha mãe me segurou pelos ombros, me olhou fixamente e disse que aprendera algo com a mãe dela que nunca se esqueceu: o não, às vezes, vem disfarçado de talvez. Carregamos no talvez as nuances da nossa insegurança e do medo do impacto de um não. Temos medo de não sermos aceitos, temos medo de não sermos compreendidos, temos medo do outro. Temos medo porque a força do não parece sempre mais dura e rígida do que um sim. Sendo que, na verdade, o sim é toda a resposta, a única resposta, que podemos dar quando *nos* escolhemos. Ela disse, então, que o não se disfarça, é claro. Mas o sim é inconfundível. O sim é imutável; é uma força absoluta que ecoa a certeza de estar seguindo seus princípios e a sua verdade.

Eu já tinha escolhido a corretagem de imóveis porque nem cogitara outra profissão além dessa. Eu *amava* o conceito de lar, e amava me comunicar com as pessoas. Eu adorava a ideia de que, ao trabalhar com casas, comércios e apartamentos, eu poderia estar trabalhando com o sonho de alguém. De duas pessoas ao mesmo tempo. Ou mais. E assim a corretagem de imóveis veio com um sim grave, alto e claro. Enquanto olhava para Nicholas, percebi que não havia um talvez para nós. Ou o não. Escolher Nicholas era escolher a mim mesma e a vontade do meu coração.

Eu queria tudo o que viesse com ele.

Cinco crianças, cinco cachorros. Não me importava o que haveria dentro da nossa história ou entre ela. Se tínhamos dado a volta ao mundo para chegarmos até aqui, deveria significar que estávamos protegidos pelas estrelas. Deveria significar que fomos feitos um para o outro, porque eu tinha certeza de que o meu futuro ia ser com aquele homem, assim como ele já me colocava na narrativa lá da frente.

A paixão deu seu giro completo e se tornou amor.

Assim que o carrossel parou, puxei Nicholas e, rindo como uma adolescente, levei-o para trás de um trailer de sorvete, longe dos olhos das pessoas. Seu olhar caiu no meu, na minha boca, e Nicholas pareceu sem ar quando o encostei na parte de trás do trailer, segurando as laterais do seu rosto e ficando na ponta dos pés para beijar seus lábios.

Ele terminou de me puxar até que não houvesse espaço algum entre nós, ficamos tão colados que eu sabia que seríamos assim pelo resto da vida.

Cole pareceu ler os meus pensamentos, porque seus dedos agarraram a minha blusa, moendo-me contra o seu corpo, sua língua pedindo espaço enquanto ele gemia e me entregava cada pedacinho do seu coração que eu sabia, Deus, eu sentia, que nunca havia sido entregue a ninguém.

E foi quando nossas bocas se separaram e buscamos ar nos lábios um do outro, sorrindo, que a noite se tornou dia, os fogos subindo ao céu e cobrindo as nossas cabeças.

O que poderia ser lindo, foi catastrófico.

Porque o olhar de Nicholas se transformou.

O estrondo alto, as explosões.

Não levou nem meio segundo para eu entender que os fogos eram um gatilho para ele. Meu pai também tinha gatilhos. Não com fogos, mas com outras coisas. Ele não podia ver malabarismos com fogo e projetores de cinema. Ele não podia sentir o cheiro de pipoca. Para Nicholas, no entanto, eram os estrondos, a cor branca, amarela e laranja dos fogos que remetia às chamas.

Ele começou a tremer e suas costas escorregaram pelo trailer, até que estivesse sentado no chão, arfando. Tentando respirar. Eu desci com ele, ainda meio que nos seus braços, ficando entre as suas pernas abertas, percebendo que ele não estava ali. Não mais.

— Nicholas! — gritei sobre os estrondos, que pareciam durar uma eternidade.

Seu olhar vagou para o lado direito e esquerdo, repetidas vezes, sem nunca olhar para mim. Suas pernas estavam inquietas, e suas mãos agarraram a grama sob nós.

E vê-lo assim fez o meu coração sangrar.

Cobri seus ouvidos com as minhas mãos em concha, tentando impedi-lo de ouvir. Nicholas voltou trinta anos ou mais naquele momento. Ele parecia um garoto. Um garoto que conheceu a dor. E a dor era tão antiga quanto podia se lembrar.

Cobri seus ouvidos com ainda mais vontade; os fogos explodindo. As cascatas em puro som de chuva de prata por cima de nós, faíscas brilhantes cobrindo o céu. Nicholas segurou os meus braços, depois cobriu minhas mãos com as dele, e as pressionou com ainda mais força contra os ouvidos.

Os lábios entreabertos, a respiração curta. Seus olhos se fecharam e só quando tudo acabou foi que ele voltou a respirar.

— Volte para mim — pedi, baixinho.

Nicholas pareceu tonto por um segundo. Ele me olhou, como se quisesse entender se eu estava segura. Olhou para os meus ombros, braços, meu rosto. Minhas pernas. Me olhou por inteiro até exalar profundamente.

— Sinto muito.

— Está tudo bem.

— Eu parei a terapia há um tempo. — Ele fechou os olhos de novo. — Preciso voltar a cuidar da minha mente. Quero cozinhar para a minha criança. Quero fazer uma fogueira em um *camping*. Quero construir lembranças. E quero que você não fique apreensiva a cada Ano-Novo só porque sabe que os fogos me lembram o som da explosão que ouvi atrás da tela do cinema. — Exalou tudo. — Tudo explodiu de repente, sabe? Foi um problema elétrico e estrutural.

— Eu sei — concordei, tirando as mãos dos seus ouvidos. — Meu pai acompanhou todo o processo legal, até o momento em que os donos foram condenados. Além dos seus pais, mais oito pessoas morreram naquela noite.

Nicholas concordou e respirou fundo.

— É bom falar disso com você, me cura por dentro. — Ele fechou os olhos de novo. — Mas preciso me cuidar, Nicole.

— Você precisa e está tudo bem. Estarei com você. Podemos fazer isso juntos. — Sorri. — Pouco a pouco. Tenha paciência. Há toda uma vida para viver, amor. Todo o nosso futuro. E eu ainda estarei aqui. — Toquei seu peito, sobre o coração.

Ele estava muito aéreo para entender. Para entender a minha resposta. Mas eu sempre, sempre estaria ali.

Porque o sim é inconfundível, ele fala alto e canta a melhor melodia de todas.

CAPÍTULO 37

Nicholas

Eu tinha planejado uma coisa.

Antes de sairmos para a feira em Cirencester, conversei com a recepção do hotel e fiz um pedido grande de serviço de quarto.

A suíte reservada pelos pais de Nicole era em frente ao lago, com direito a varanda. O quarto era bem mais romântico do que eu esperava, mas perfeito. Imaginei o cenário à meia-luz com todas as coisas que pedi — champanhe no gelo, tábua de frios e frutas, fondue de chocolate — e ainda havia as músicas mais românticas do Sleeping At Last tocando ao fundo.

Porque pensei que poderíamos conversar e aproveitar a noite.

Só que... não deu.

Voltei para o quarto ainda com a sensação dos fogos sobre a minha pele. E precisei enviar uma mensagem marcando uma sessão on-line com o terapeuta, mesmo sabendo que ele só a veria no dia seguinte. Ou no outro. A questão é que se eu não quisesse mais perder momentos, se eu quisesse estar bem mental e emocionalmente, precisava limpar as feridas que não conseguia ver. E eu só conseguiria fazer isso com o auxílio de um bom profissional da área da saúde. Tudo ia ficar bem, desde que eu permitisse a cura. E eu estava pronto.

Porque naquela noite eu dormi abraçado a Nicole, e ela me segurou com força, até que os tremores e o medo passassem. Em silêncio. Foi como se estivéssemos conversando sem precisar dizer uma palavra. Mas, mais do que isso, como se ela estivesse me aceitando sem precisar dizer o sim.

Caí no sono, relaxado pela primeira vez em quase quarenta anos, sem ter qualquer pesadelo depois de um gatilho.

E acordei antes que ela abrisse os olhos.

Eu estava sem camisa. Na verdade, só com uma boxer branca. Nicole estava apenas com a lingerie. E embora nada tivesse acontecido na noite anterior, acordar pela manhã colado no corpo dela só de lingerie mudou um pouco a dinâmica das coisas.

Nicole era linda. *Porra, meu Deus*. Ela não era linda. Ela era mais do que isso. Seja lá qual adjetivo fosse. Ela era *mais*. As mãos delicadas e pequenas estavam nas minhas costas e ela estava tão tranquila, como se garantisse que podia fazer um lar com as minhas imperfeições. Seu nariz estava afundado em meu peito e ela ressonava baixinho, com a boca entreaberta e as pernas enroscadas nas minhas. Nicole parecia quase febril contra mim, e senti meu corpo responder à constatação inevitável de que...

Estávamos seminus, colados um no outro.

Depois de eu ter feito aquela mulher gozar na minha boca e nos meus dedos. Depois de tê-la beijado como se quisesse entregar cada pedaço da minha alma para ela. Depois de eu dizer que estava apaixonado. Depois de ela dizer que estava apaixonada.

Talvez fosse ridícula a espera. Apesar de compreensível.

Eu transei com mulheres. Na verdade, eu fodi muitas delas. Mas nunca fiz aquele sexo olho no olho, com a luz acesa, com as imperfeições à mostra. A vulnerabilidade nua e o desejo cru de não se importar com porra nenhuma além do prazer um do outro. Isso era ficção para mim. Mas eu sabia que poderia alcançar com Nicole. Sabia que ela não me olharia como as outras mulheres.

E o meu corpo também sabia disso.

Porque soltei um gemido baixo quando ela se colou mais em mim, despertando de forma tão preguiçosa quanto o sol, que estava levemente pintando o céu de laranja. Me senti como o azul recebendo o calor amarelo; um calor quase desconfortável, inquietante. Transformando o lento pulsar das minhas veias em algo mais forte, enviando ondas bem embaixo do meu umbigo, fazendo o meu pau ficar cada vez mais duro.

Nicole apertou as minhas costas e soltou a respiração quando meu quadril foi de encontro ao dela. Instintivamente, talvez ainda dormindo, ela tirou a perna que estava entre as minhas e levou até o meu quadril, passando-a por cima. Mordi o lábio inferior quando Nicole se esfregou em mim, a sua linda boceta me puxando para ainda mais perto.

Mesmo com a boxer, eu pude sentir os lábios da sua boceta me abraçando, subindo e descendo no meu pau. Suas mãos se movimentaram pelas minhas costas, subindo para a minha nuca e enroscando os dedos no meu cabelo.

— Bom dia — ela sussurrou, a voz rouca e sonolenta.

— Bom dia, amor — murmurei. — Dormiu bem?

— Uhum — murmurou. — E você?

— Acordei precisando de você, Nicole.

— É?

Levei as mãos para a sua bunda, apertando com força. E então, para o meio de nós dois. Com as costas dos meus dedos, empurrei a calcinha de Nicole para o lado e ela voltou a se esfregar em mim, agora sem a calcinha. Primeiro, nos meus dedos. Então eu os afastei e deixei que ela se esfregasse no meu pau. Tão molhada, subiu e desceu pela minha boxer, me deixando tão duro que era difícil respirar. Nicole colocou uma das mãos entre nós dois, e abaixou a boxer o suficiente para seu clitóris encontrar a glande.

Ah, porra.

Nós dois gememos assim que sentimos a umidade, a temperatura, o calor um do outro. Começou a ficar insuportável quando a senti subir e descer, cada vez mais inchada e encharcada por mim. Nicole tremeu quando o meu pau visitou a sua entrada, mas eu o ajeitei para que ela apenas se esfregasse nele. Só a pontinha. A mão que estava na sua bunda apertou-a com força, abrindo-a mais para mim. Nicole umedeceu os lábios.

— Eu quero tanto você que acho que sou capaz de gozar assim. — A voz dela quebrou uma sílaba ou outra, tremendo. — Você é tão gostoso, Nicholas. Não sabe quantas vezes eu me imaginei transando com você. Dividindo a mesma casa...

Levei uma mão para o seu pescoço, acariciando-o, subindo com meu polegar para o seu queixo, até puxar o lábio inferior para baixo.

— Acho que está na hora de gozar me sentindo dentro de você, amor.

— Por favor. *Por favor*.

Sorrindo, eu parei Nicole e, devagar, puxei sua calcinha para baixo até tirar. O tecido estava completamente molhado, grudando entre as pernas dela. *Nicole estava pronta, porra.* Coloquei a mão no meio de suas pernas, e confirmei quando a umidade agarrou os meus dedos e a sua boceta pulsou ao redor deles. Beijei o seu pescoço, movimentando dois dedos dentro dela, depois mordi o seu lóbulo. Ela tremeu, espaçando as coxas, agarrando os meus ombros, até que eu rolasse para o meio de suas pernas e o meu pau chegasse onde minha mão estava.

Me ajeitei, desesperado para senti-la, empurrando a boxer abaixo da bunda. A glande tocou os lábios molhados da sua boceta, me fazendo pulsar e as bolas retesarem de prazer.

Nunca, em toda a minha vida, estive tão consciente do corpo de uma mulher. Como se eu não quisesse perder um centímetro dela, como se precisasse sugá-la dentro da minha boca e chupá-la até a última gota. Eu queria Nicole. Em volta do meu pau, eu queria me enterrar nela.

Nicole beijou o meu pescoço, e eu fiquei tonto demais para conseguir pensar em qualquer coisa. Suas mãos estavam em mim, seu corpo, grudado no meu, e eu estava pronto para entrar nela.

Queria me afundar em Nicole e nunca mais voltar.

Estava pensando nisso e que devia pegar a camisinha, quando Nicole esticou o braço para o lado, puxando rapidamente uma coisa de dentro de sua bolsa. Me surpreendeu quando tirou uma camisinha de lá. Ela abriu um sorriso, rasgando o pacote na frente dos meus olhos com os dentes. E umedeceu a boca assim que soprou o papel de seus lábios. Levou as mãos para o meio das minhas pernas, me cobrindo, enquanto me provocava para cima e para baixo, me fazendo gemer.

— Eu estava otimista. — Ela beijou o meu maxilar, subindo para o meu lóbulo.

— Percebi.

Gemi de novo quando ela puxou o lóbulo da minha orelha entre os lábios, sugando.

— Na verdade, fui duplamente otimista — Nicole confessou, descendo as mãos por meu corpo, parando-as no meu pau.

Ela me guiou para o meio de suas pernas, e eu rosnei quando senti, mesmo através da camisinha, que ela estava molhada.

— Por quê? — Minha voz mal saiu.

Ela abriu um sorriso malicioso assim que nossas bocas se encontraram.

— A camisinha. É *extragrande.*

Rindo, segurei as laterais do seu rosto e encarei bem dentro dos seus olhos.

Ela não sabia. E talvez nunca fosse saber. Nunca tinha sido íntimo de uma mulher o bastante para rir enquanto estávamos nus. Nunca tinha sido íntimo o bastante para deixar todas as cortinas abertas. Nunca tinha sido íntimo o bastante para amar o corpo de uma mulher como eu amava o seu coração. E enquanto eu olhava para Nicole, com o meu pau prestes a entrar no seu corpo, me peguei pensando se ela entendia ao menos um pouco do que aquela manhã significava para mim.

Eu não era do tipo que machucava e caía fora. Eu era do tipo que ficava. O tipo de homem que a faria mais uma vez subir em um altar, e dessa vez para dizer sim. Era esse tipo de sentimento que me rodeava.

Então, quando puxei Nicole ainda mais para cima da cama, colocando suas pernas nos meus antebraços, abrindo as minhas próprias pernas para me movimentar dentro dela e seu olhar de surpresa desceu para onde nos conectávamos, meu coração pulou como louco dentro do peito.

Eu te amo, Nicole Bliss.

Nicole semicerrou os olhos de prazer assim que empurrei um pouco para dentro, deixando-a se acostumar com o meu tamanho. Nós dois gememos quando sua boceta pulsou ao redor da minha glande e Nicole afundou os seus dedos nos meus cabelos, descendo pelas minhas costas, me indicando para ir mais fundo.

Era como colocar os pés no céu pela primeira vez, sem precisar de asas.

Perdi a cabeça quando Nicole me ajudou, se movendo para cima e para baixo, até eu chegar ao seu quadril e ela se deixar levar.

Sua boceta era tão deliciosa, pulsando e bem molhada ao redor do meu pau. Ela se abriu ainda mais para mim, e os meus joelhos praticamente apontaram para cada lado do quarto, minha bunda subindo e descendo até que eu sentisse a minha pélvis batendo exatamente em cima do seu clitóris.

Gememos o nome um do outro, e eu abri a sua boca com a minha e pedi a sua língua com um beijo que entrou no ritmo do meu pau, se afundando nela. O som do estalo de nossos corpos era maior do que o barulho dos pássaros e os raios do sol começaram a nos tocar. Nicole tremeu quando me afundei cada vez mais rápido, uma camada de suor nos cobrindo por inteiro, mesmo com o vento que entrava pelas portas de correr da varanda.

Ela segurou a minha nuca e se apertou contra o meu corpo, agarrando meus braços com as suas pernas quando o orgasmo começou a vir. Eu nunca tinha assistido a uma mulher gozar por minha causa, não sob a luz, então afastei o rosto apenas para olhá-la, sem parar de fodê-la bem gostoso. Sua boceta se apertou várias vezes no meu pau, enquanto o rubor subia para as suas bochechas e Nicole fechava seus olhos. Ela tremeu enquanto seu seios apontavam e pediam a minha boca. Ela dançou contra o meu pau, gozando, tremendo, me colocando onde bem queria, até a última gota do seu prazer.

Suas pernas estavam fracas quando eu desci entre elas e suguei o seu prazer para a minha boca. Nicole ainda estava arfando quando espacei os lábios de sua boceta e vi o quanto ela estava sensível e deliciosa, nua e sem pelos. Tão perfeita. Enfiei dois dedos dentro, testando. E Nicole gemeu, como se precisasse de mais um pouco. E foi aí que me levantei, sentindo seus olhos no meu corpo inteiro, pairando no meu pau duro e grosso e me abaixei para pegá-la no colo.

Ela arfou quando a tirei da cama, olhando-a nos olhos e a sentei do lado de fora do quarto, na mesa de dois lugares da varanda do último andar.

Com vista para o lago, os pássaros e a vida.

O sol tocou a sua pele, os mamilos pontudos, a sua barriga linda e a boceta molhada depois de gozar em mim.

Umedeci a boca, querendo tanto chupá-la, mas eu teria tempo.

Se ela me quisesse.

— Tem mais camisinhas na sua bolsa? — perguntei, rouco. — Acho que deixei as minhas no carro.

Nicole olhou para os meus músculos, o suor na minha pele, o vão nos meus quadris e o fato de que eu tinha me depilado para ela. O meu pau duro e largo, que chegou no meu umbigo quando o coloquei para cima e puxei a camisinha.

Ela mordeu o lábio inferior.

— Eu comprei umas dez.

— Se importa de eu pegar?

— Não — ela respondeu, tonta.

Entrei no quarto, peguei uma camisinha e desenrolei no meu pau, caminhando até Nicole, que estava em cima da mesa de dois lugares, com as pernas bem abertas, tocando sua boceta. A luz do sol beijava cada uma das suas curvas, todas as perfeições em ser Nicole Bliss. A mulher que eu tinha certeza que nascera para ser minha. Os lábios brilhantes da sua boceta, contrastando com a unha pintada de branco, enquanto ela brincava com aquele clitóris e jogava a cabeça para trás, me pedindo para entrar.

Foi o suficiente.

Puxei Nicole da mesa até que ela estivesse com o meu pau todo enterrado nela. Segurei seu cabelo com força, mas não o suficiente para machucá-la. Seu queixo apontou para cima quando seus olhos encararam os meus, a boca aberta. A respiração suave no meu rosto. Eu fiquei assim, parado dentro do seu corpo, olhando no mar cor de mel e verde de Bliss, gravando aquele momento na minha memória para nunca mais esquecer.

— Eu amo te ver ao sol, Nicole.

— E você é perfeito sob a luz do dia.

— Acho que, para você, eu sou mesmo. — Me mexi dentro dela, e Nicole gemeu quando meu pau fez a mesa ranger. — Cada cicatriz que eu carrego foi a vida traçando na minha pele o amor que eu estava destinado a te dar. — Segurei o seu rosto com uma das mãos e, com a outra, brinquei com o seu seio, provocando o seu mamilo, fazendo-o criar vida na ponta do meu polegar. — Eu fui marcado para te amar.

Ela gemeu, ficando mais molhada e tremeu em mim, fazendo o meu prazer crescer. Meu pau estava tão duro e pulsando em desespero, que não sei como não gozei. Talvez porque alguns instantes deveriam ser feitos para durar uma eternidade.

— Eu te amo, Nicole — sussurrei contra a sua boca e suas mãos ficaram mais firmes em mim. — Eu amo cada coisa que conheço sobre você. E vou amar todas as partes que vão se transformar com o tempo. Eu vou me apaixonar por tudo o que ainda desconheço, e vou venerar o que vier depois de nós. Então, linda, por favor, goza essa boceta pra mim.

Ela soluçou de prazer na minha boca e segurou o meu rosto quando acelerei o ritmo e ouvi, entre as batidas da mesa contra a parede, o que eu nunca esperei receber de uma mulher.

— Eu te amo, Nicholas. — E foi o suficiente.

Ela se enroscou em mim e começou a mover a boceta ao encontro do meu pau. Como a orquestra que assistimos, fomos melodia até o crescendo chegar. Com as mãos no meu rosto, traçando a minha pele, abaixo dos meus olhos e nas laterais; as rugas pelos poucos sorrisos que dei.

Nos embalamos até o sol fazer a nossa pele brilhar de suor.

E Nicole me fez entender, enquanto eu ainda estava dentro dela, que sexo com amor só acontece quando somos inteiros. Quando não nos escondemos nas sombras. Quando não mascaramos o prazer. O prazer vem quando se tem o respeito pelo corpo do outro, pelo seu próprio. E a aceitação profunda de sermos imperfeitos. Ela fez tudo isso traçando o meu nariz, e os meus lábios. Murmurando que me amava, dizendo o meu nome, enquanto deslizavam os dedos pelas cicatrizes dos meus ombros, pescoço e braços.

E foi assim que o meu corpo recebeu um beijo longo do orgasmo; do tipo que permanece com você por minutos inteiros. Foi assim, vendo os olhos verdes de Nicole cintilarem sob o sol, a pele dela, o amor.

Meu corpo inteiro se retesou, o prazer levando toda a minha mente e coerência embora. Eu me agarrei em Nicole e a fodi deliciosamente, indo e vindo sem nunca parar. Senti seus beijos ao redor do meu rosto e enterrei a testa entre seu ombro e pescoço quando a última gota de prazer se foi.

Quando a olhei, Nicole estava sorrindo.

E eu sorri de volta.

Porque ela era toda a luz que eu jamais pude ver.

CAPÍTULO 38

Nicole

— Voltem em segurança. — Meu pai abraçou Nicholas bem mais apertado do que havia me abraçado.

Porque ele achava que Nicholas estava indo embora.

E ele *estava mesmo* indo embora.

O peso daquilo, de repente, pareceu insuportável, principalmente depois do sexo de três horas antes... E depois do sexo no chuveiro. E no estacionamento do hotel, dentro do carro. Talvez porque eu tenha esperado demais para aquele homem me tocar.

E eu ia ficar sem ele.

Em breve.

Tentei colocar um sorriso no rosto enquanto me despedia dos meus pais, prometendo que ligaria mais vezes. Nicholas salvou o telefone dos dois e, de repente, se viu em uma nova família. Porque meus pais nunca mais iam dar paz para o coitado. Iam enviar vídeos de flores — tudo bem que ele gostava —, gatinhos sendo resgatados e crianças comendo mingau pela primeira vez; e iam ligar pelo menos umas duas vezes por semana para perguntar se ele tinha se alimentado, se estava dormindo ou se precisava de alguma coisa.

Nunca fizeram isso com Jordan ou qualquer ex, mas de certa forma eu sabia que com o Nicholas seria assim.

Meu pai o abraçou mais uma vez, eles trocaram muitas palavras, mais confidências e eu acho que se tornaram melhores amigos, porque estavam rindo quando se abraçaram de novo. Minha mãe se jogou nos braços de Nicholas como se ele fosse um filho que ficara perdido por muito tempo e tentou não chorar, sem sucesso.

— Iremos visitá-lo — minha mãe prometeu, dando tapinhas em suas costas. — Vamos comprar as passagens o mais rápido possível e levaremos a Nicole, claro. Eu já falei com meu querido marido. Iremos quando for um bom momento pra você.

— Vai ser um prazer recebê-los. — Ele a abraçou com o mesmo carinho.

Ele olhou para mim e me surpreendeu todo o afeto que vi.

A emoção é danada. Você pode lidar, muitas vezes, com o seu próprio coração, mas não pode lidar quando alguém que você ama está diante de você com o coração aberto. É três vezes mais doloroso. E angustiante. Então meu nariz começou a arder, mas suspirei fundo e tentei ser otimista porque, mesmo fôssemos nos separar por um tempo, ainda estaríamos juntos.

— Tudo bem, precisamos ir — avisei, e minha mãe me abraçou uma última vez antes de me entregar tortas, geleias caseiras e frutas da estação para levar.

— Não o perca — ela disse. — Não o perca porque eu tenho certeza absoluta de que estamos diante do homem da sua vida.

Sorri.

— Eu também, mamãe.

— Pegue, pegue. Leve tudo. — Ela me entregou mais e mais cestinhas de comida, envoltas por um pano branco amarrado no topo com um nó bem apertado.

— Obrigada, mamãe.

— Cuidem um do outro — papai pediu.

Saímos da casinha de pedras douradas, acenando. E entramos no carro depois de guardar toda a comida no porta-malas e banco traseiro. Nicholas ficou como motorista, e eu me sentei ao seu lado, dando um último tchauzinho para os meus pais antes de ele começar a dirigir.

O vento invadiu o carro em movimento, e senti a brisa do lago e do início da tarde de Bibury me cobrir como uma manta. O dia estava agradável, os pássaros cantando alto. Vimos uma ou outra pessoa da vizinhança, que acenou para nós, e eu acenei de volta.

Apenas quando já estávamos na estrada, sentindo a mão de Nicholas na minha perna nua e o batucar suave do seu dedo no ritmo de uma música qualquer, consegui varrer os meus pensamentos para longe do cenário da despedida.

Olhei para ele e me tornei consciente daquele homem, do meu homem, porque um ardor pela manhã intensa de amor surgiu bem no meio das minhas pernas, junto a um pulsar suave, como se eu ainda não estivesse satisfeita.

Ou como se eu quisesse bem mais.

A mão de Nicholas escorregou um pouco mais para dentro da minha perna, sentindo o calor do meio das minhas coxas. E talvez eu tenha espaçado um pouco mais as minhas pernas, dando abertura para o meu vestido subir, fazendo-o abrir um sorriso, como se soubesse exatamente o que eu estava pensando.

Mas é que havia algo erótico em ver um homem dirigindo o carro. Os braços fortes e as mãos segurando o volante, abraçando-o com os dedos, enquanto toma o controle da direção. É um tesão ver um homem dirigindo. Um homem como Nicholas, então, era até um pouco injusto eu ser a única a presenciar uma cena daquelas.

— Achei que eu tivesse cuidado bem de você — ele sussurrou, atento à estrada e eu me contorci no banco.

— Você cuidou, sim.

— Seu corpo diz outra coisa.

— Talvez você devesse parar agora e me fazer gozar no acostamento — murmurei. — Ou talvez deva continuar tocando a minha coxa de agora em diante, me fazendo gozar em diversos acostamentos pelo resto de nossa vida?

Isso o fez me olhar.

— Achei que ainda não tivesse uma resposta.

— Não consigo visualizar um futuro em que você não esteja. — Umedeci os lábios. — Se você quiser que eu liste cem motivos para dizer sim, eu consigo fazer isso, mas não consigo encontrar um que me impeça de querer ficar com você. Eu quero você, Nicholas. Quero fazer parte da sua vida, quero saber mais de você. E quero conhecer o bebê e fazer parte da vida dele também, se você se sentir confortável.

Ele ficou em silêncio, com a mão ainda na minha coxa, fazendo um carinho tão suave que foi como se estivesse cuidando de um pássaro ferido.

— E não sei como vamos fazer isso sem termos que abdicar de nossa vida de um lado ou do outro, mas não importa — adicionei. — Porque eu realmente quero você e tenho certeza absoluta de que vamos enfrentar o que for necessário, desde que estejamos juntos. Só, por favor, não me peça para eu me despedir sabendo que nós somos incríveis juntos, porque eu não me recuperaria. Não consigo superar o amor que estou sentindo por você, porque não é o tipo de emoção da qual é possível se reconstruir, como uma fênix. É o tipo de amor que permanece, perpetuamente. Um amor inteiro.

Vi o seu maxilar saltar.

— Não somos partes de um amor eterno — ele murmurou.

— Não, não somos.

O sorriso que ele dirigiu para mim, bem breve, valeu cada batida angustiada do meu coração, que não sabia como lidaríamos com isso. Mas tinha fé.

— Nós vamos pensar em alguma coisa, linda. — Ele fez uma pausa. — Eu virei te visitar. Estarei ao menos uma vez por mês com você, parece bom?

Meu coração entrou em festa.

— Sim.

— Acha que pode passar umas férias lá comigo? Você sabe, quando der?

Assenti.

— Claro, claro.

— E, então, se me quiser mesmo.... — Ele me lançou um olhar rápido, como se precisasse da certeza de que eu não desistiria.

— Eu disse que te quero, Nicholas.

— Falo a longo prazo.

— Mas é a longo prazo, King.

— Se me quiser *mesmo* — ele reiterou. — Podemos fazer da Nova

Zelândia a nossa casa de veraneio e de Londres o nosso lar. Já pensei muito sobre isso. Não quero que fique longe dos seus pais, eu jamais ficaria longe dos meus se eles ainda estivessem vivos, Nicole. E tem o Tim e a Vera, que são a minha família. Eu acho que... meus planos vão mudar. Queenstown pode ser tudo o que quisermos, desde que o nosso lar seja na Inglaterra. Só... espere por mim. Espere por nós.

— E a casa em Kensington?

— Está vendida. E nada mudará. Não me arrependo do motivo de tê-la vendido, para quem vendi. Era o certo. — Ele fez uma pausa. — Está na hora de eu seguir meus próprios sonhos, Lily. Construir uma casa com as minhas próprias mãos que misture o seu coração e o meu. Sempre teremos Queenstown para honrá-los, e sei que visitaremos a Nova Zelândia nas férias. Mas agora a minha prioridade é você e o bebê. A sua carreira e a sua família. O nosso futuro.

— Mas você queria criá-lo em Queenstown.

— Apesar de construir casas e ter um conceito no passado muito prático sobre o que é um lar, tudo mudou depois que te conheci. — Ele umedeceu os lábios. — Eu estava em Dubai, ligando para Tim, preocupado com você. — Nicholas fez uma pausa. — É muito fácil entender o lugar ao qual pertencemos, é só ver o primeiro pensamento que cruza a nossa mente quando estamos longe. Você vai perceber que não queremos voltar para um lugar, queremos retornar para uma pessoa. A casa é isso. É esse o conceito. E era sempre você, Nicole, não importava se estávamos a metros de distância ou em países diferentes, bairros diferentes. O bebê vai entender que a casa dele somos nós. Assim como eu sei que, mesmo tendo que lidar com a distância, nós vamos entender que somos o lar um do outro. Vamos passar por isso. Só me deixa buscar a minha criança, amor. Só me deixa trazê-la em segurança. Acha que pode esperar?

— Eu posso esperar por vocês.

— Vamos administrar o tempo e as nossas realidades. — Ele me lançou um olhar. — Você tem fé em nós?

— Você é o "sim" mais barulhento da minha vida, Nicholas King.

Ele abriu um sorriso enorme.

— Vamos ser felizes. É tudo o que nos resta.

— Eu acho que é o que o Universo está tentando nos dizer esse tempo todo.

— Então, vamos ouvi-lo.

PARTE 8

"Eu olhei nos olhos dela e vi todos os meus amanhãs."

— Mark Anthony

CAPÍTULO 39

Semanas depois

Nicole

— Deseja quitar a dívida, srta. Bliss?

Empurrei o cheque por cima da mesa, assinado por mim. Com o valor cheio. Cada maldita libra. Depois do pagamento da venda da segunda casa de King ter caído na minha conta, estava quitando a minha última dívida e os últimos gastos em meu nome. Eu mal podia acreditar que saíra do buraco.

— Claro.

Nicholas estava ao meu lado, e eu podia sentir sua presença e seu apoio incondicional.

Tudo deu certo no final.

E eu tinha um homem incrível com a mão na base das minhas costas, respirando aliviado. E era nessas pequenas coisas, além das imensas, que eu sentia Nicholas ser tudo aquilo que nenhum outro homem jamais fora para mim.

Depois do funcionário processar o pagamento, quando enfim tudo acabou, me recostei na cadeira e pensei que eu realmente tinha conseguido.

E não só isso.

Paguei a dívida do cartão de crédito, as dívidas do casamento e as contas da reforma do apartamento para Nicholas. Paguei até a comida que ele me comprou. Confesso que ele ficou um pouco incrédulo ao ver o meu caderno de anotações de tudo o que gastou comigo, mas soltou um suspiro quando viu que era importante para mim devolver o dinheiro. Além disso, eu estava quase vendendo duas casas de clientes incríveis e novos, e havia outros clientes em potencial surgindo em minhas redes sociais.

Não era só dar a volta por cima, era dar a volta por cima a ponto de conseguir planejar uma viagem para a Europa dali a um ano. Ou para a Nova Zelândia.

— Acabou? — Nicholas perguntou baixinho.

— Minha última dívida *felizmente* não está mais entre nós. — Lancei um olhar para Cole. — Devo fazer um discurso de despedida?

Nicholas, me conhecendo, abriu um sorriso e acariciou minhas costas, enquanto o funcionário do banco tossiu para encobrir uma risada.

— Talvez possa dizer adeus — Nicholas sugeriu.

— Até nunca mais. Tchau, obrigada. — Olhei para o homem. — Desculpe, foi um evento traumático e essa era a última conta.

— Espero que esteja feliz — o funcionário disse.

— Ah, você nem imagina.

Nicholas beijou minha têmpora.

— Podemos ir? — ele perguntou.

Liberados, fui quase saltitando até as portas giratórias.

— Está pronta para irmos para Kensington agora? — ele perguntou.

— Estou, amor.

O olhar de Nicholas brilhou; isso e o sorriso que ele me deu arrematou qualquer tentativa do meu coração de se manter saudável.

— Então, vamos.

A mansão em Kensington cheirava a biscoitos assados e tinha uma música animada tocando ao fundo, misturada aos gritos e gargalhadas das crianças, que pareciam estar correndo de um lado para o outro.

Tim e Vera ajudaram a organizar uma festa de boas-vindas misturada a uma de despedida na casa já vendida de Nicholas, pensando em quem a receberia e residiria nela, a nova família, e também em nós, que estávamos saindo dela. Ficamos pouco tempo na casa, mas foi o bastante para me ajudar a criar laços com Nicholas. Como se as paredes de suas construções estivessem nos empurrado para perto um do outro. Eu sabia que para Nicholas tinha sido difícil vendê-la.

— Você está pronto? — perguntei para Nicholas.

Eu tinha voltado para o meu apartamento. Nicholas estava hospedado em um hotel. Ele tinha contratado uma equipe de limpeza para deixar a casa impecável para a recepção, e hoje era o dia anterior à mudança oficial da família de Auguste Dupont.

— É como se eu estivesse me despedindo dos meus pais e do meu irmão mais uma vez.

Segurei sua mão, entrelaçando nossos dedos, sentindo que, pela primeira vez, Nicholas estava conseguindo colocar as emoções que envolviam o seu passado em uma conversa comum.

— Podemos esperar aqui fora e só entrar lá quando você se sentir pronto.

— Estou pronto, amor. — Ele exalou fundo. — Na verdade, estou pronto porque dessa vez é uma sensação diferente. Não é avassalador e impossível de administrar. É apenas confortável. É saber que o certo é desapegar dessa casa, para que eu possa começar a sonhar os meus próprios sonhos com você.

— Acha que dessa vez é diferente?

— Sim. — Ele fez uma pausa. — Andei conversando com o seu pai nos últimos dias. Na verdade, todos os dias por telefone. Não sei se ele te contou.

Ergui o olhar em direção a ele, um pouco surpresa.

— Sério?

Nicholas assentiu e se virou para mim.

— Ray me trouxe o ponto de vista de um adulto que esteve lá e viu tudo acontecer. Ele também disse que fez terapia em grupo, na época, com os sobreviventes, e isso o ajudou a entender muita coisa. — Ele olhou para a porta com detalhes em dourado, as árvores ao redor da casa. Cada pequena e grande coisa que ele construiu para realizar o sonho de seus pais. — Por muitos anos pensei que eu poderia ter feito alguma coisa. Além disso, sentia culpa por ter sobrevivido. Depois, pensei que eu não merecia estar vivo; já que eles tinham tantos sonhos e eu estava começando a viver, sem grandes perspectivas. — Nicholas fez uma pausa. — Ray, ao conversar comigo, refutou a possibilidade de ter feito alguma coisa, qualquer uma, porque tudo aconteceu rápido demais, e me ajudou a entender que eu jamais conseguiria salvar as pessoas daquela explosão, eu era só uma criança.

— Isso é típico do meu pai.

Ele sorriu, ficou alguns segundos em silêncio e, em seguida, continuou.

— Ele disse que os meus pais me amavam, e que não iriam querer que eu fosse no lugar deles. Iriam se culpar pelo resto da vida se ficassem sem mim. Isso me fez entender que eu fiquei com a culpa de uma vida inteira sem eles. E o que é justo? Sentir essa dor para sempre ou deixá-la pra lá? Se eu tivesse partido, ia querer que os meus pais se sentissem como eu me sinto agora? Se fosse eu o pai, não ia desejar com todo o meu coração que meu filho sobrevivesse no meu lugar?

— Meu pai conversou disso tudo com você?

Nicholas abriu um sorriso triste, nostálgico. Dolorosamente bonito, na verdade.

— Seu pai se culpou por ter me deixado ir para a Nova Zelândia. Por um tempo, ele queria ter me adotado, queria ter se oferecido para isso, mas entendeu que me faria ficar longe de uma família que eu já tinha, causando mais dor para eles. A culpa do sobrevivente é real, e não deveria nos consumir tanto. Então, Nicole, eu estou aqui, pensando que me despeço dos meus pais e irmão mais uma vez, acreditando que ainda vou enfrentar pequenas e grandes despedidas em relação a eles, mas mais suaves.

— Se despedir nem sempre significa deixar para trás. Nem sempre precisa ser um rompimento abrupto e definitivo, até porque o luto surge em ondas, algumas longas e altas e outras suaves. Você está se despedindo deles há mais de trinta anos, à sua maneira, e está tudo bem. — Acariciei o dorso de sua mão. — Porque acredito que, pela primeira vez, você está dando espaço para a dor ir e para o amor ficar, Cole.

— É isso — ele garantiu, colocando a mão na maçaneta e abrindo a porta.

Nicholas parou no hall de entrada e abriu um sorriso largo, porque o casal herdeiro de Auguste estava se divertindo e dançando na sala; algo me disse que ele se lembrou da mãe preparando a *banoffee* e dançando com seu pai. As crianças corriam de um lado para o outro, suadas e energéticas. Tim e Vera estavam gargalhando de algo que uma delas dissera, enquanto comiam cupcakes. Auguste Dupont, no entanto, focou seus olhos em nós dois no mesmo segundo em que eu abri um sorriso para ele.

— Vocês chegaram! — Auguste nos saudou.

— Era isso o que eu queria quando falava de acharmos a perfeição — sussurrou no meu ouvido.

— Uma família feliz?

— Não, Nicole. — Seu rosto se iluminou. — O amor de verdade.

— Ah, venham comer um cupcake. Acabaram de sair do forno. Sentimos tanto a falta de vocês dois. — Tim se aproximou e começou a nos puxar para a cozinha. — Como foi lá no banco, filha? Conseguiu pagar a última dívida?

Tínhamos conversado com Tim e Vera assim que voltamos de viagem. Nicholas segurou minha mão e, como se estivesse contando a coisa mais importante de sua vida, disse que ficaríamos juntos.

Tim e Vera ouviram a história do nosso passado interligado e também que eu já sabia do bebê. Tim precisou beber uma cerveja e Vera optou por vinho, mas foi como se o tópico da conversa fosse forte demais para ficarem sóbrios. Juntos, em uma reunião na casa de Tim e Vera, eles nos escutaram e nos deram conselhos valiosos para o nosso relacionamento. Mas não pude deixar de reparar na emoção nos olhos de Tim quando Nicholas disse que voltaria. E não pude deixar de sentir meu coração se derreter por Tim, que passara tanto tempo lidando com o fato de que ia perder seu melhor e único amigo. Nicholas disse a ele que a dor de deixá-lo seria insuportável, e que ele também era sua família.

— Quitei as contas. Cogitei até fazer uma festa. Tipo a festa de pagamento dos boletos — falei.

Tim gargalhou e me abraçou. Em seguida, se virou para a esposa:

— Ela pagou tudo, Vera!

Ela bateu palmas.

— Graças a Deus. Parabéns, menina! — Vera disse.

— Obrigada, Vera. — Sorri genuinamente.

— Pagou o quê? — Auguste questionou.

— Ah, é uma longa história. — Sorri.

Auguste sorriu de volta.

— Ainda bem que temos tempo.

CAPÍTULO 40

Nicholas

Faltavam dois dias para eu viajar para a Nova Zelândia e passar um ano no país até a minha filha ou filho nascer e eu poder construir a vida que queria ao lado de Nicole, na Inglaterra.

Conversamos que eu a visitaria todos os meses antes do nascimento. Depois, Nicole passaria as férias comigo em Queenstown. Combinamos de ela não ir sozinha, levando Tim, Vera e os seus pais — a mansão era grande o suficiente para todos, e eu sabia que todos iriam querer conhecer o novo integrante da família.

Mas não era *só* isso.

Eu já estava conversando com Nicole sobre a casa dos sonhos dela e onde a construiríamos em Londres. Qual bairro, perto de que escolas. Já estávamos falando das férias em Queenstown e também sobre a nossa vida profissional. Havia a possibilidade de unirmos os dois mundos. Eu poderia construir casas, e Nicole poderia vendê-las. Falamos sobre filhos, sobre o futuro não muito distante e os desejos de Nicole.

Ela queria ser mãe.

Não foi difícil perceber que as nossas conversas vinham de um espaço diferente de quem começa um relacionamento. Não era um namoro. Era um relacionamento para a vida toda.

Nicole não teve medo dos assuntos difíceis, principalmente os que colocavam a realidade dura de um relacionamento à distância. Ela não pareceu temer a ideia de ir para a Nova Zelândia. Muito menos a ideia de que, quando eu voltasse para a Inglaterra, seríamos eu, ela e o bebê.

Repeti várias vezes que não queria pressioná-la, que não esperava que ela se conectasse com a criança de imediato. Que eu respeitaria o tempo dela de entender a situação de que ela não estava se envolvendo só com um homem, mas com um pai solo. E que esse cara a queria a longo prazo, mas sem pressioná-la.

Mas não foi pressão quando Nicole, naturalmente, começou a falar do bebê como se também o esperasse com a mesma ansiedade que a minha. Quando ela passou a parar em lojas infantis e perguntar se eu não queria que ela fizesse algumas compras.

Ou quando começou a tentar adivinhar qual seria o sexo do bebê baseado no histórico da minha família, e ela então votou que seria um garoto. Ou a forma como passou a chamar a criança de Altezinha Real. E o apelido, o amor que surgiu em Nicole só com a ideia de ela conhecer meu filho ou me fez sentir que, se eu não tivesse me apaixonado por ela antes, eu me apaixonaria por essa Nicole que abraçava o futuro comigo.

— Eu estava pensando que a gente poderia fazer um curso à distância sobre como cuidar de um bebê. O que acha? Encontrei uma professora que, através de videoaulas, ensina tudo sobre bebês. Como trocar, como vestir, como embrulhar naquela... naquela coisa — ela titubeou por um momento.

— O método wrap. Envolver com slings. — Abri um sorriso.

— Já fez esse curso?

— Já, meu amor.

— Sabe como dar banho? Trocar o neném? A rotina do sono? Como cortar as unhas?

Abri um sorriso ainda mais largo porque, de repente, Nicole pareceu apavorada.

— Ganhei até um certificado — falei.

— *Quando* você fez esse curso?

— Ano passado. — Fiz uma pausa. — Eu era o único pai solo, então recebi ajuda de todas as mães. Elas foram muito gentis comigo.

— Porque você é gostoso. Ai, Nicholas. Fala sério! Você era o único homem no meio de mulheres que estavam com bebês em suas *barrigas*. É claro que elas iam se apaixonar por você.

— Está com ciúmes?

— Não. — Ela fez uma pausa. — Sim. Alguém te deu o telefone?

— Uma ou duas.

— Viu só? — Ela bufou, indignada.

Rindo, puxei Nicole pela cintura e beijei-a na boca até amolecê-la em meus braços. Ela tinha decidido que eu não poderia ficar em um hotel até viajar, então, eu estava hospedado em seu apartamento. Era tão pequeno e eu adorava, porque esbarrava com a minha mulher o tempo inteiro. E ela era tão organizada como eu, fazia uma comida deliciosa e o café era preparado pela Alexa. A vida era boa com Nicole. Em uma mansão ou em uma kitnet. Não importava. Eu queria passar o resto da minha vida com ela.

— Eu vou fazer o curso — ela disse, assim que nossos lábios se separaram.

— Posso te ensinar, se você quiser — murmurei, rouco, caminhando com Nicole até o chuveiro. E ela riu quando nos enfiei dentro do box. — Quer aprender sobre o banho?

— Não ouse, Nicholas.

— Eu posso te ensinar — sussurrei.

O sol tinha acabado de nascer e escutei a Alexa ligando a cafeteira. Eu não vestia nada além do meus short de dormir e Nicole, uma camisola que era tão transparente que eu podia ver os contornos perfeitos do seu corpo.

De repente, a conversa pareceu acender alguma coisa dentro de mim, porque olhei para Nicole, para a sorte que eu tinha de ter aquela mulher, e um instinto para que ela não duvidasse que eu a queria cresceu dentro de mim.

Eu queria que ela soubesse, antes de eu ir, que eu não seria tocado por ninguém, amado por ninguém, desejado por ninguém.

Eu pertencia a ela.

— Com esse olhar que você está me dando, acho que quer me ensinar a fazer bebês. Não a dar banho neles — ela brincou.

Meu sorriso ficou largo, porque virei o registro e nos encharquei da água do chuveiro, de roupa e tudo, em meio segundo. Nicole soltou um grito porque o primeiro jato d'água foi gelado, mas meio minuto depois estava quente. Seu olhar caiu na minha boca assim que pressionei meu corpo contra o dela.

— Você quer aprender a fazer bebês?

— Aula avançada, por favor. — Sua mão desceu pelo meu peito nu, pela minha barriga e pela trilha de pelos abaixo do umbigo. Seus dedos brincaram com o elástico do meu short e ela espreitou com a ponta dos dedos pela glande do meu pau assim que o encontrou.

O músculo do meu maxilar saltou.

— Merda, Nicole.

Levei-a contra o box e a beijei com tudo de mim. Abri seus lábios e enfiei a língua dentro de sua boca, sendo recebido por um rodar da sua, que viajou de cima abaixo bem gostoso. Eu gemi quando Nicole abaixou o meu short e a boxer, fazendo-os cair ensopados aos nossos pés. Meu pau bateu em sua barriga e já fui erguendo sua camisola e arrastando a calcinha, enquanto Nicole erguia a perna e eu me abaixava, enfiando devagar a glande entre os seus lábios e fazendo-a gemer assim que pedi espaço.

— Coloque uma perna ao redor da minha cintura, amor.

Ela fez o que pedi e gemi quando fui bem no fundo. Levei as mãos para a sua bunda e, depressa, a ergui. Nicole gemeu assim que a encostei no azulejo, por ser mais seguro, e suas mãos vieram nos meus cabelos e na minha nuca, cega pela água impiedosa sobre nós, buscando meus lábios como se não pudesse viver sem eles.

Ela estava tão molhada, porra, que meu quadril começou a ir e vir com força. Sua bunda batendo contra o azulejo, enquanto eu mexia só o meu quadril para frente e para trás, e fazia um barulho semelhante a tapas de mão aberta. Nicole gemeu com força e abaixou a camisola até que se acumulasse abaixo do seu umbigo. Assim que vi seus mamilos pontudos, dei um jeito de me curvar e colocá-los na minha boca, fodendo tanto Nicole que eu não conseguia parar. Os raios de sol entraram pela janela, tocando o chuveiro, formando um arco-íris por todo o banheiro e por nossa pele. Nicole tremeu meio segundo depois disso, gozando e apertando o meu pau lá no fundo, enquanto eu sentia cada centímetro latejar e pulsar por ela.

Nicole pegou o meu rosto e me fez olhar em seus olhos ao dizer que me amava. E me ouviu dizer que a amava também, repetidas vezes, enquanto cada gota de prazer derramava dentro dela. Indo e vindo sem parar, por minutos inteiros, gozando tanto que foi um dos orgasmos mais longos da minha vida.

Meu coração, que decidira iniciar uma obra desde que Nicole surgira, construindo um lar permanente, ligou a sua britadeira e fez o som de mil tambores, vibrando por mim, chegando até ela.

Olhei aquelas íris verdes com traços dourados e cinzentos. A mistura do seu sangue, a magia de ela ser quem era. O amor da minha vida.

— Nenhuma mulher, além de você — prometi.

E foi o suficiente para o seu sorriso bater a beleza do arco-íris.

— Esse é o seu jeito de me impedir de sentir ciúmes? Eu vou ficar com ciúmes para o resto da minha vida, então.

Senti a risada escapar pelos meus lábios.

— E eu vou te reassegurar com cada orgasmo, cada amor, cada momento que eu puder te dar até o fim dos dias. — Olhei para o seu lindo rosto e meu coração se apertou. — Acha que pode mesmo ter um relacionamento comigo enquanto estou longe?

— Foi a vida que nos uniu, Nicholas. Acha que a distância pode de nos separar?

Ela abriu um sorriso lindo quando a desci do meu colo. Desliguei o chuveiro e só o som das nossas respirações ecoou entre nós.

— Eu mal posso esperar para viver esse futuro com você — murmurei.

Como faltavam apenas dois dias para a viagem, tive que sair para comprar algumas coisas, enquanto Nicole concretizava a venda de uma casa de um de seus clientes. Aproveitei para dar uma passada na casa de Tim e Vera — eles tinham decidido que me visitariam na Nova Zelândia dali a quinze dias. Ou seja, aproveitaríamos a companhia um do outro e eles ainda poderiam conhecer a cidade onde fui criado. Estava pensando nisso quando coloquei a senha na porta de Nicole e a abri.

Sabendo que estaria sozinho por algumas horas, entrei na casa já pensando em deixar as sacolas no quarto e guardar algumas coisas na mala da viagem. Mas antes que eu pudesse tirar os sapatos, percebi que havia alguma coisa diferente no ambiente. As luzes estavam apagadas, o que fazia sentido, já que era dia, mas todas as cortinas blackout estavam fechadas.

Nicole não tinha o costume de deixar a casa completamente escura. As janelas fechadas, sim, óbvio, mas não as cortinas.

Coloquei as sacolas devagar no chão, tirei o casaco e deixei os sapatos na sapateira da entrada.

— Amor, você está aqui?

Assim que soltei a última sílaba, milhares de luzes se acenderam ao redor da sala. Minúsculas lâmpadas azuis envolvendo o ambiente e iluminando a casa.

Abri os lábios quando vi Nicole no meio da sala, os móveis todos arrastados para os cantos e o colchão da cama de casal bem ao centro, com uma coberta felpuda e cor-de-rosa, travesseiros e almofadas. Havia uma bandeja com várias guloseimas na mesa de centro, desde vinho até chocolate, pequenos *snacks* salgados e doces.

Ela abriu um sorriso largo para mim, parecendo emocionada, mas com certa insegurança no olhar, quando bateu suavemente a mão espalmada no colchão ao seu lado.

— Achei que estivesse concretizando uma venda. — Me sentei perto de Nicole, sorrindo.

— E vou. Só expliquei que o meu namorado está se mudando de país e que eu preciso passar os últimos dois dias que restam com ele. Tanto o vendedor quanto o comprador entenderam. Fecharemos tudo na semana que vem.

O olhar de Nicole pareceu ainda mais incerto, mas feliz. Talvez eufórico. Ela sabia como esconder uma festa acontecendo dentro do seu coração muitíssimo bem.

— O que é isso tudo, amor?

— Quando estávamos no interior, você disse para o meu pai que nunca mais foi ao cinema. Eu sei que você gostava do projetor de cenários do universo, estrelas e galáxias. E até suporta ambientes maiores, como o teatro. Mas nada relacionado a filmes e ambientes tão claustrofóbicos. É algo que o meu pai também evitava. Na verdade, ele tentou ir uma vez comigo quando eu era criança, digo, ir ao cinema ver um filme, mas teve uma crise de ansiedade e precisou ir embora. — Nicole fez uma pausa. — Eu ouvi você dizendo que, depois do trauma, não só nunca mais foi ao cinema, mas nunca mais assistiu qualquer filme, programa de TV e série. Talvez seja uma péssima ideia te fazer confrontar esse medo como uma surpresa romântica antes de você partir, mas eu pensei... eu pensei nos seus pais, pensei que eles queriam que você tivesse um relacionamento com os filmes, e por isso te levavam sempre ao cinema. Eles e os meus pais faziam parte do cineclube do bairro. É provável que fosse um hobby para todos eles, uma paixão. E eu sei que eles iam querer que você tivesse uma boa relação com a sétima arte.

Ela disse tudo isso em um só fôlego, e me surpreendeu quando continuou a falar.

— Eu também pensei que você vai querer ver filmes comigo e com o bebê no futuro. E que você ia querer assistir alguma série de TV e me dizer o que achou. Eu pensei que essa seria uma forma de estarmos no mesmo lugar, ao mesmo tempo. Assistindo a um filme juntos. Ou a qualquer coisa assim. Eu quero primeiro tentar assim, se você estiver confortável. Parece bom? Ver filmes em casa? E podemos ir, quem sabe um dia, a um cinema ao ar livre? De preferência na Nova Zelândia, que por ser um lugar novo talvez possa ressignificar... — Ela prendeu o ar. — Se for demais para você, eu desligo tudo e acendo as luzes, e nós...

Segurei seu rosto e beijei os seus lábios, impedindo que ela continuasse a falar e agradecendo ao mesmo tempo. Abri um sorriso ainda com os lábios grudados aos de Nicole e mantive os olhos fechados.

— Você mudou todo o cenário do que seria uma sala de cinema. A meia-luz é diferente, a cor é diferente. Está tudo azul. E não há o cheiro de pipoca, o que me ajuda a desassociar daquela noite. Todos os petiscos não combinam com uma noite de filmes, e você fez de propósito. O colchão no chão com os travesseiros é bem mais confortável do que estar sentado. Posso me deitar. Nicole, uma das coisas que eu amo em você é a sua capacidade de ler todas as entrelinhas de quem eu sou. E eu amo a sua capacidade de ser sensível comigo dessa forma. Então, sim. Eu adoraria tentar ver um filme com você.

— Na verdade, é uma série de TV. É uma série... tudo bem?

— Sim, linda.

Ela viajou com o olhar por todo o meu rosto e desceu para os meus lábios.

— Então vou ligar o projetor agora — avisou.

Eu me ajeitei com Nicole e os cobertores. Ela pegou a bandeja de guloseimas e colocou sobre as nossas pernas. Assim que o projetor começou a rodar a abertura do programa, vi um grupo de jovens dançando e uma música que dizia sobre sempre estar ao lado de alguém, não importasse o quê.

— Qual é o nome da série?

— *Friends.* — Nicole sorriu. — Eu acho que, em primeiro lugar, vai te divertir e te fazer esquecer que é um programa de TV.

— Me sinto bem. Me sinto bem porque estou com você.

Nicole sorriu e passou o braço ao redor do meu ombro, me puxando para perto. Comemos em silêncio, tomando o vinho, e não levou mais de três episódios para eu entender que a dinâmica da série era sobre amigos com personalidades distintas que se apoiam mutualmente na loucura que é viver.

Chandler se tornou o meu personagem favorito, e Nicole tinha razão.

Eu me esqueci de que era uma série de TV, esqueci o projetor e qual era o propósito de tudo aquilo. A dor nem ameaçou me visitar, porque não paramos de rir do momento em que a Rachel apareceu até o final do terceiro episódio. As horas passaram e quando Nicole acendeu as luzes, havia esperança e amor em seu olhar.

— Como foi?

Naquele momento, eu soube...

— Foi perfeito — sussurrei.

Eu queria muito chamar a srta. Bliss de sra. King.

CAPÍTULO 41

Heathrow Airport, Inglaterra

Nicole

A mala de vinte quilos parecia pesar uma tonelada quando o funcionário do aeroporto a pegou e colocou em uma espécie de carrinho. Eu estava com Nicholas no lounge executivo da primeira classe, só porque ele comprara uma passagem para mim também, embora eu não fosse embarcar. Segundo ele, era só para que a gente se despedisse de forma apropriada.

Ser rico deve ser incrível mesmo.

Mas mesmo com todo o dinheiro, Nicholas não podia apagar a saudade que eu já estava começando a sentir. Eu estava prestes a me despedir do homem que eu amava, sem saber muito bem como lidaria com uma vida sem ele.

Agora que estávamos bem, eu teria que deixá-lo partir.

Desde que nossos destinos se cruzaram, estivemos juntos. Moramos juntos em duas casas dele, e passamos um pouco de tempo na minha. Dividimos o teto, o coração, a rotina. Nicholas se tornara uma parte tão íntima de quem eu era, que eu não me lembrava de como a vida era antes dele. Era como se a minha realidade tivesse sido sempre aquela. E a sensação era agridoce. Eu estava tão feliz por ele e por nós. Mas tão triste de vê-lo partir e tão ansiosa sobre o futuro.

Descobrimos que para uma viagem longa como da Nova Zelândia até a Inglaterra, teríamos que esperar, pela segurança da Altezinha Real. Havia também a restrição da companhia aérea para viajar com bebês.

Não discutimos o que faríamos depois que a nossa pequena Alteza nascesse, mas... parecia muito angustiante para mim deixá-lo viajar sozinho, sofrer as angústias da espera sozinho. O *nascimento* sozinho. Lidar com cada novidade do bebê sozinho. Eu sei que conseguiria estar com ele, mesmo à distância, mas não seria a mesma coisa. Eu estava preocupada. Minha mente tinha reformulado o senso de tempo e espaço desde que eu soubera que Nicholas ia ter um bebê.

— Você vai me passar atualizações da Altezinha Real sempre. *Sempre*, Cole. E quero videochamada especial quando souber o sexo.

— Farei, meu amor.

— E eu quero fotos de todas as roupinhas. Eu vou mandar algumas para você e...

— Não precisa mandar. Nós vamos voltar.

— Só depois de um ano de idade. A gente combinou — eu disse.

Um ano sem ver a Altezinha. Dois anos sem estar com Nicholas. Perder o primeiro ano de vida da nossa sementinha de papoula arrancava alguma coisa do meu peito. *Por que eu estava me sentindo assim?* Dois anos. Nicholas morando na Nova Zelândia e sem poder vê-lo direito, apesar de saber que ele viajaria para me ver no começo... mas como seria *depois*? Subitamente, nada era mais importante do que a criança. Nada era mais importante do que o Nicholas.

E o meu peito formou um nó.

— Eu não quero que você vá sozinho. Eu quero ir junto.

— Precisa de mais alguma coisa, sr. King? — um funcionário indagou.

— Obrigado — ele dispensou o rapaz, pegando o comprovante de sua mala.

— Eu acho que eles nunca vão perder a sua mala, amor — falei.

— Por quê?

— Ela deve viajar em um compartimento separado dos reles mortais, tomando um drinque na mão e com fones de proteção por causa das turbinas.

Não era hora de fazer piada sobre o meu namorado rico.

— Amor, o que houve? — ele perguntou, rindo um pouco, mas percebendo que eu estava inquieta.

Nicholas acariciou meu queixo e traçou meu maxilar, até aquecer o lóbulo da minha orelha com o seu polegar e indicador. De onde estávamos, eu tinha uma visão panorâmica da pista e das aeronaves paradas. E o avião já estava estacionado.

— Sinto que vou perder uma grande parte da vida do bebê e da sua se você for sem mim.

— Você não vai. Prometi que voltaria para a Inglaterra pelos próximos nove meses, não prometi? E, depois disso, você vai poder nos visitar sempre que quiser, até a criança poder voar. Vai ser ótimo, amor, apesar de complexo, porque terei tempo de construir a casa dos nossos sonhos, e comprar um terreno lindo para...

Então, percebi a porquê da minha agonia.

Não era o bebê de Nicholas, meu coração tinha escolhido amar aquela criança. Num passe de mágica, eu me vi *mãe*. Não como um click, mas como uma constatação de uma emoção que esteve lá desde que eu imaginara aquele homem sendo pai ao meu lado. Senti como se estivesse sendo afastada da minha família e do meu amor. Eu *queria* participar de cada pequena coisa e de cada grande coisa. Estar longe do meu filho, do nosso filho, parecia um crime.

Se podíamos, por que eu estava escolhendo permanecer?

Porque eu tinha os meus pais, eu tinha o meu trabalho. Os meus clientes. Eu tinha prometido cuidar de Tim e Vera para Nicholas quando eles voltassem, e acompanhar a família Dupont, especialmente após a morte de Auguste. Eu tinha prometido muitas coisa, muitas raízes fincavam os meus pés no chão.

E eu não podia largar tudo e simplesmente partir.

— Eu amo a nossa Altezinha Real, Nicholas.

— Sei que ama.

— E parece que estou perdendo vocês dois.

— Não vai, porque não estou indo a lugar algum. É só a distância. O meu coração e a minha mente sempre estarão com você. Não só hoje, mas pelo resto dos meus dias.

O avião já estava pronto para o embarque, o caminhão de *catering* acoplando-se a ele para iniciar o embarque. Senti todo o meu peito se espremer e formar uma bola pequena, do tamanho de uma uva. Eu não parava de lançar olhares para a aeronave, em um misto de fazer uma oração para que levasse Nicholas em segurança, e agoniada por saber que ele iria, de fato, partir.

— Amor, olhe para mim.

E eu olhei.

Para aquele homem alto, de ombros largos, o cabelo longo e castanho bem mais comprido, solto e emoldurando o seu rosto esculpido, as sobrancelhas grossas e os cílios escuros. O olhar azul gelado que, de repente, parecia o mais quente de todos, principalmente quando me lembrava de como era ouvi-lo gemer o meu nome. Suas mãos tocaram o meu rosto, desceram para o meu pescoço, então para os meus ombros, braços, até alcançar a minha cintura. Nicholas me colou nele, cobrindo-me do mundo lá fora. O meu olhar não mais captava o avião, apenas a sua presença.

— Vamos ser ótimos para a Altezinha Real — disse, me fazendo derreter ao ouvir o apelido que eu dera. — E vamos ser um casal lindo pra caralho. — Ele sorriu. — Nosso amor transcendeu todas as explicações plausíveis e aqui estamos. Acredita na gente?

— Acredito.

— Não perca a sua fé em nós.

— Eu tenho medo — confessei.

— Não tenha. Vamos ficar para sempre juntos. Sabe como sei?

Nicholas deu um passo para trás, ao mesmo tempo em que algo pareceu cair ao lado da aeronave.

E foi aí que dei um passo para trás pelo susto.

Uma cortina branca caiu do caminhão do *catering*, lá do alto, cobrindo uma parte da vista com um manto. Um manto gigante. Mas não era só isso, era um imenso bilhete com a letra de Nicholas.

Nicole

Minha partida é temporária.
Minha vida com você é a eternidade.

Eu quero te provar isso.
Me deixa te chamar de sra. King
pelo resto dos meus dias?

Com todas as letras:

Case-se comigo, amor?

Nicholas

— Você... — murmurei.

E meu coração fez aquela coisa maluca de desmoronar até os meus pés, só para depois subir até ultrapassar a atmosfera em um salto quântico. Bateu e bateu como nunca fez antes, e todo o meu corpo tremeu quando Nicholas se movimentou próximo a mim e, em meio segundo, ele se ajoelhou.

— Case-se comigo, Nicole.

— Meu Deus.

— Por favor — ele adicionou.

A vida naqueles olhos azuis. O futuro certo. O destino que nós dois merecíamos. Aquele homem ter literalmente caído em cima de mim no dia mais drástico da minha vida. E o fato do meu passado estar conectado ao dele antes de eu existir.

Fomos marcados para amar um ao outro.

— Não imagino um futuro em que eu não seja a sra. King. É claro que aceito. Com todo o meu coração, você é o homem da minha vida, Nicholas.

Foi como se todos naquele aeroporto estivessem prendendo a respiração. Ouvi aplausos, gritos e uma ou outra pessoa fungando. E senti os braços de Nicholas me erguendo do chão antes que eu pudesse entender que ele havia se levantado.

Era como se eu estivesse vivendo o melhor sonho de todos os tempos, acordada. Merecedora do meu destino. Em um universo em que o amor nunca é injusto, desacolhedor, egoísta. Em uma dimensão em que ser amada assim é rotina. E ter um parceiro não era apenas carregar o nome dele, mas carregar suas cicatrizes como se fossem suas.

A vida merecia vir com alegrias que ultrapassam até o conceito de felicidade.

A vida merecia ser, para você e para mim, uma sequência de momentos inacreditáveis e inesquecíveis. Foi o que pensei quando pulei nos braços de Nicholas e ele riu contra os meus lábios, enquanto eu tentava beijá-lo na mais pura emoção que já senti.

Aquele homem me queria o bastante para me assegurar, minutos antes de voar para outro continente, que o nosso para sempre estava garantido.

Não podíamos ver o futuro, mas se as estrelas tinham nos levado até ali, era o bastante. Era o bastante para o meu coração entender que nós começaríamos pelo adeus.

CAPÍTULO 42

Queenstown, Nova Zelândia

Meses depois

Nicholas

Nunca me senti tão nervoso em toda a minha vida.

Minhas mãos estavam trêmulas e eu não conseguia parar de andar de um lado para o outro.

E eu estava tentando muito, muito mesmo, me manter são.

As pessoas comentam sobre a ansiedade da espera, mas não abordam o quanto pode parecer visceral quando se está sozinho. Eu não ouvia nada. Tudo estava silencioso *demais*. E, para começo de conversa, eu não sabia como tudo aquilo deveria ser.

Olivia havia me pedido privacidade, e eu deveria, no mínimo, respeitar sua vontade e não estar presente na hora do parto, porque não era a primeira vez de Olivia em uma gestação de substituição. Ela já estava acostumada com o protocolo. E ela disse para eu ficar tranquilo, e que tudo daria certo. Que eu só precisava confiar nela e na medicina. Seria a sua última vez, e ela estava feliz e empolgada por me ajudar a realizar esse sonho.

Mas, dessa vez, de certa forma, era novidade para ela também.

Porque não era apenas um bebê.

Eram *três*.

E eu posso ter desmaiado quando recebi a notícia de que teria três filhos em vez de *um*. E Nicole pode ter gritado por trinta minutos no telefone e ter comprado uma passagem caríssima até a Nova Zelândia, em cima da hora, só para me beijar. Assim que soubemos que seriam dois meninos e uma menina, Nicole disse que eu deveria colocar em dois deles o nome dos meus pais, Nolan e Aroha. E então, o terceiro, decidimos por Nathan, porque nos apaixonamos pelo nome assim que saiu de nossas bocas.

E tudo estava lindo, sim, mas... antes disso... foi muito sofrido chegar até aqui e talvez o nervosismo também se desse por esse fato. A luta para ter meus três filhos. A papelada, a burocracia. O fato de eu querer ser, na época, pai solo. As longas entrevistas. Sessões de terapia. Aconselhamento judicial. Todos os nãos que ouvi, de diversas clínicas, até encontrar uma que realizaria o meu sonho.

Um sonho triplo, na verdade.

Deus, isso é loucura.

— Amor, vai dar tudo certo. — Ouvi a voz mais doce do outro lado.

O fuso horário entre nós era insano. A Nova Zelândia tem treze horas à frente da Inglaterra. Então, quando enviei a mensagem para Nicole, avisando que o parto aconteceria como o programado e Olivia faria a cesárea, ela sequer viu a mensagem. Só conseguiu me responder horas depois, quando acordou.

— Eu sei que vai — murmurei. — Vai dar tudo certo.

— Amor, você pelo menos comeu alguma coisa?

— Não.

— Nicholas...

— Eu te amo, linda. Mas não consigo fazer nada além de andar de um lado para o outro nesse corredor.

— Eu sei, amor. Está tudo bem. — Ela suspirou, parecendo muito cansada enquanto caminhava. — Estou com você. Mas agora preciso desligar. Eu te ligo daqui a cinco minutos, me espera. Tá bem?

— Tudo bem. — Fiz uma pausa. — Eu te amo.

— Eu te amo demais.

Nicole e eu nos vimos ao menos um final de semana por mês durante o tempo em que Olivia gestava os trigêmeos. Planejamos que o nosso casamento aconteceria só depois do nascimento deles, porque queríamos que os três participassem da cerimônia.

Então estávamos sonhando com tudo isso. Aroha, Nolan e Nathan, a casa que planejamos juntos até eu começar a construí-la em Londres — no bairro favorito dos meus pais, em Kensington — e com o início da nossa vida a dois. Nicole estava acompanhando a obra da casa com Tim, com dicas de decoração de Vera e da própria mãe, seguindo a paleta de cores sugerida por seu pai. Tudo parecia perfeito, como a gente sonhava.

A casa estava quase pronta, ela ficaria pronta para o nosso casamento, o que seria no mesmo tempo em que os três completariam um ano de vida. Organizamos tudo. E era perfeito. Parecia *tão* perto; tínhamos chegado à metade da jornada.

Mas tão distante ainda.

Eu queria abraçar a Nicole *naquele momento*. E saber que eu ficaria um ano sem poder vê-la, apenas esperando ela vir até mim, era mais angustiante do que eu podia admitir. Tim e Vera me visitavam mais do que podiam, e ficaram comigo por um bom tempo no começo até eu me adaptar à Nova Zelândia de novo.

Mas, quando eu mais precisasse, estaria sozinho.

Eu estava bem, vendo Nicole uma vez ao mês, por um final de semana ou mais um pouco. Era suportável. Mas seria muito, muito difícil viver o nascimento dos trigêmeos sem estar ao lado da minha noiva.

Senti o telefone vibrar de novo na minha mão. Atendi e nem dei oi para ela, apenas soltei um suspiro e admiti em voz alta:

— Queria que você estivesse aqui.

— Desejo realizado. — A voz dela ecoou ao meu redor.

Levou um segundo, ou talvez dois, para eu entender que a voz de Nicole não saiu do meu celular, mas sim das minhas costas. E, quando me virei, ouvi as rodinhas de sua mala deslizarem pelo chão liso, ao mesmo tempo em que senti o impacto do seu corpo pequeno contra o meu, as suas pernas ao meu redor e as suas mãos no meu rosto.

— Você é tão inocente, amor. — Ela riu contra a minha boca, me dando centenas de milhares de beijos.

Na minha testa, nariz, boca.

Senti todo o meu corpo acelerar, meu coração bateu forte na minha jugular e eu ri, sentindo a felicidade mais completa da minha vida preencher cada centímetro do coração. Segurei a bunda da Nicole, e escrutinei o seu rosto perfeito, os lábios lindos. Viajei minha atenção para os cílios delicados, os olhos verdes e cor de mel cheios de atrevimento.

Eu amava essa mulher. Amava tanto que mal podia respirar.

— Achou mesmo que eu ia perder o *nascimento* dos nossos filhos? Eu já estava com a passagem comprada para hoje desde que o parto das Altezinhas Em Dose Tripla foi programado!

— Por isso você não viu as mensagens? — sussurrei.

— Acha que eu dormi por *vinte horas*?

Gargalhei alto.

— Precisamos fazer silêncio — murmurei contra a sua boca.

E ela me calou com um beijo. Um beijo que mostrava que vinte dias sem ela eram mesmo um tempo insuportável. E que me fez gemer em sua boca de pura angústia, saudade e amor.

Era o dia mais importante da minha vida, e certamente da vida de Nicole. Porque desde que seu coração começou a bater pelos nossos três filhos, ela viajou de repente para a Nova Zelândia. Preparou um jantar para mim, na linda Queenstown, e me perguntou, em um pedido muito genuíno, se poderia registrar os três como sendo dela também. Ela me pediu isso com lágrimas nos olhos. E, desde então, eles eram nossos. Nossos amores. A nossa razão.

E por isso ela estava ali.

É claro que estava.

Assim que Nicole se afastou, o sorriso e a emoção ainda estavam lá.

— Não vim aqui só para o nascimento do nosso pequeno império.

— Não?

— Eu vim para ficar um ano com você até conseguirmos retornar para a Inglaterra.

E foi como se todo o meu mundo girasse de novo. E mais uma vez. Precisei me sentar, com Nicole ainda no meu colo, porque de repente fiquei tonto. Senti suas mãos nos meus cabelos, o seu carinho em mim. O alívio. O amor. A felicidade. Nunca achei que fosse possível sentir algo tão forte após viver a dor mais devastadora da minha vida, a perda dos meus pais, mas era alegria, sim. Alegria contagiante e pura. E a mais linda e rica história de amor.

— Nicole...

— Concretizei a venda da propriedade que Jordan havia comprado, agora que o shopping ficou pronto. E o valor foi aquele mesmo. Bem mais do que o meu prejuízo. Também tenho uma equipe agora e um escritório só meu. Eles vão cuidar das vendas enquanto passo o ano com você e administrarei o que posso em *home office.* Tim vai acompanhar o restante da construção da nossa casa junto com a Vera, mas eles virão assim que puderem. E os meus pais vão passar alguns meses conosco, nos ajudando com os bebês. As passagens deles já estão compradas e eles chegam na próxima semana. Tim e Vera prometeram vir no próximo mês. — Ela prestou atenção nos meus olhos e em todo o meu rosto, as lágrimas ainda umedecendo suas bochechas. — Como você poderia pensar que eu te deixaria sozinho cuidando de três crianças?

— Porque a vida me deixou sozinho por tempo demais.

— Você tem a mim, o meu coração. Tem a minha companhia, que parece ser predestinada para você. Como se eu tivesse sido feita para ser sua. Mas não é só isso, não mais. — Ela beijou minha boca e se afastou. — Nós temos uma rede de apoio. Não estamos sozinhos no mundo. Você *nunca mais* terá que ficar sozinho, Nicholas. São três filhos, uma futura esposa, sogros queridos e nossos amados amigos. De agora em diante, somos um. Acredite, amor. Somos a obra mais bonita do destino.

Foi nesse momento que o silêncio do corredor foi preenchido pelo choro de um de nossos filhos. Como se fosse tão alto que nenhuma parede poderia conter, como se quisesse atravessar o concreto e abraçar a nós dois.

Nicole saiu do meu colo em um pulo e eu me levantei em meio segundo. Ficamos ouvindo aquele choro, felizes e angustiados pelos outros dois, que demoraram mais um pouquinho, tempo que para nós pareceram horas.

Inesperadamente veio o segundo.

E então o terceiro, que me fez perder a força das pernas.

Mas, mesmo assim, Nicole e eu ficamos de pé. Imóveis. De mãos dadas. Congelados no lugar, respirando com tanta força que parecia que tínhamos corrido uma maratona.

A enfermeira abriu a porta um tempo mais tarde. Um dos médicos da equipe veio falar conosco. Eram os melhores da Nova Zelândia. E estávamos no melhor hospital de Queenstown. Então, alívio atravessou o meu coração quando os olhos bondosos do dr. Karl Hutchison miraram os meus e os de Nicole.

— O parto foi um sucesso, papai e mamãe. Os bebês e a Olivia estão bem. Eles são uma força da natureza. — Ele ainda usava a máscara, mas pude ver o sorriso em seus olhos. — Olivia está esperando por vocês, quando terminarem aqui. Mas, antes... estão prontos para conhecerem os seus filhos?

— Meu Deus, sim! — Nicole respondeu por mim, e nos puxou assim que fomos guiados para uma outra sala, que não a cirúrgica.

Nos vestiram apropriadamente, com touca e luvas, e nossa roupa e sapatos foram cobertos. Meio segundo depois que nos vestimos, a porta da antessala se abriu e eu vi os nossos bebês, cada um coberto com uma mantinha minúscula de cores diferentes: azul, verde e cor-de-rosa.

Meu coração morreu e nasceu de novo.

O amor mais imenso que já senti me atravessou por completo. Me aproximei devagar, porque pareciam tão perfeitos que eu não conseguia raciocinar. Nicole me lançou um olhar, as lágrimas rolando de seu rosto, e quando vi as mãozinhas abrindo e fechando, o rostinho se movendo e os olhos já abertos, percebi que tudo o que eu sabia sobre a vida era um grão de areia.

O amor que um pai sente por seu filho atravessa a razão e te faz imenso. Eu daria a minha alma por eles, daria tudo o que eles precisassem. Eles tinham o meu coração e o da Nicole, que finalmente me fez derrubar as lágrimas quando, após pegar Aroha em seus braços, disse a primeira frase:

— Oi, filha. É a mamãe.

Nolan estava perto de mim, e Nathan entre nós. Eu tinha treinado o suficiente para pegar um deles, mas a enfermeira me ajudou a pegar Nathan no outro braço.

De repente, me vi com um amor maior do que cabia em minhas mãos. Maior do que eu poderia carregar. E Nicole sorriu, emocionada, quando Aroha agarrou um pedaço do seu cabelo.

— São perfeitos. — Nicole fungou.

Observei Nolan e seu rostinho mais esguio, e Nathan mais bochechudo. Ambos com o mesmo formato de olhos, nariz e boca. Aroha tinha os traços tão delicados quanto os da minha mãe. E me apaixonei. Por eles, por Nicole. Infinitas vezes e mais um pouco.

— Filhos — sussurrei. E eles me observaram preguiçosamente. Nolan fechou as pálpebras e pareceu querer dormir, já Nathan estava muito atento. — Temos duas mulheres lindas para cuidar. Vocês vão crescer fortes e saudáveis para o papai, tudo bem?

Me aproximei de Nicole e vi Aroha agarrada ao pedaço do cabelo de sua mãe.

— Somos os papais de vocês. Bem-vindos ao mundo — adicionei. — Eu amo vocês. Muito, muito.

— Todo o amor do mundo, Altezinhas — Nicole prometeu. — Papai e mamãe estão aqui.

Nicole me deu um suave beijo nos lábios, e então começou a cantar uma música de ninar. Eu fiquei ali, imerso, apaixonado. Pensando que a vida talvez seja isso. As dores e suas escuridões. As sombras dos traumas.

Mas também, e principalmente, a luz.

Não se vive de escuridão quando o brilho ao redor nos incendeia.

CAPÍTULO 43

Londres, Inglaterra

Um tempo depois

Nicole

Com esse casamento, segui o meu sonho.

Porque era o primeiro e o último no qual eu diria “sim”.

Olhei para o vestido minimalista e do jeito que eu queria, com o espartilho apenas acompanhando a peça, as mangas não muito chamativas, apenas caindo suavemente pelos meus ombros, o colo à mostra e a saia longa.

A peça tinha a leveza da primavera e a fluidez do verão. Era perfeito para um casamento à tarde, no jardim da nossa linda mansão em Kensington, ao lado de amigos e familiares.

A cerimônia foi bem intimista, feita pela empresa organizadora de casamentos conhecida por Tim, que era dos Estados Unidos, mas fazia casamentos por todo o mundo, de Washington, chamada Felizes Para Sempre.

Para o casamento da futura sra. King e do sr. King, foram convidados apenas Tim, Vera e seus filhos. As esposas e os netos. Também a família de Dupont que, embora sofresse a morte de Auguste, continuou unida a nós. Os meus pais, alguns amigos dos meus pais de Bibury. Alguns funcionários da Imobiliária Bliss, agentes imobiliários conhecidos e poucos funcionários do escritório Legado King, de Nicholas. Havia muitos clientes importantes da junção das nossas empresas, porque Nicholas passou a construir propriedades para que eu as vendesse, e muitos se tornaram nossos amigos.

E, especialmente, os convidados mais incríveis do universo, nossos bebês. Que, sem dúvida alguma, estavam sendo cuidados pelos filhos e esposas dos filhos de Tim e Vera, porque Tim e Vera estavam com Nicholas, e eu estava com os meus pais.

— Eu acho que nunca te vi dessa forma — meu pai murmurou, emocionado.

— Bonita? — Ergui uma sobrancelha, provocando.

Ele riu, e balançou a cabeça em negativa.

— Como se todas as estrelas fugissem do universo só para habitar o seu coração.

— Ah, pai...

— Você está tão, *tão* feliz — mamãe concordou. — Eu deveria saber, *nós* deveríamos saber, que o amor verdadeiro, quando te encontrasse, te deixaria assim, completa.

— Vocês estavam destinados. — Papai beijou minha testa e ajeitou o ornamento de flores do meu coque. — Um amor que estava escrito antes de você nascer.

— Sinto o mesmo, papai. — Eu sorri para ele, contendo as lágrimas. — E você acha que pode me levar até o amor da minha vida?

— Está pronta? — mamãe indagou.

— Sim. — Assenti. — Sinto que o esperei demais. Que o esperei a vida inteira.

— Talvez tenha sido mesmo, filha. — Mamãe soltou um longo e profundo suspiro. — Vamos. O seu futuro te espera.

Antes de viver a alegria de dizer "sim" para o meu amor, dei uma última olhada no vestido e recebi o retoque final de maquiagem da equipe da noiva. Caminhei devagar, com os tênis branco que Nicholas me dera e o vestido deslizando pelo piso.

Respirei fundo atrás da porta do jardim, e assenti para o meu pai e minha mãe. Eles deram os braços e a equipe da cerimônia abriu as portas. Nicholas havia contratado uma parte da orquestra que vimos no teatro — na verdade, o violino, o violoncelo e o piano — para tocar no nosso casamento a música da banda que nos conectou. E após o tempo de os meus olhos se adaptarem à claridade, e mais meia batida errática do coração, meu foco ser todo de Nicholas.

Eu tinha dito para a minha mãe, certa vez, que não me casaria se o noivo não chorasse. Quando vi Nicholas batalhando contra a emoção, levando a mão ao rosto enquanto balançava a cabeça incrédulo, eu não tive qualquer dúvida de que aquele era, sim, o homem da minha vida.

Com ele chorando, e eu com o maior dos sorrisos, fui levada até ele, lançando um olhar para os filhos de Tim com os nossos filhos ao lado de Nicholas, como se de repente ele tivesse dois minipadrinhos e uma minimadrinha.

E o meu foco se perdeu, porque aquelas crianças eram tão perfeitas e tinham todo o meu coração.

Os olhos azuis, os cabelos castanhos, a pele branca e as bochechas coradas. Eles tinham até o mesmo nariz do Nicholas. Eram a arquitetura mais bonita; a genética do meu amor.

Eram os meus bebês.

— Eles estão lindos — murmurei para os meus pais. — Eu tenho tanta sorte.

— Você tem — papai disse. — E eles também.

Ele ainda estava tentando lutar contra as lágrimas quando meu pai e minha mãe entregaram a minha mão para ele, segurando o meu buquê e me ajudando com o vestido. Eu tive que conter tudo de mim para não chorar com Nicholas, porque seus olhos pareciam cristais de tão azuis, e seu rosto emanava um mix de paixão e carinho que eu não podia descrever. Ele estava tão bonito com o cabelo preso, o terno azul-claro, na cor de seus olhos, e a camisa branca, que pensei que ia morrer sem ar por amá-lo tanto.

— É a minha joia que te entrego, filho — papai disse.

— Cuide da nossa princesa — mamãe pediu, chorando.

— Com tudo de mim — ele respondeu, assentindo, e beijou o dorso da minha mão antes de me levar até o celebrante.

Os olhos de Nicholas desceram por mim, e então pelo vestido. Ele balançou a cabeça de novo, e soltou uma risada, incrédulo.

— Não achei que ia me emocionar assim.

Sorri.

— Sou tão linda que é quase inacreditável, né?

Nicholas riu mais um pouco.

— Você é perfeita.

— Você está lindo, amor.

— É tudo pra você. — O olhar de Nicholas de repente ficou quente, tão quente, que senti arrepios subirem pela minha nuca.

Teríamos uma lua de mel em família, com as crianças, mas eu sabia que quando estivéssemos no nosso quarto, em qualquer horário e momento de privacidade, eu teria esse homem me prometendo mil vezes o para sempre dentro de mim.

A cerimônia começou e eu ainda estava tonta pelo meu futuro marido. Nossos filhos vieram para os nossos braços, enquanto o celebrante falava sobre um amor que transcende os caminhos da vida e desafia o destino. Ele sabia a nossa história, e foi lindo ver a emoção em seus olhos quando a contamos.

Senti um arrepio durante o discurso, e a troca de olhares com Nicholas. Que parecia tão mais radiante do que eu jamais podia sonhar. Os convidados fungaram e alguns choraram quando a alegria se instalou no meu coração na hora dos votos.

Eu ouvi todas as coisas que você acredita que nunca vai encontrar. Sobre proteção, cuidado, amor transcendental. Ouvi, do meu noivo, promessas de momentos felizes, inesquecíveis. Ouvi que eu era a luz da vida dele, o amor, o futuro. O destino.

A alegria do meu coração ficou ainda mais completa quando entregamos os nossos bebês para os padrinhos e trocamos alianças, prometendo amar um ao outro, cuidar um do outro. Os meus votos envolveram cuidar dele, amá-lo, amar os nossos filhos e honrar a nossa família.

Foi no final, enquanto eu terminava de colocar a aliança em Nicholas e dizíamos sim, que abri o sorriso mais largo que já dei, sentindo o frio na barriga me engolir como nada mais seria capaz.

Encarando os olhos do meu quase-marido segundos antes de ser beijada, eu me abaixei no exato momento em que os nossos bebês foram colocados aos nossos pés.

Nolan, Nathan e Aroha.

Com os rostinhos pareados aos deles, olhei para Nicholas, e ele pareceu não entender.

Mas não levou mais do que meio segundo, porque cada um dos nossos filhos estava com uma placa que, ao juntar, formava uma frase.

ALTEZINHA REAL
NÚMERO QUATRO
EM PRODUÇÃO

— É sério? — ele perguntou, em estado de choque.

Assenti.

— Meu Deus, amor! — ele falou, rindo, emocionado, enquanto eu também precisava me recompor pela emoção. — Isso é maravilhoso.

— É maravilhoso, sim — concordei. — Eu te amo.

— Eu te amo — ele me garantiu. — Com todas as letras.

Assim que conseguimos controlar nossos corações, peguei Nathan no colo, enquanto Nicholas pegava Aroha e Nolan, ainda envolvido pela alegria. Ele beijou as crianças, depois me beijou. E me beijou com mais ainda atenção quando meus pais, Tim e Vera tiraram as crianças de nossos braços. Suas mãos vieram para a minha cintura, enquanto o celebrante, perdido, nos declarava marido e mulher.

O pôr do sol nos acolheu e um vento nos envolveu, como um abraço querido. Meu amor apenas me beijou com mais força, sem nunca me soltar. De forma profunda e intensa, me mostrando que o seu coração estava inteiro e não mais em cinzas; Nicholas havia feito as pazes com o fogo.

Ele achou o que havia perdido.

King reencontrou o amor.

EPÍLOGO

Londres, Inglaterra

No passado

Nolan

Senti cada pelo do meu braço se arrepiar no instante em que abri os olhos. Eu estava certo de que havia lágrimas escorrendo pelo meu rosto. Certo de que havia chorado, inclusive, com força. Meu cérebro despertou pelo som do meu próprio lamento. E eu não era do tipo que chorava.

— Amor? O que houve? — Aroha perguntou ao meu lado, sonolenta.

A luz de mais um dia adentrava as janelas. A manhã parecia agradável; já se ouvia o som dos pássaros lá fora. E o nosso filho, sem dúvida, estava dormindo. Porque não tinha pulado da cama, como costumava fazer assim que os primeiros raios de sol nos visitavam.

— Tive o sonho mais louco da minha vida — sussurrei, rouco.

Aroha se aproximou, se enroscando no meu corpo. A temperatura quente da minha esposa me acolheu; ela era toda a minha vida. Desde como a conheci, em uma noite cheia de estrelas, até como pareceu destino viajar até a Nova Zelândia e trombar com ela em uma noite de luar. Nos apaixonamos à primeira vista, e Aroha sempre dizia que sem dúvida todas as coisas que habitam a vida conspiraram para nos encontrarmos.

Beijei sua testa, e ela se aninhou no meu pescoço.

— Um sonho? — sussurrou, passeando com a ponta do nariz por minha pele. — Ou pesadelo? Você reagiu tão mal, amor.

— Sonhei com o nosso filho.

Isso atraiu a atenção de Aroha, porque eu nunca sonhava. E, quando acontecia, geralmente era algo abstrato. Nada realista ou comum. Sonhar com Nicholas e acordar chorando fez minha esposa despertar.

— Nicholas? Ou o bebê?

Acariciei as costas dela e beijei os seus cabelos.

— Nicholas. Era uma cerimônia. — Senti a emoção preencher a minha garganta de novo. — Uma cerimônia de casamento. Em uma casa linda que com certeza foi o projeto de um arquiteto muito talentoso. O dia estava ensolarado, parecia final de tarde. Havia muitas pessoas, nenhuma das quais conhecíamos, exceto os Bliss.

— Os Bliss? — Aroha pareceu surpresa.

Concordei.

— Sim, os Bliss. Muito mais velhos do que hoje. — Ergui o queixo da minha esposa. — E eles estavam casando a filha deles com o nosso menino.

— Era o casamento do Nicholas? — A voz da minha esposa tremeu.

— Não parecia um sonho, amor. Parecia tão real. — Fiz uma pausa, acariciando a bochecha de Aroha. — Nicholas não estava sozinho. Ao lado dele, havia três crianças. Três crianças lindas. Eram, sem dúvida, os nossos netos. Eu pude ver Nicholas nos traços dos rostos deles, no nariz e nos lábios. Nos olhos azuis.

— Você viu os nossos netos?

— Dois meninos e uma menina — adicionei.

Ela ficou um tempo em silêncio, talvez longos minutos.

— E por que você chorou? — murmurou. — Parece um sonho tão bonito.

Abri um sorriso triste que pareceu costurar pedaços do meu coração que, subitamente, havia se partido. De alguma forma, ainda assim, permanecia inteiro, porque vi a felicidade nos olhos do meu filho e porque ele pôde ficar frente a frente com o amor.

— Porque não estávamos lá — respondi. — Nem a gente, nem nosso bebê.

A família de Aroha era de uma tribo maori e eles acreditavam que todos nós estávamos conectados pela ancestralidade. Como se fôssemos feitos de uma única matéria e fonte de vida.

— Não conseguiu tocá-los? — Aroha perguntou. — Nem se aproximar?

— Eu só flutuava por todos os lugares. Pela música, pelos convidados, pelo amor e a atmosfera da família. Chorei porque tentei abraçar nosso filho e sua esposa, e não pude. Apenas... ventou. Eu ventei o meu amor por eles. — Fiz uma pausa, a emoção de novo aparecendo para me assombrar.

Aroha abriu o mais radiante sorriso, embora ela parecesse angustiada, por alguma razão.

— A whakapapa é a ligação genealógica e espiritual entre todas as coisas. Os sonhos premonitórios, às vezes, passam um vislumbre do futuro. Acho que meus ancestrais vieram te mostrar o que nós não poderemos ver.

— Vamos perder o casamento do nosso filho? — A ideia de isso ser verdade atravessou todo o meu peito. — E onde está o nosso bebê?

O lábio inferior de Aroha tremeu e ela acariciou a barriga.

— Espero que não, mas se não pudermos ver e o universo quiser nos levar antes do tempo, que possamos amar os dois com tudo o que temos. Que possamos amar Nicholas e o nosso bebê com tudo o que temos agora, querido.

E como se Nicholas soubesse que era o assunto, correu e saltou na cama, em cima de mim, sem me dar tempo de pensar e processar.

— Papai! Mamãe!

— Bom dia, Nicholas! — minha esposa saudou, tentando rir, mas querendo chorar.

— Bebê! — Ele foi até a barriga da minha esposa e deu um beijinho no irmão.

E eu o ataquei de beijos, enquanto Aroha fazia cócegas como se fosse a manhã do seu aniversário ou o dia mais feliz de nossa vida.

Talvez porque tenhamos sentido o peso da finitude.

E a única emoção que não pode esperar para ser demonstrada é o amor. O amor tem pressa. É para ontem. É para ser vivido tudo o que se pode no hoje, nunca no amanhã.

Eu não sabia se poderia ou não ver Nicholas se casando, se aquele sonho tinha sido uma premonição, um aviso, um vislumbre do destino, mas eu torcia para que ele se sentisse amado todos os dias de sua vida, estando eu e Aroha com ele ou não. Pelos nossos ancestrais, por nós, pelo amor que ia encontrar e pelas gerações que viriam.

Eu só queria que o meu filho conseguisse achar o que nasceu para encontrá-lo.

— O que você quer de café da manhã? — Aroha indagou, secando as lágrimas.

— Todas as panquecas do mundo!

— Caramba, isso é muito — eu brinquei, fungando também.

— E muita calda de chocolate. Tipo, muita calda, mamãe e papai!

— Vamos te dar tudo o que você quiser, filho — eu prometi.

— Panquecas e panquecas! — Ele saltou da cama, tão feliz que parecia ser o melhor dia de sua vida.

— Panquecas e chocolate — Aroha disse. — Nossa, que dia fantástico.

— Maravilhoso, mamãe!

Eu o vi correndo em direção ao corredor, com os cabelos bagunçados e a aparência desgrenhada de uma criança arteira. Então, de repente, ele se voltou para mim e abriu o sorriso mais radiante da vida.

— Hoje eu vou ver o tio Ray e a tia Florence.

— Vai, meu filho — minha esposa garantiu.

— Noite do cinema! — Nicholas voltou a pular na cama, com toda a energia do mundo.

E ele veio para os meus braços.

Sorri e beijei seu rosto quando ele deitou a cabeça no meu peito e se aconchegou ali, no meu coração.

Acariciando seus cabelos, murmurei:

— É, filho. Vamos assistir De volta para o futuro.

FIM

CAPÍTULO BÔNUS

Ray

— Ele não é o homem certo para ela. — Escutei minha esposa dizer o óbvio, mas a sua fala veio tarde por diversas razões.

A primeira delas é que os pais têm certo limite no que diz respeito a opinar na vida dos filhos adultos. E segundo porque era o dia do casamento dela. Da *nossa* filha. Entregá-la para aquele garoto metido a bom rapaz parecia tão errado quanto deixá-la se aventurar em um esporte perigoso. Impraticável na mente de qualquer pai e mãe. Não fazia o menor sentido.

Mas eu estava ali porque a amava, porque acreditava que minha filha estava fazendo o que era certo para si mesma. Embora eu já soubesse que não. Sendo sincero, nem era muito difícil. Só de olhar para a decoração que a família dele tinha escolhido já embrulhava o meu estômago. A única coisa que me trazia um pouco de paz era a harpa. Talvez ela fosse a única coisa em que a minha filha opinara. Porque o restante nem parecia ser... para ela.

— Ele não a conhece — minha esposa continuou, parecendo ler minha mente, como sempre fazia. — Seis anos com a nossa filha e ele *não* sabe que ela odeia cravos. Ela acha que cravos são para velórios. Não para celebrações.

— Eu sei, querida.

— Por que ela vai se casar com ele? — perguntou.

— Porque algumas pessoas se casam com o que conhecem do amor.

— O que isso quer dizer?

Virei-me para minha esposa e o meu sorriso foi mais triste do que eu queria.

— Existem relacionamentos que nos dão um vislumbre do que o afeto pode ser, do que o amor é. Às vezes, recebemos gotas homeopáticas de amor e achamos que essa é a poção inteira. Para quem nunca viu a chuva, não acha que uma garoa parece um milagre?

— Jordan é uma *garoa*. Daquelas finas e sem graça que só abafam e não ajudam em nada.

Eu ri.

— Não sabia que o odiava — murmurei, para que ninguém escutasse.

— Só de olhar para esses cravos brancos, Ray...

— Eu sei, amor. Eu sei. — Fiz uma pausa. — Nossa menina sempre achou que o amor de uma vida não acontece para todo mundo.

— Ela deveria ter esperado — minha esposa comentou.

Assenti.

— Mas acho que agora é pedir demais, Florence — opinei. — Acho que é pedir demais que o universo traga para a nossa menina um amor de verdade.

— Não é pedir demais.

— É *tarde* demais — me corrigi.

— É, ela vai se casar em alguns minutos... — minha esposa murmurou, abatida. — Ela vai se casar com um homem que nunca vai deixá-la se sentir em uma tempestade de amor. Ele vai ser só... uma chuva rasa por toda a eternidade.

— Jovens se divorciam. — Ergui as sobrancelhas.

— Tem algo muito errado com ele, querido. — Minha esposa ficou subitamente inquieta. — Alguma coisa nele que... não parece bem.

— O que quer dizer?

— Você consegue ver a nossa única filha prometendo amar e respeitar um homem que só se preocupa consigo mesmo? Por que, meu Deus, ela não quer enxergar isso?

Minha única filha. O meu amor, a minha princesa. O meu raio de sol, a minha garotinha. Quando a peguei pela primeira vez em meus braços, descobri que o amor é capaz de se multiplicar e alcançar além da atmosfera. Ser pai. Cuidar dela. Amá-la. Protegê-la. Eu tinha feito esse pacto quando a trouxe ao mundo com Florence. Mas é como eu disse, há um limite do que os pais podem fazer para os filhos adultos.

Dei conselhos quando Jordan a pediu em casamento, disse que ela deveria esperar um pouco mais. Me lembro de ela rir e dizer: "Estamos há seis anos juntos, esperar mais por quê?". Mas eu, por ter vivido um amor com Florence, um amor que transcende explicações, podia ver nos olhos da minha filha que ela não o amava. Não com toda a capacidade do seu coração, não com toda a sua vontade, não do jeito que o amor deve ser.

Eu estava tão aéreo que nem percebi quando meu futuro genro se aproximou.

— Viram a filha de vocês? — Jordan me encarou e engoliu em seco.

— Ela pediu um pouco de privacidade enquanto se maquiava.

— Isso já faz muito tempo. — Ele abriu um sorriso amarelo. — Os convidados estão ficando inquietos.

— Será que ela desistiu? — um dos padrinhos, amigos de Jordan, perguntou.

— Cala a boca — o outro falou.

— Eu vou procurá-la — falei.

Mas minha esposa segurou meu braço, e me fez olhá-la.

— A sua perna, querido. Eu vou.

— Não. — Voltei minha atenção para Jordan.

Eu era um artista. Captava a natureza das expressões humanas. Sabia quando alguém tinha medo, incerteza, insegurança. Foi por esse motivo que dei um passo à frente, perigosamente perto de Jordan.

— Fez alguma coisa com ela?

Jordan piscou.

— Eu? Claro que não.

— Você a magoou? — insisti. — Mentiu para ela? — Ele ficou em silêncio e eu continuei. — Existe alguma coisa que minha filha precisa saber antes de se casar com você?

— Eu... eu... — ele gaguejou. — Não! Não. Claro que não! O que é isso, Ray? Você me conhece e...

— Senhores. — Ouvi a voz de uma moça, mas ignorei.

Porque continuei olhando para Jordan.

E sentindo algo nebuloso e muito, muito errado.

Como Florence sentira minutos antes.

Como um prelúdio do desastre.

Em meia dúzia de palavras, a sensação de que minha filha não deveria se casar com ele, o sexto sentido de pai e mãe — tanto de Florence quanto o meu —, veio na forma de certeza. *Não* era Jordan. *Aquele não era o homem com quem minha filha deveria se casar.* Naquele momento, senti um gosto amargo na boca, o gosto de quando o seu coração está perdendo a doçura, se quebrando até ganhar um amargor insuportável.

Na minha cabeça surgiu a imagem da minha filha fantasiada de princesa, quando ela ainda era pequena e sonhava em viver um conto de fadas. Aquela menina de cabelos castanhos e compridos, com os olhos oblíquos e espertos, que dizia que "amor é o que a mamãe coloca na torta de carne, papai". Aquela menininha merecia um amor maior do que a torta da mãe. E a mulher que nós criamos merecia alguém que comparasse o seu coração ao tamanho do mundo só por amá-la.

Não era Jordan, minha mente repetiu.

— Senhores — insistiu a voz feminina.

— O que foi? — Jordan perguntou.

E precisei de muita força de vontade para olhá-la. Apenas quando vi que se tratava da organizadora do evento, com um semblante angustiado e perdido, percebi que não só havia algo de errado com Jordan.

Mas algo de errado com a minha própria filha.

— A noiva... — Ela engoliu em seco. — Sinto muito, mas a noiva sumiu.

Oiii!

Você chegou até aqui, e eu quis escrever esta mensagem especial como forma de abraço. Espero que este livro tenha sido tão especial para você quanto foi para mim. Desejo que a história do sr. King com a Nicole permaneça no seu coração além do tempo e que eles possam abrir as portas e te receber sempre que você quiser voltar para casa.

Obrigada por me permitir marcar um pouquinho o seu coração.

Com amor,

Ah, quer conversar comigo sobre Marcados ou qualquer outro livro? Tirar dúvidas? Fofocar? Surtar? Eu estou sempre aqui para você!

Me siga nas redes sociais:

Instagram: @alinesantanaautora

TikTok: @alinesantanaautora

Facebook: https://www.facebook.com/alinesntnb

Grupo no Facebook: https://www.facebook.com/groups/romancesalinesantana

E-mail: linesntn@gmail.com